# 친구 여동생이 나한테만 짜증나게 군다

vol. 6

작가
미카와 고스트
일러스트 토마리

© tomari
"정말, 욕심 많은 주인님이라
곤란하다니까요☆"

1학년 코히나타 이로하
메이드 카페
코자이 고교 문화제, 개☆막!
각자의 의도를 가슴에 품고—

"자, 시작했습니다!
미스 코자이 콘테스트!"
"운명을 결정짓는 건,
이 자리에 있는 여러분입니다!"
2학년 카게이시 미도리
문화제 실행위원장 겸
미인대회 관리위원장

© tomari
"오케이~ 오케이~.
귀찮으니까 네 미래를
점쳐줄게~."
2학년 오토이 ●●
점집

"아, 나는 변태 스토커와 사귀는
취미 같은 건 없거든?"
"사랑 고백 아니거든?!
그리고 물 흐르듯 걷어차지 말아줄래?!"
© tomari

"흐음, 괜찮네.
지금의 네 표정은
꽤 마음에 들어."
1학년 토모사카 사사라
미인대회 참가자

# CONTENTS

# 친구 여동생이 나한테만 짜증나게 군다

vol. 6


**미카와 고스트** 지음
**토마리** 일러스트
**이승원** 옮김

## 000 ····· 지난 권의 줄거리 ·····

억지 친분 사양, 여친 사절. 친구는 진정으로 가치 있는 한 명만 있으면 된다. 『청춘』의 모든 것은 비효율적이며, 가혹한 인생 레이스에서 살아남기 위해서는 낭비를 극한까지 줄여야 한다— 한 때 그런 신조를 가슴에 품고 살던 나, 오오보시 아키테루에게는 현재 여친이 있다. ……물론, 진짜 여친은 아니지만 말이다.

츠키노모리 마시로. 사촌이자 소꿉친구인 가짜 연인.

엔터테인먼트 업계의 최대 대기업, 허니플레이스 워크스의 대표이사 사장이자 내 삼촌이기도 한 츠키노모리 사장과의 약속을 지켜 《5층 동맹》의 미래를 개척하기 위해 맺은 거짓된 관계다.

하지만 매몰찬 태도가 디폴트인데다, 평소 집에서 거의 나오지 않는 은둔형 외톨이 기질인 마시로와의 가짜 연인 관계는 연인다운 이벤트가 없어 설득력이 떨어지는 상태였고, 그 바람에 츠키노모리 사장으로부터 연인으로서의 자질을 의심받았다.

제대로 하고 있지 않다는 의심과 함께, 주위에 있는 여자— 이로하나 다른 여자애와의 관계도 조사당하기 시작한 나는,

마시로와 결탁해 꽁냥 러브 청춘 데이트를 연기하기로 한다. 나를 진짜로 좋아하는 마시로의 마음을 받아줄 생각이 없으면서도 그녀의 남친 행세를 한다는 것에 죄책감을 느끼는 한편, 나는 목적 달성을 위해 인간쓰레기가 되기로 결의했다.

한편, 나는 친구 여동생인 코히나타 이로하의 짜증나는 측면 속에서 여자애로서의 매력을 찾아내고 말았다. 학교에서 보여주는 우등생 행세와는 다른, 아마 한없이 이로하의 「본성」에 가까운 짜증스러움— 만약 그것이 나에게만 보여줄 수 있는 측면이라면, 언젠가 내가 졸업한 그 날부터 그녀는 누구에게도 그 매력적인 얼굴을 보여주지 못하게 되지 않을까.

그렇게 느낀 나는 이로하에게, 나한테 하듯 치근덕거릴 수 있는 절친을 만들어주자고 생각하게 됐다.

—이렇게 돌이켜보니, 나란 녀석은 정말 프로듀서 기질을 타고났다 싶은걸. 확 두들겨 패주고 싶을 정도야.

이미 일이 벌어진 상황에서 무슨 말을 한들 변명밖에 되지 않겠지.

설마 이로하를 위하는 일이라 생각해서 벌인 오지랖 탓에, 그런 트러블이 발생할 줄이야.

내 시점에서는, 눈곱만큼도 예상하지 못했어.

## 등장인물 소개

### 오오보시 아키테루

주인공. 극도의 효율충인 고등학교 2학년. 「5층 동맹」의 프로듀서. 좋아하는 계절은 평균적인 기온인 봄과 가을.

### 코히나타 이로하

고1. 학교에서는 청초한 우등생이지만, 아키테루에게만 짜증나게 군다. 연기 천재. 인싸라 여름이 끝나면 텐션이 다운된다.

### 츠키노모리 마시로

고2. 아키테루의 사촌이자 가짜 여친. 아키테루에게 맹렬히 대시 중. 실은 작가인 마키가이 나마코. 생선에 기름이 오르는 가을을 좋아한다.

### 코히나타 오즈마

고2. 통칭 오즈. 아키테루의 유일한 친구. 「5층 동맹」 소속의 프로그래머. 체육 대회를 회피할 방법을 궁리 중.

### 카게이시 스미레

술을 좋아하는 25세. 아키테루 일행의 담임 교사. 일러스트레이터인 무라사키 시키부 선생님이기도 하다. 가을은 새로운 술이 출시되는 계절이라 완전 해피.

### 오토이 ●●

고2. 이름은 비공개. 다우너. 「5층 동맹」에 협력하고 있는 사운드 담당. 그녀에게 가을은 당연히 음악의 계절.

### 카게이시 미도리

고2. 매번 전 과목 만점을 받는 괴물 우등생. 연극부 부장이지만 연기력은 별로. 아키테루로부터 머릿속 핑크빛 의혹을 받고 있다.

### 토모사카 사사라

고1. 이로하를 라이벌로 여기는 학년 넘버2 미소녀. SNS에서 팔로워 100만 명을 자랑하는 인플루언서.

### 키라보시 카나리아

마키가이 나마코의 담당 편집자. 모든 담당작을 중판시키는 슈퍼 아이돌 편집자. 자칭 17세. 말끝에 쨱을 붙인다. 본명은 호시노 카나.

## interlude 막간 ····· 이로하와 오토이 씨

"—누구도 슬퍼하지 않는 억지를 부리려면, 어떻게 해야 해?"

편한 옷차림인 오토이 씨의 가슴, 커다란 모성에 어리광을 부리며 약한 소리를 입에 담았다.

한껏 분위기 낸 유카타 차림으로 말이다. 8월의 마지막 날을 장식하는 이 마을 명물인 여름 축제를 마음껏 즐기고 와놓고, 평상복 차림으로 혼자만의 시간을 보내는 사람에게 대뜸 부정적인 감정을 쏟아내고 있다.

이게 얼마나 제멋대로에, 옳지 않은 행동인지는 안다.

그런 면을 주저 없이 보여줄 수 있는 사람은 선배, 그리고 지금 내 머리를 쓰다듬으며 따뜻하게 감싸 안아주고 있는 **언니**— 오토이 씨뿐이다.

"갑자기 왜 그래~? 코히나타가 이런다는 건…… 원인은 아키구나~?"

"……."

끄덕, 하고 아무 말 없이 고개를 끄덕였다.

세로로 한 번.

몇 초 후, 가로로 두 번.

"선배가 원인이지만, 잘못은 없어. 잘못한 사람은 나야."

"뭐~, 자기를 탓하지 마~. 우선 진정해. 천천히 이야기를 해봐."

"응……."

오토이 씨가 자장가를 들려주는 듯한 목소리로 그렇게 말하며 등을 쓰다듬어주자, 거칠어져 있던 감정이 잦아들었다.

산산조각이 났던 결정이 모여들면서 호흡이 진정되더니, 눈에서 흘러나오던 눈물도 약간이지만 잦아들었다. 꼬옥 안고 있던 팔에 힘이 들어간 나는 마음속 감정을 하나씩 입에 담았다.

"마시로 선배는 선배를 좋아해요. 오늘도 둘이서 축제를 즐겼어요."

아까 광경이 뇌리에 떠올랐다.

선배와 마시로 선배. 둘이서 커다란 나뭇가지에 걸터앉더니, 선배는 고생고생해서 나무에 올라온 마시로 선배에게 상으로 특대 폭죽을 선물했다.

서로에게 기대앉아 하늘에 핀 꽃을 바라보는 그 모습은, 아무리 봐도 진짜 커플 같아 보였다.

"아키한테 그건 어디까지나 계약일 뿐, 진짜로 사귀는 건 아니잖아?"

"지금은, 그래요. 하지만……."

"언제까지 가짜인 채 이어질지는 모른단 거구나."

"그게, 마시로 선배는 진짜로 귀엽단 말이에요! 매사에 서

틀어도 항상 꿋꿋하며, 열심이에요. 그렇게 한결같은 모습을 보면, 질투를 하는 제가 못난 것 같은 느낌이 들어요……."

차라리 마시로 선배가 밉살스러운 여자라면 좋았을 것이다.

진심으로 미워할 수 있는 악녀라면, 있는 힘껏 싫어해 줄 수 있을 텐데.

선배를 빼앗지 말라며 언성을 높일 수 있을 텐데.

그렇게 멋진 면을 보여주는 건 약았다. 이래서야 질투에 사로잡힌 내가 백 배는 나쁜 애 같잖아. 하지만 마시로 선배 또한 자신의 사랑을 쟁취하기 위해 최선을 다하고 있을 뿐이며, 그런 그녀를 약았다고 생각하는 자신이 더 싫어지는 무한 루프에 빠졌다.

이러지도 저러지도 못하는 생각에서 헤어나지 못하는 내 머리를 상냥하게(나는 그렇게 느끼지만, 본인은 아마 대충 대충) 쓰다듬어주면서, 오토이 씨는 말했다.

"질투는 당연한 감정이라고 생각하는데 말이야~."

"……하지만 오토이 씨는 그런 걸 안 하잖아요."

"그렇지도 않아~."

"어, 질투를 해요? 전혀 상상이 안 되는데요."

깜짝 놀란 나는 오토이 씨에게서 몸을 떼며 물었다.

그녀는 무덤덤한 표정으로 담담하게 말했다.

"너는 나를 어떻게 보는 거야~? 일단은 인간이니까, 질투 정도는 해~."

"그럼 저와 선배가 사이좋게 지낼 때도, 오토이 씨는—."

"안 해."

가슴 속에 생겨난 희미한 불안이, 오토이 씨가 딱 잘라 한 말에 그대로 썰려 나갔다.

"그런 감정이 전부 귀찮으니까, 나는 연애 같은 걸 할 생각 없어~. 너희를 보면 용케 그딴 걸 하는구나~ 하며 항상 감탄한다니깐~."

"저도 가능하면 그렇게 달관하고 싶어요."

하지만 시곗바늘을 되돌릴 수는 없다. 초침조차 반대 방향으로 돌아가게 할 수 없다.

아무것도 신경 쓰지 않던 자신으로 되돌아갈 수 있을 리 없다.

"뭐~, 질투하지 않는 건 무리니까 말이야~. 무리한 일을 못 한다고 자신을 탓하지 않아도, 되지 않을까?"

"……질투심 덩어리인 자기 자신을 용서하라는 거예요?"

"그러니까, 『어쩔 수 없어』를 받아들이란 거야."

"『어쩔 수 없어』를 받아들여라……."

"아무도 상처 입지 않는 억지 같은 건 없으니까, 어쩔 수 없어~. 이해가 일치하지 않아 다투는 건 어느 인간이나 하는 거잖아~. 잘난 어른들도 툭하면 음악성의 차이나 불륜이나 토지 영유권 같은 걸로 다투는 걸~."

"토지라니……."

대뜸 피비린내 나는 가치관이 튀어나온 바람에 당황했다.
사랑이나 청춘과는 거리가 멀었지만, 그래도 오토이 씨가 이런 말을 하니 묘하게 설득력이 있었다.
뭐, 억지와 억지의 대립이라는 의미에서 본다면 비슷할지도 모른다.
"나는 아키한테는 꽤 억지 부린다곤 생각해~. 고급 과자를 사 오라고 시키지를 않나, 지뢰 워드의 조건도 안 가르쳐줘놓고 그 말을 입에 담으면 화내잖아~."
"억지 부린다는 자각은 있으셨군요."
"당근이지. 아키나 코히나타의 마음을 헤아려줄 생각은 없거든~. 객관적으로 보면, 꽤나 멋대로 떠들어대고 있을걸~?"
"상처를 입히면 어쩌지, 같은 생각은 안 하나요?"
**"미움 받으면 어쩌지**, 를 잘못 말한 거 아냐?"
"윽……."
무심코 말문이 막혔다.
대수롭지 않다는 듯한 그 말이, 내 본질의 급소를 정확하게 꿰뚫는 느낌이 들었다.
"상대가 무엇에 상처를 입을지 모르니 말이야~. 지금도 아키 녀석은 상처를 줄 생각이 눈곱만큼도 없을 텐데, 코히나타한테 상처를 줬잖아. 주체가 되는 것이 자기가 아니니 컨트롤할 수 있을 리 없어~."
듣고 보니 옳은 말이다.

상처 입히고 싶지 않다, 라는 건 겉치레다. 흑심을 숨기고 있을 뿐이다.

실은 마시로 선배에게 미움받고 싶지 않을 뿐이다. 이제까지처럼 즐거운 관계를 쭉 이어가고 싶을 뿐이다.

"……그래도 말이지~."

"어?"

"코히나타는 상냥한 구석이 있고, 츠키노모리와 아키를 향해 상냥함이나 배려 같은 걸 가지고 있어~. 하지만 그 바람에 자기 자신을 괴로워하고 있는 거지. ……안 그래?"

"……아마 그럴 거예요."

"상처를 입히고 싶지 않다, 미움받고 싶지 않다, 라는 두 마음 다 네 안에 존재해. 그러니 너 자신을 손쉽게 치유하기 위해서는 간단한 쪽부터 처리하는 편이 나아."

"……알았어요."

막 울음을 그친 초등학생처럼, 나는 순순히 고개를 끄덕였다.

미움받고 싶지 않다는, 자신이 주체인 감정. 그것을 처리할 방법만이라도 알려준다면 감사하겠다고 생각한 나는 아주 약간의 기대를 품으며 오토이 씨의 다음 말을 기다렸고…….

"그리고 미움받으면 어쩌지, 라는 생각 말인데……. 뭐~, 까놓고 말해 그런 생각해 본 적 없거든~."

철퍼덕 꼬꾸라졌다. 물론 현실에서가 아니라, 마음속에서 말이다.

"나는 자기 자신을 억누르면서까지 누군가와 사귈 생각이 없어~. 너희가 그래도 괜찮다고 하니까, 너희와의 관계를 아슬아슬하게 이어가고 있는 거야. 만약 미움받게 된다면, 어쩔 수 없지~ 하고 생각하며 넘어갈 뿐이야."

"너무 멘탈 갑인 거 아니에요?"

이 명쾌한 사고방식은 달관을 넘어 깨달음의 경지에 이르렀다. 도저히 따라 할 자신이 없었다.

전부터 어른스럽다고 생각하기는 했지만, 오토이 씨의 어덜트함은 상상 이상이었다.

하지만 그런 어른의 여유를 접하니, 나도 여러모로 생각해보게 됐다.

상처 입어도 괜찮다.

미움받아도 괜찮다.

억지를 부린 결과, 타인이 자신에게서 멀어지더라도 어쩔 수 없다.

그러고 보니 선배도 옛날에 그런 말을 했었다.

반에서 이런저런 일이 있었던 오빠와 친구가 되기로 했을 때, 다른 클래스메이트들의 의견에 반발했을 때…… 뭐, 중학생 때의 일은 일단 덮어두자.

선배와 오토이 씨의 생각은 어딘가 비슷했다.

나도 두 사람처럼 되어야 할까. 그런 생각이 들었지만……

역시 마지막 한 걸음을 내디딜 수가 없었다.

내 감성은 어릴 적부터 쭉 새겨져 왔던 것이다.

이제 와서 바꾸는 건, 절대 무리다.

선배는 내가 무슨 짓을 해도 화내지 않고, 감싸주는 상냥한 사람.

그래서 짜증나게 굴 수도 있다. 함께 있으면, 곁에 있으면, 안심됐다.

하지만…….

"하지만, 사실 그걸 싫어했던 거라면. ……같은 생각하는 거지~?"

"완전 초능력자네요! 제 마음을 너무 정확하게 읽어서 소름이 돋을 지경이거든요?!"

"네가 알기 쉬울 뿐이거든~?"

"으으…… 맞는 말이라 반박할 수가 없어……."

"그런데~, 궁금한 게 하나 있어~. 코히나타는 아키가 츠키노모리에게 끌리는 게 아닐까 걱정하는 거지?"

"……YES."

"그리고 아키가 치근덕을 싫어하니까, 이대로 멀어질지도 모른다는 불안을 느끼고 있는 거야."

"……YES."

"그 이론에는 구멍이 있다고 생각하는데 말이지~."

"……YES. ……………………네?"

"아키 주위에 있는 여자들은 많든 적든 다 짜증나는 부분이 있잖아~. 나도 포함해서 말이지~."

"……아니에요. 하나같이 귀여운 여성들인걸요."

마시로 선배는 물론이고 스미레 쌤, 미도리 부장, 오토이 씨, 카나리아 씨, 토모사카 양…… 아, 걔는 아닌가. 아무튼 멋진 사람이 잔뜩 있다.

아마 진짜로 짜증나는 애는 나뿐이다. 그렇게 생각했다.

"으음~. 그럼 한번 시험해보는 건 어때?"

"……시험?"

"모처럼 연기에 재능이 있잖아~. 걔들의 내면에 들어가 보면, 이해할 수 있지 않을까? 그 녀석들에 비해 코히나타가 특별히 제멋대로에 성가신 애가 아니라는 걸 말이지~."

"다른 사람이 되어보라는, 거네요……."

"그래~. 그러면 보이는 게 있을지도 몰라~. 잘은 모르겠지만~."

그 조언은 건성으로, 대충하는 것 같았다.

아무런 상관도 없는 제삼자가 듣는다면 말도 안 되는 제안이라고 생각할지도 모른다.

하지만, 오토이 씨는— 내 연기의 본질을 아는 오토이 씨는, 나만이 가능한 방법으로 해결책을 제시해줬다.

연기하는 인물의 내면으로 완전히 파고든다. 목소리를 재연하는 것만이 아니라, 상대의 마음속 핵심을 접한다.

연적인 여자애들에 대해, 조금이라도 더 알게 된다면…….

선배가 다른 이들은 곁에 두면서 나만 멀리하려 하는, 그 이유를 찾아낼 수 있을지도 모른다.

살짝 젖은 눈가를 유카타의 소매로 닦은 후, 나는 억지로 입가에 미소를 머금었다.

도움을 준 언니에게, 미소를 지어 보이며 부활했다는 것을 어필했다.

"알았어요, 오토이 씨. 저, 일단 해볼게요. 다른 사람이 되어서, 선배의 반응을 살펴볼게요!"

"오~. 아키가 어떤 반응을 보였는지, 나한테도 가르쳐줘~. 재미있을 것 같거든~."

"라져! 헤헷. 일상 속 뜬금 연기 모드라는 충격적인 전개로, 선배가 확 지리게 만들어버릴 거예요!"

"힘내~. 근데 그거 지뢰야."

"네엣?!"

"참고로 지뢰 워드는 안 가르쳐줄 거야~."

상담 중에도 이렇게 무자비하게 지뢰가 적용될 줄이야. 대체 무슨 말이 NG였던 건데?!

규제에 엄격하면서 규제 이유를 명시하지 않는 불친절 방송 플랫폼 같은 대응에 불합리함을 느끼면서도, 나는 마음속으로 감사의 말을 중얼거렸다. ……고마워요, 오토이 씨.

내일부터 새 학기가 시작된다. 나한테 있어, 특별한 학기가 될 것이 틀림없다.

## 001 제1화……우리 반 미소녀가 개학하니 에로해졌다

"학생 여러분, 올해 여름은 어떻게 보내셨는지요."

여름방학이 끝났다고 해서 바로 가을이 되어 날씨가 시원해지는 게 아니기에, 2학기의 시작을 알리는 개학식은 지옥처럼 더운 체육관에서 진행되고 있었다.

일사병 대책이 중요시되는 작금에는 체육관에도 어엿한 공조(에어컨) 설비가 설치되어 있지만, 전교생을 한곳에 모아둘 필요가 없다는 당연한 결론에 일본 교육이 도달하지 못했다는 점은 매우 유감스럽다. 효율충인 나로서는 빨리 원격 전교 조례가 실현되었으면 한다.

"전통 있는 이 학교의 학생 중에, 본분을 잊은 사람은 없을 거라고 생각합니다만—."

찌는 듯한 더위로 나른한 분위기 속에서, 2학년 수석인 카게이시 미도리의 목소리가 울려 퍼졌다.

방학식 때는 각 학년의 대표가 한 명씩 단상에 서서 연설을 했지만, 개학식에는 2학년 대표만 하게 되어 있다. 수험준비를 본격적으로 시작하는 3학년을 배려해, 2학년이 학교 전체를 이끌어갈 준비를 한다는 명목에서였다.

……솔직히 말해 방학 직후로 느슨해져 있는 학생들에게

3인분 연설을 들려줘봤자 후반에는 아무도 귀를 기울이지 않을 거라 판단했을 뿐이란 느낌도 들지만 말이다. 만약 그렇다면, 효율적이라 호감이 갔다.

"확실히 인간의 생물적인 본능에 따라, 긴장이 풀리기도 할 겁니다. 하지만—."

……아니, 미도리 한 명의 이야기도 대부분의 학생은 제대로 듣고 있지 않았다.

꾸벅꾸벅 졸거나, 옆자리의 학생과 작은 목소리로 잡담을 나누고 있었다.

나른한 분위기만이 흐르고 있었다.

"WEB 전체 트래픽의 약 13%는 성인용 콘텐츠의 시청이라고 합니다만—."

나도 그 목소리를 BGM 삼으며, 다른 골치 아픈 문제에 정신이 팔렸다.

한순간 이상한 단어가 들린 느낌도 들지만, 아마 기분 탓일 것이다. 진지하게 이야기를 듣고 있던 일부 특별진학반 학생들이 술렁거렸지만, 나는 그런 걸 신경 쓸 겨를이 없었다.

왜냐하면—.

"어이, 츠키노모리 말인데…… 좀 이상하지 않아?"

"이상하달까…… 어른스러워진 것 같아. 쳐다만 봐도 묘한 기분이 든달까……."

"멍청아, 쟤는 오오보시의 여친이라고. 괜한 생각 마!"

"나도 알아! 하지만 예전보다 한 50%는 더 예뻐진 것 같거든. 혹시 여름방학 중에 오오보시와 어른의 계단을……."

"남자들은 진짜 저질이라니깐. 카게이시 양이 중요한 이야기를 하고 있으니까 좀 조용히 해. 무슨 말인지 도통 모르겠지만 말이야."

"그래도 츠키노모리 양이 확실히 예뻐진 것 같긴 해. 화장도 잘 먹은 것 같다니깐."

"가슴도 약간 커진 것 같지 않아? 페로몬 상승 중이란 느낌이랄까? 역시 오오보시와 갈 데까지 간 게 분명해! 저기, 나중에 어땠는지 물어봐도 괜찮을까?"

"관둬~. 정말, 저속하다니깐!"

"네네~ 우등생 아가씨. 본심은 어떤가요~?"

"……궁금해!"

"그렇지?!"

이처럼, 내 옆에 앉은 여자애. 내 사촌이자 가짜 여친— 츠키노모리 마시로에게 호기심에 찬 시선이 무수히 쏟아지고 있다.

나는 그녀의 얼굴을 힐끔 쳐다봤다.

색소가 옅은 머리카락. 덧없는 느낌이 감도는 새하얀 피부.

머리카락 사이로 보이는 조그마한 귀에는, 조개껍질을 모티브로 한 귀걸이를 하고 있었다.

수수하고 소극적인 인상이면서도 최선을 다해 자신을 꾸민 그 모습에서는 원래 청초함과 가련함의 틈바구니에 존재하는 아름다움이 존재했다. 하지만 여름 축제 때의 노력 덕분에 자신의 껍질을 깬 건지, 지금의 그녀는 예전 이상의 매력을 뿜고 있는 느낌이 들었다.

클래스메이트의 말이 옳다.

어디가 어떻게 변했는지 콕 집어 말하기는 어려워도, 마시로의 몸에서는 묘하게 매혹적인 향기가 흘러나오는 것 같아 옆자리에 앉아있는 나도 괜히 긴장됐다.

……하지만 본인은 느긋했다.

주목을 받고 있다는 사실조차 눈치채지 못한 건지, 진지한 눈길로 단상에 선 미도리를 응시하고 있었다.

"흐음, 나도 몰랐어. 미도리 부장은 박식하네. 아키, 안 그래?"

"응? 아, 그래."

건성으로 대답했다.

미도리가 무슨 말을 했는지 솔직히 말해 기억나지 않았다. 어렴풋이 들렸던 단어만 떠올려보자면, WEB에서의 트……트…… 으음, 트럭 전생? 이 어쩌고 했던가? 인터넷 소설 이야기라도 한 거려나? 잘 모르겠다.

"정신이 다른 데 팔린 것 같은데…… 왜 그래?"

"아~, 응. 아무것도 아냐. 응."

마시로는 어리둥절한 표정으로 고개를 갸웃거렸다.

그런 별것 아닌 동작에서도 묘한 색기가 풍겨 나오고 있어서 곤란했다.

반의 녀석들이 나와 마시로가 여름방학 동안 음란한 밤의 여왕이었을 거라는 엉큼한 망상을 하는 것도 무리는 아니었다. 무슨 소리를 하는 건지 이해가 안 될 거라고 생각하지만, 나조차도 무슨 소리를 하는 건지 잘 모르겠다.

아니, 어쩔 수가 없잖아. 마시로에게 감도는 요염한 분위기를 느끼면, 당사자인 나조차도—.

## 어라? 우리, 혹시 했던 거 아냐?

—라며 한순간 기억이 변하려 할 정도니깐.

"응?"

"……미, 미도리 부장의 말에 집중하자."

미도리가 나를 쳐다보며 고개를 갸웃거리자, 나는 허둥지둥 그녀에게서 눈을 뗐다.

위험하다. 이 환경은 매우 좋지 않다.

쓸데없이 주위의 주목을 모으고 있으며, 쓸데없이 심장이 뛰어서 집중력이 흐트러졌다.

이것이 청춘, 이라는 것일까? 프로듀서로서 대선배인 카나리아한테서 청춘이란 낭비를 즐겨야만 다음 단계로 올라설 수 있다! 같은 그럴듯한 조언을 들은 이후로 어느 정도의 청춘 이벤트는 허용하자는 쪽으로 생각을 바꿨지만, 그래도 이건 좀 과한 느낌이 드는데…… 정말 이래도 괜찮은 걸까.

"P●RNHUB와 XVIDE●, FA●ZA 같은 사이트에 여러분이 실수로라도 접속하지 않고, 고등학생에 걸맞은 질서를 지키며, 올바른 마음가짐으로 2학기 생활을 해주시길 바랍니다!"

그 후에도 어깨에 희미하게 닿은 마시로의 팔에서 느껴지는 온기라든가, 독 있는 꽃에서 풍길 법한 달콤한 향기에 뇌가 파괴당한 탓에 미도리의 연설이 한마디도 머리에 들어오지 않았다.

*

평소보다 곱절로 지친 상태에서 개학식이 끝난 후, 교실로 돌아왔다.

체육관과 복도에서 클래스메이트에게 묘한 시선을 받는 가운데, 옆에서는 페로몬 방출 중인 마시로가 태연한 표정으로 흥흥 하고 콧노래를 부르며 스마트폰을 만지작거리고 있었다.

금세기 들어 가장 기분 좋은 상태였다.

나만 거북하기 그지없는 불합리한 상황에 미묘한 표정을 짓고 있자니, 누군가가 내 등을 톡톡 두드렸다.

뒤를 돌아보니 핸섬 페이스, 코히나타 오즈마가 그 자리에 있었다.

내 몇 안 되는 친구이자, 인디즈 게임 제작 집단 《5층 동맹》의 천재 프로그래머 OZ가 바로 이 사람이다.

항상 미소 짓고 있는 얼굴은 「왕자님 그 자체」라며 여자들 사이에서 화제인, 우리 학년 굴지의 인기남이다.

또한 학생회실이나 길거리에서 미소녀와 마주치는 일이 잦아서, 그야말로 미소녀게임 주인공 같은 이벤트에 둘러싸여 사는 행운아다. ……하지만 본인은 그런 쪽으로 자각이 없으며, 그런 만남이 연애로 발전하는 일이 거의 없는 건 아까울 따름이다.

그런 코히나타 오즈마가, 웬일로 미소가 아니라…….

근심 어린 듯한 목소리로 작게 말했다.

"……츠키노모리 양과, 한 거야? **그렇고 그런 짓.**"

"오즈까지 무슨 소리를 하는 거야. 그럴 리가 없잖아."

"그렇지? 나도 그럴 거라고 생각하긴 했어. 하지만—."

오즈는 마시로를 힐끔 쳐다본 후…….

"—아무리 생각해도 여성 호르몬 과다 분비 중이야. 내가 개발한 호르몬 측정기에도 높은 수치가 표시돼."

"별거 아니라는 듯이 특허급 기술을 개발하지 마! 뭐 때문에 그런 걸 만든 거냐고!"

"뭐, 거짓말이야."

"네가 말하면 농담처럼 안 들리니까 자제 좀 해."

인간은 숫자나 과학 같은 말을 들으면, 덜컥 믿어버리게 되어 있다고.

수상한 종교까지 오컬트가 아니라 무슨 웨이브니 전자파니 같은 과학적 개념을 이야기하는 것도 그런 이유 때문이니, 조심하며 살아가야겠다.

"아무 일도 없었다면 됐지만…… 오늘 아침에 이로하가 좀 이상했거든."

"이로하가?"

"오늘은 웬일인지 아키의 집에 돌격하지 않았잖아?"

"아, 그러고 보니 오지 않았네. 새 학기 첫날이니까, 반 대표 격인 우등생이라 바빠서 들르지 않은 거라고 생각했어."

"담임 선생님에게 뭔가를 부탁받은 것 같으니까, 그 예상은 적중했다고 할 수 있겠네."

그렇게 말한 오즈는 질렸다는 듯이 어깨를 으쓱했다.

"하지만 평소 같으면 볼일이 있더라도, 아키의 방에 갔을 거야."

"……그건 그래."

생각해보니 여름방학 때도 그랬다.

문화제 준비 때문에 학교에 가야 하는 날에는 나한테 같이 가자는 제안을 했다.

날씨가 빌어먹게 더우니 집에서 열심히 작업하고 싶은데, 이로하는 나만 에어컨 빵빵하게 틀어놓은 방에서 만화나 보며 농땡이 피우는 게 열받는다며 어이없는 이론을 늘어놨다. 그때는 평소처럼 치근덕거린다고 생각했는데, 확실히 그건 다른 볼일이 있더라도 우리 집에 찾아온 예이기도 했다.

"그래서, 츠키노모리 양과 아키의 관계가 진전된 게 원인인가 했어."

"왜 그쪽으로 이어지는 거야? ……딱히 진전된 것도 아니지만 말이야. 그리고 설령 진전됐더라도, 연관이 없지 않아?"

"아키가 연관이 없다고 생각하는 점에, 나는 깜짝 놀랄 지경이거든?"

정말 모르겠다.

츠키노모리 사장의 눈길 때문에 마시로와 여름 축제에 가야만 했고, 결국 먼저 말을 꺼냈던 이로하와는 같이 못 갔지만…… 그래도 축제 현장에서 만나기도 했고, 당시의 이로하는 꽤 기분이 좋아 보였다. 학교 친구들과도 즐거워 보였고 말이야.

그 후로는 이로하를 못 봤지만, 그래도 마시로가 직접적인 원인이라고 생각하기는 어려운데…… 아, 잠깐만 있어 봐.

"그렇구나. 설마……."

"오, 둔감 마신도 드디어 눈치를 챘구나."

“나와 마시로의 가짜 연인 관계를 신경 써주는 거야! 나를 곤란하게 만들려고 일부러 꽁냥대는 척도 하던 녀석이지만, 역시 사장의 감시망이 쳐진 이 상황은 위험하다는 걸 학습—.”

“50점.”

“으……. 너, 너무 짠 거 아냐? 내가 절반 밖에 눈치 못 챘다는 거냐고.”

“이로하의 짜증귀염을 깨달았으면서도 아직 이 정도라니. 그 어떤 디버깅 작업보다도 까다로운걸. 인간에게는 질투란 감정이 존재한다는 건, 나조차도 미소녀게임을 통해 학습해서 알고 있는데 말이야.”

“버그? 어이어이.”

혹시 오즈는 이로하가 질투에 가까운 감정을 느끼고 있어서 나와 얼굴을 마주하기 어려워한다고 생각하는 걸까.

확실히 일종의 짜증스러움이 귀엽게 느껴질 수 있다는 것은 증명됐다.

짜증스러운 행동이, 좋아하는 상대를 대하는 효율적인 태도가 아니라고 단정 지을 수 없다는 수식이 성립된 것이다.

그렇다고 해서 이로하가 나에게 연애 감정을 지니고 있느냐면…… 으음.

어제, 여름축제 현장에서 이야기를 나눌 때만 해도 이로하는 평소와 똑같았다. 이상한 구석도 딱히 없었기에, 마시로와 내가 가까워져서 질투하고 있다는 말을 들어도 와닿지 않았다.

뭐, 진실이 어찌 됐든 간에…….

"일단 신경을 써둘게."

"응. 그래 주면 오빠로서 기쁠 것 같아."

"응."

오즈의 착각이라면 그걸로 충분하다.

하지만 진짜로 이로하가 뭔가를 고민하고 있다면, 그게 질투이든 아니든 간에 걱정이 된다.

나중에 이로하를 만나면 이야기를 들어봐야겠다.

우리가 그런 이야기를 나누고 있을 때—.

드륵드륵드륵! 거친 소리를 내면서 교실 문이 열리자, 시끌시끌하던 교실 안에 정적이 감돌았다.

위압적인 구둣발 소리를 내며 당당히 교탁 앞에 서더니, 하나로 모아 묶은 보라색 머리카락을 휘날리며 얼음처럼 날카로운 눈길로 학생들을 내려다보는 여왕 같은 인물—《맹독의 여왕》이라 불리는 우리 반의 절대 지도자, 카게이시 스미레.

잡담을 나누는 이가 한 명도 없을 만큼 잘 통솔된 교실을 둘러보더니, 표정 하나 바꾸지 않으며 돌아섰다.

1데시벨 이하인 게 당연하다는 듯, 그 정적을 칭찬하지도 않고 담담히 칠판에 분필로 글자를 적었다.

금륜제 특별 기획. 미스&미스터 콘테스트 개최.

큼지막하게 적힌 그 글자를 강조하듯, 쾅! 소리가 나게 칠판을 두드린 스미레는 교실 전체에 울려 퍼질 듯한 목소리로 이렇게 말했다.

“우리 학교 전통인 미의 제전— 미스 코자이, 미스터 코자이를 결정하는 콘테스트가 올해도 문화제의 메인 행사로 진행될 거야. 자기야말로 미녀, 미남이라 자부하는 자는 자원하도록 해.”

그 말에 교실 안은 다시 술렁거렸다.

의외였으리라.

평소에는 공부, 공부, 공부. 쓸데없이 청춘에 한눈팔 짬이 있으면 장래를 위해 자기 자신을 갈고닦으라고 말하던 이 악마 같은 담임 교사가, 이런 시대착오적이기 그지없고 노는 데 정신 팔린 녀석들 특유의 이벤트에 긍정적인 반응을 보인 것이다.

뜻밖이라는 표정을 지은 학생들은 누구도 눈치채지 못했을 것이다.

**커플링충 특유의, 저 쓸데없이 번들거리는 눈빛을!**

무라사키 시키부 선생님의 본성을 아는 나로선 전혀 이상하지 않았다. 스미레가 미스&미스터 콘테스트를 추진하지 않을 리가 없는 것이다.

왜냐하면, 내가 알기로 콘테스트에서 뽑힌 학교 제일의 미남미녀는…….

"미스 콘테스트와 미스터 콘테스트, 양쪽의 우승자는 후야제 때의 댄스파티에서 포크댄스 파트너로 춤추게 되어 있어. 즉, 최강의 커플이 자아내는 한 폭의 그림 같은 광경을 즐길 수 있는 거야……가 아니라. 아름다움을 추구하는 것도, 감상하는 것도 일류 사회인이 갖춰야 할 교양이라고 할 수 있어."

도중에 본심이 새어 나왔지만, 어찌어찌 잘 추슬렀다.

누가 봐도 가면에 금이 간 것 같았지만, 썩어빠진 내면을 다른 녀석들에게 들킨 것 같지는 않았다.

"아름다움의 탐구…… 역시 카게이시 선생님은 심오하네. 나도 근육의 미학을 추구하고 싶어."

"그래……. 육체미야말로 지고하거든."

남자들은 번들거리는 눈빛으로 그 이야기에 순순히 귀를 기울이고 있었다.

이 자식들은 틀렸어. 이미 조교가 완료됐다고.

참고로 나는 물론 그런 이벤트에 전혀 관심이 없고, 인연도 없다.

작년 문화제 때는 인싸 녀석들이 되게 즐거워하네~ 같은 느낌만 받았다.

하지만 작년과는 다르다. 명백하게 다르다.

왜냐하면 올해는 우승 후보로 거론될 수준의 미소녀가 같은 반에 있다.

게다가 그 미소녀— 마시로는(대외적으로) 내 여친인 것이다.

게다가 마시로는 장기 휴가를 보내며 더 아름다워졌으며, 여자의 색기 또한 마구 증폭된 상태다.

"츠키노모리 양이 미스 콘테스트에 나가면 우승할 것 같아!"

"맞아. 안 그래도 귀여운데, 저렇게 섹시한 분위기도 감도는걸!"

여자애들은 꺄아꺄아~ 하며 순진하게 추천하고 있었다.

큰일이군. 도망칠 수 있는 분위기가 아냐.

"저기, 츠키노모리 양. 나가봐!"

"마, 마시로가? 으, 으음…… 어떻게, 할까."

남이 말을 걸어온 바람에 낯가림이 발동된 마시로는 우물쭈물했다.

하지만 예전보다 호전된 건지, 여학생의 눈을 똑바로 보지는 못하면서도 어찌어찌 대화를 주고받고 있었다.

하지만 마시로는 나와 마찬가지로 아싸다. 아무리 성장 이벤트를 거치면서 강화되었다고 해도 전교생의 주목을 받는 것을 각오하긴 어려운지, 나를 힐끔 쳐다보며 이렇게 말했다.

"아키는…… 미스터 콘테스트에, 나갈 거야?"

"왜 이 타이밍에 나한테 그런 걸 묻는 건데?"

"그, 그야, 우승 특전. 포크댄스. 아키가 파트너가 아니라면 딱히 필요 없거든."

"그, 그렇구나."

맞는 말이다. 우리는 형식상으로는 사귀는 사이이며, 마시로는 나를 진짜로 좋아하는 것이다. 그러니 미스터 콘테스트의 우승자와 댄스를 춰봤자 딱히 기쁘지는 않을 것이며, 괜한 문제만 일어날지도 모른다.

하지만, 교실에서 숨김없이 호의를 당당히 드러낸 것은 뜻밖에도 처음이었다.

다른 학생들이 「오오, 커플!」이라며 선망의 시선을 보내자, 나는 쑥스러울 수밖에 없었다.

……너희는 평소에 나를 마치 공기처럼 있는 둥 마는 둥 취급하면서, 진짜 이럴 때만…… 정말…….

"아키, 어쩔 거야?"

"물어볼 것도 없잖아. 당연히 안 나가."

나는 전혀 흥미가 없다.

카나리아의 조언을 듣고 청춘을 즐겨보자는 생각을 품게 됐지만, 인싸 전력 질주 분위기에 동참하는 건 솔직히 무리다.

"그리고 나가봤자 이길 리가 없어."

"어, 왜?"

“아니, 왜 이길 거라고 생각하는 거야. 미스터 콘테스트라면 교내의 미남이나 운동부 에이스처럼 손꼽히는 인기남들이 다 나올 거 아냐. 오즈라면 이길지도 모르지만, 나 같은 건 1차전 탈락 확정일걸?”

“그렇지 않을 것 같은데…….”

“내 무존재감을 얕보지 마. 지금은 마시로의 남친이라 주목을 받고 있지만, 원래는 존재 자체도 인식되지 않았다고. 매력이 없다는 건 자각하고 있어. 아무리, 저기…… 너한테도 사랑받고 있다 해도, 그 정도로 우쭐하지는 않는다고.”

“……윽!”

부끄러운 나머지 기어들어가는 목소리로 말한 후반부 대사를 전부 들은 건지, 마시로는 귀까지 새빨개진 채 몸을 웅크렸다.

도망치듯 고개를 돌린 마시로는, 기대에 찬 시선을 보내는 반 친구들을 향해…….

“아키가 안 나간다니까, 마시로도 안 나가. ……미, 미안해.”

말끝에서 내성적인 성격이 묻어났다.

전학 오기 전의 마시로를 떠올려보면, 딱 잘라 말하지 못하는 게 당연했다.

친구들의 기대를 거부한다는 건, 마시로에게 있어 왕따를 당했던 과거의 트라우마를 떠올리게 하는 행위일 것이다. 기분을 나쁘게 하거나 언짢게 하면, 자기를 떠받들어주던 이들에게 거꾸로 따돌림을 당하게 될지도 모르는 것이다.
하지만 강해진 마시로는 현재 거절하는 용기를— 미움받을 용기를, 지녔다.
그리고 용기를 가지고 거절하고, 의사 표시를 하자—.
"그렇구나~. 유감이야."
"츠키노모리 양이라면 분명 우승할 수 있을 텐데, 아쉽네~."
"하지만 그만큼 오오보시와의 시간을 소중히 하는 거잖아! 아앙~, 러브러브라 좋겠다~!"
—세상이 의외로 상냥하다는 것을, 깨닫게 됐다.
이것은 나 자신도 반성해야 할 점이지만, 쓸데없이 청춘을 구가하느라 비효율적이고 교양 없는 이야기에 귀중한 시간을 낭비하는 녀석들. 인싸며 리얼충으로 불리는 녀석들을 현미경으로 확대해서 보면, 꽤 괜찮은 녀석들이기도 하다니깐.
거리를 뒀을 때는 눈치 못 챘지만 말이지.
마시로에 대한 이야기가 일단락되자, 교실 안에 정적이 되돌아……오기에는 아직 일렀다.
"코히나타는 미스터 콘테스트에 나갈 거지?"
"아니, 우리가 등록 용지를 내버리자! 기정사실, 기정사실!"
"코히나타라면 우승은 따 놓은 당상이야!"
그렇다. 우리 반에는 최근 주목받고 있는 신진기예 미소녀만이 아니라, 명확한 실적을 통해 안심과 신뢰를 자아내며 우리 반 발족 이후로 쭉 자리를 지켜온 베테랑 미남, 코히나타 오즈마도 있다.

"으음~. 그다지 관심 없는데 말이야~. 아하하."

여자애들이 터져 나오는 새된 비명을 못 참겠는지 꺄아꺄아~ 거리자, 오즈는 아무래도 상관없다는 듯이 쓴웃음을 흘렸다.

"아키는 어떻게 생각해? 나, 미스터 콘테스트에 나가는 편이 좋을까?"

"그걸 왜 나한테 묻는 거야?"

"아키가 나가보라고 한다면, 해보는 것도 괜찮을 것 같거든."

"그건 또 무슨 소리야……."

마시로도 그렇고, 오즈도 그렇고, 왜 의사 결정을 나한테 미루는 걸까?

마시로는 형식상으로 내 연인이니 그렇다 쳐도, 오즈는 평범한 친구인데 말이다. ……뭐, 과거에 오즈의 인격 교정 트레이닝에 협력했던 나는 어찌 보면 연인보다 더 깊은 사이라고 할까, 커뮤니케이션에 있어 그의 부모나 다름없을지도 모르지만 말이야.

아무튼 절친의 일대 청춘 이벤트인 만큼, 진지하게 생각해봐야겠다.

이전의 나라면 비효율적인 행사에 참여할 가치는 없다! 라며 냉큼 반대했을 것이다.

"참가해보는 건 어때? 오즈라면 우승도 노려볼 수 있을 테고, 어쩌면 엄청 재미있을지도 몰라."

나는 자연스럽게, 그의 등을 밀어줬다.

오즈는 놀란 것처럼 한순간 눈을 치켜떴다. 하지만 곧이어 고개를 끄덕였다.

"아키가 그렇게 말한다면 틀림없겠지. —오케이, 참가할게."

"""꺄아아아아아아아!! 만세에에에에에에에에에!!"""

오즈가 승낙하자, 여자애들이 환성을 질렀다.

그 말에 자극을 받았는지, 남자들까지 이 분위기에 편승했다.

"뭐? 코히나타가 미스터를 노리는 거야?"

"가냘프고 선이 가는 미남에게 옥좌를 넘겨줄 수는 없어. 남자의 매력에서 근육이 필수불가결이라는 걸 증명해줘야지!!"

"오오! 잘해봐, 동지!!"

근력운동에 빠져버린 일부 남자애들이 알통을 과시하며 참가를 표명하기 시작했다. 같은 반에서 여러 명이 참가할 수 있는 자유로움도, 금륜제의 콘테스트가 인기인 이유 중 하나다.

조례 중이라는 것을 잊고 떠들어대는 녀석들을 지금만큼은 꾸짖을 생각이 없는 건지, 스미레도 철가면을 쓴 채 그 모습을 바라보고 있었다.

—참고로 그것은 수용이 아니라 수요다. 가면 아래에서 미스터 콘테스트와 오즈를 가지고 다양한 망상을 해대며

마음속으로 침을 질질 흘리고 있을 것이다.

잠시 후, 정신이 퍼뜩 든 듯 스미레는 아무도 몰래 표정을 굳혔다.

“조용히 하렴. 동물원 원숭이도 아니고……라고 말하고 싶지만…….”

어험, 하고 헛기침을 한 후…….

무라사키 시키부 선생님으로서는 평소와 다름없는, 하지만 《맹독의 여왕》 카게이시 스미레로서는 이례적으로 싹싹한 분위기의 미소를 머금었다.

“금륜제 동안은 원숭이로 지내는 걸 허락해주겠어. 기간 한정으로, 마음껏 야생으로 회귀하렴.”

““““오오오오오오오오오오!!””””

담임 교사의 허락하에 야단법석을 피워도 된다.

허락을 받은 학생들이 벌떡 일어서며 환성을 지르는 가운데…….

—하아. 세상에서 가장 비생산적인 광경인걸.

그렇게 생각하면서도 느낀 건 불쾌함이 아니라, 친구들이 즐겁게 게임하는 광경을 옆에서 보고 있는 초등학생이 된 기분이다.

유감스럽게도 나는 외모에 자신이 없기에, 미스터 콘테스트라는 말을 듣고도 텐션이 급상승하지는 않았다.

조례의 끝을 알리는 벨 소리가 들려온 순간, 스마트폰을

켰다.

음소거 상태에서 켠 것은 게임 앱.

물론 『검은 새끼 염소가 우는 밤에』다. 《5층 동맹》의 처녀작이자 유일작이자 대표작.

어찌 보면 나에게 있어, 청춘의 결실이다.

여름 축제 때 만났던 중학생의 감상을 떠올렸다.

이로하의 라이벌을 자칭하는 수상한 여자— 토모사카 사사라의 남동생이자, 『검은 염소』의 팬을 자처하던 토모사카 챠타로. 그의 열렬한 감상은 이제까지 팬의 의견에 휘둘려서는 안 되니, 적극적으로 팬의 목소리에 귀를 기울이기보단 숫자하고만 눈싸움을 벌였던 나에게 신선한 기쁨을 안겨줬다.

청춘을 즐길 여유가 내 안에 생겨난 덕분인지 지금은 솔직하게 챠타로의 감상을 받아들일 수 있었고, 앞으로는 에고서핑[#1]를 적극적으로 해보는 것도 괜찮겠다는 생각이 들었다.

"코쿠류인 쿠게츠…… 짜증귀염……."

SNS에서 검색창에 단어를 입력했다.

참고로 이것은 예전에 스미레가 가르쳐준 에고서핑 방법인데, 검색하고 싶은 단어 사이에 띄어쓰기를 하고 긍정적인 단어를 붙여주면 좋다고 한다.

---

**#1 에고서핑(egosearching)** 인터넷에서 자신과 관련된 정보를 검색하는 것.

그러면 높은 확률로 좋은 감상이 검색되는데, 자신이 분별없는 중상과 비방에 상처 입는 타입이라고 여긴다면 에고서핑을 하지 말 것을 권한다.

……오, SNS에서 코쿠류인 쿠게츠를 거론하는 목소리가 꽤 많은걸.

캐릭터 디자인을 공개하고, 고지용 샘플 보이스도 넣었으며, 신규 업데이트된 스토리의 줄거리를 재미있게 정리하는 등…… 그런 노력의 결과가 목소리가 되어 되돌아오는 것이 솔직히 기뻤다.

물론 SNS에 감상을 쓰지 않고 조용히 즐기는 유저도 있을 것이다. 그들의 들리지 않는 목소리를 무시하는 건 어리석기 그지없는 짓이기에, 숫자상의 결과 또한 꼼꼼히 체크하고 있다.

"숫자…… 어라? 혹시…… 우와, 말도 안 돼……!"

별생각 없이 스토어의 관리자 화면을 펼친 나는 「그것」을 보고 초조함이 급상승했다.

무심코 흘린 목소리가 뒤편까지 전해진 건지, 오즈가 의아해하며 물었다.

"아키, 무슨 일이야?"

"큰일 났어…… 우와…… 이건 진짜 대박이야."

"흠."

"설마 이런 일이 벌어질 줄이야. 1년 전의 우리는 상상도 못 했던 일이라고."

"아하?"

"눈앞에 펼쳐진 이 진실 앞에서, 나는 어떤 표정을 지으면 되지……!"

**"슬슬 짜증 나니까 결론을 말해줄래?"**

압박감이 느껴지는 미소였다.

"으, 응. 그럼 결론부터 말할게—."

뭐, 오즈가 짜증을 내는 것도 이해는 된다. 낭비를 싫어하는 내가 이로하에게 방금 같은 말을 들었다면 두 번째 대사 즈음에 건강에 좋은 혈을 눌러서 격퇴해줬을 테니 말이다. 오즈는 용케 세 번째 대사까지 버텼는걸.

하지만 이번만은 다소의 비효율을 이해해줬으면 한다. 왜냐하면 이것을, 이 숫자를 접하고 텐션이 상승하지 않는 게 무리이니 말이다.

"『검은 염소』가, 200만 DL을 돌파했어……!!"

"오오……?!"

"……! 정말이야……?!"

깜짝 놀란 오즈의 뒤를 이어, 내가 방금 한 말을 들은 것 같은 마시로가 끼어들었다.

클래스메이트 대다수가 머지않은 문화제를 향한 기대감에 사로잡혀 흥분하는 와중에…….

나와 오즈와 마시로만은, 남들과 다른 이유에서 엄지를 치켜들었다.

*

『100만에서 200만까지 오는데 참 오래 걸렸네. 축하해, 아키.』

『너희가 만든 작품이 그만큼 대단한 거야. 광고에 돈을 팍팍 쏟지 못해서 내심 미안하다고 생각했는데…… 꾸준히 계속해오길, 정말 잘했어.』

『이렇게 경사스러운 날에는, 당연히……?』

『응. ―파티를 해야지!』

## 5층 동맹(4)

AKI
그럼 오늘 급히 [200만 DL 돌파 기념&코쿠류인 쿠게츠 갱신의 순간을 함께 맞이하자 긴급 파티]를 개최하겠어!

무라사키 시키부 선생님
끼이이이이얏호오오오오오오오!!

OZ
좋네, 기대되는걸.

OZ
DL만이 아니라 DAU도 늘고 있으니 말이야.

마키가이 나마코
해냈군.

무라사키 시키부 선생님
DAU가 뭐였지?

AKI
1일 액티브 유저예요.

무라사키 시키부 선생님
흐음~.

OZ
그 단어도 모르면서 애플리케이션 게임 개발에 관여하고 있다는 게 더 놀랍네.

마키가이 나마코
완전 동감.

AKI
뭐, 무라사키 시키부 선생님은 일러 쪽 스페셜리스트니까

AKI
멋진 그림만 그려주신다면 그걸로 충분해요.

무라사키 시키부 선생님

그래! 나는 스페셜리스트야! 엣헴!

AKI

마키가이 선생님은 어때요? 참가할 수 있겠어요?

마키가이 나마코

으음~.

AKI

요즘 바쁘신지, 파티에 거의 참가 못하셨잖아요.

AKI

모처럼의 경사스러운 자리니까, 오래간만에 이야기를 나눌 수 있다면 좋겠는데…….

무라사키 시키부 선생님

앗.

무라사키 시키부 선생님

아~! 아~! 그래도 마키가이 선생님, 빌어먹게 바쁜 거 아니었어?!

OZ

왜 선생님이 대답하는 거야?

무라사키 시키부 선생님

그게 악연으로 얽혀있달까, 악우나 다름없달까…….

OZ

?

무라사키 시키부 선생님

아무튼! AKI의 마음은 이해하지만, 마키가이 선생님은 바쁘시니 참가 못 해도 어쩔 수 없지 않을까 싶네!

마키가이 나마코

아~, 시키부. 괜찮아. 신경 쓰게 해서 미안해.

마키가이 나마코

이번에는 참가할 거야. 뭐, 평소처럼 리모트로 말이지.

AKI
오오!

무라사키 시키부 선생님
어, 괜찮아?

마키가이 나마코
당연하지.

무라사키 시키부 선생님
그래. 뭐, 본인이 괜찮다면 됐어.

무라사키 시키부 선생님
나는 어느 쪽이든 다를 게 없거든.

마키가이 나마코
뭐, 요즘 들어 좀 여유가 생기긴 했거든.

마키가이 나마코
여러 가지 의미에서 말이지.

AKI
아하?

AKI
어찌되었건 오랜만에 목소리 듣게 되면 좋겠네요.

AKI
기대하고 있을게요.

마키가이 나마코
OK.

OZ
그럼 오늘 밤에 평소처럼 아키의 집에서지?

무라사키 시키부 선생님
이의 없음~!!

## 002 제2화 …… 친구 여동생이 나한테만 차갑다

“200만 DL를 축하하며~~~ 거어어언배애애애~~~!!”

개학식 당일 밤.

한적한 주택가에 있는, 꽤 값이 나가는 맨션의 5층.

방음 성능이 뛰어나서 좀 소란을 피워도 이웃이나 위아래 층에 소리가 새어 나갈 일 없는 이 끝내주는 환경에서…….

한계 여교사— 카게이시 스미레, 겸 한계 일러스트레이터 무라사키 시키부 선생님의 하이텐션 목소리가 울려 퍼졌다.

“아하하. 텐션이 하늘을 찌르네. ……건배.”

“하아. 다른 맨션에서 저랬으면 이웃한테 항의 받았을 거야. ……건배.”

『오늘 정도는 봐주자고. 기념일이니 말이야. ……건배!』

“……건배.”

“벌컥벌컥벌컥벌컥!! 푸하아~!! 대박~. 이 하이볼, 너무 맛있는 거 아냐?!”

나, 오즈, 마키가이 나마코 선생님이 어이없어하고 있다는 걸 전혀 눈치채지 못한 채, 여교사는 첫 잔을 그대로 원 샷 했다.

……이 여자는 정말…….

"그러고 보니, 츠키노모리 양은 안 왔구나."

오즈는 문뜩 실내를 둘러보며 그렇게 말했다.

"응, 그렇게 됐어. 말을 해봤는데, 거절당했거든."

"흐음, 드문 일도 다 있는걸. 이로하도 참가하는 자리니까, 1초라도 아키한테서 떨어지지 않을 거야~ 할 줄 알았어."

"그 녀석 나름의 배려겠지. 딱히 신경 쓸 필요 없는데 말이야."

한 시간 전. 마시로에게 LIME으로 거절을 당한 나는 그 정도로는 물러나지 않겠다며 귀가하자마자 마시로의 집 인터폰을 누르고 찾아가 다이렉트 권유를 시도했다.

하지만 문을 열고 나온 마시로는…….

『저기, 이번 기념만큼은…… 《5층 동맹》의 원래 멤버끼리 해야 한다고 생각해. 빈말이 아니라, 진심이야.』

『걱정하지 마. 다시 고독해지려는 건 아냐. 그 증거로, 학교에서는 여친 행세를 팍팍 할 거야. 이로하 양의 프로듀스 건도 포함해서 말이지.』

—그렇게 말하며 고집스럽게 파티 참가를 거절했다.

전학 직후처럼 껍질 속에 틀어박히기 위한 거절과는 명백히 다르다고 확신한 건, 거절 의사를 밝히며 그녀가 지은 미소가 성모처럼 자애로 가득 차 있었기 때문이다.

마시로는 순수하게, 친절을 베푼 것이다.

어디까지나 《5층 동맹》의 창립 멤버가 아닌 그녀는, 다른 이들과 100% 같은 기억을 공유하고 있지 않다.

따라서 추억에 잠기고 싶을 테니 나는 자리를 비켜줄게, 라는 의미의 배려다.

그런 말을 들으니, 나도 이번만큼은 억지로 밀어붙일 수가 없었고…… 그렇게 해선 안 된다는 생각이 들었다.

"그래서, 물러난 거구나. 얼마 전까지의 정신적으로 문제 있던 츠키노모리 양이라면 절대 안 했을 말이네."

"한 달이면 사람이 얼마든지 달라질 수 있는 거야. 너도 그랬잖아?"

"아~. 그것도 그래. ……츠키노모리 양도, 아키에 탐닉하게 됐구나."

"어이, 말을 꼭 그렇게 해야……."

"삐빗~!! BL 경찰입니다!! 거기, 『탐닉』 같은 탐미적인 대사를 입에 담지 마십시오!!"

갑자기, 주정뱅이가 난입했다.

쓸데없을 정도로 세련된 손가락 휘파람을 불며, 경찰 행세를 하면서 말이다.

"평범한 주스 마시면서 그딴 소리를 하는 건 난센스!! 건전한 BL은 건전한 구도에 깃드니까, 좀 더 맛깔나는 구도에서 다시 해봐. 원 모어~!!"

"짜, 짜증 나……. 그리고 밀지 마, 얽히지 마, 술 냄새 나!"

이미 완전체☆무라사키 시키부 선생님이 된 만취녀의 얼굴을 밀어냈다.

"에이, 괜찮잖아~. 200만 DL이야, 200만 DL. 공로자에게 포상 좀 줘~."

"현금으로 보너스 지급……하면 교사의 부업 활동 등으로 문제가 될 테니까, 기프트카드로 줄게요."

"돈 따위는 됐어! 금단을 보여줘!"

"크아아아아아아아! 진짜 귀찮네, 이 BL 오타쿠!"

정말, 행복한 표정으로 마셔대기는…….

……뭐, 괜찮지만 말이야.

오늘 이 자리를 마련한 것도, **무라사키 시키부 선생님이 기분 좋아졌으면 하는 것이 목적의 절반이거든.**

슬슬 트릭을 폭로할까, 하고 생각한 나는 본성을 드러낸 호스트(편견)처럼 야비한 미소를 머금었다.

"뭐, 확실히 무라사키 시키부 선생님은 공로자예요."

"어~, 왜 갑자기 진실을 이야기하는 거야~. 멋쩍잖아~."

『어이, 우쭐대지 마. ……내 활약도 잊지 말라고.』

"물론이죠, 마키가이 선생님. 마키가이 선생님도, 오즈도, 여기 있는 모두가 최고의 공로자예요."

단…….

© tomari

“부업을 하는 게 들통나면 끝장나는데도, 교사와 일러스트레이터를 겸업해줬잖아요. 위험 부담을 안으며 계속 공헌해준 걸, 저는 진심으로 감사하고 있어요.”

“어, 어어? 왜, 왜 그래, 아키. 갑자기 귓가에서 미남 보이스로 속삭이다니…….”

“아까까지 우쭐댔으면서 솔직하게 칭찬해주니 쑥스러워하는 거야? 그런 점, 참 귀엽네.”

“어, 잠깐만. 나를 꼬셔서 어쩌려는 거야? 다른 애…… 마시로나 이로하한테 해.”

“다른 애한테는 안 해. 내가 이러는 건 너뿐이야.”

“선택지에 나를 포함시키는 취미 같은 건 없거든~?”

스미레가 새된 목소리로 그렇게 말했다.

낮은 목소리로 귓속말을 하는 내 모습을 본 다른 녀석들이 술렁거리기 시작했다.

『어이, 너무 들러붙는 거 아냐?』

마키가이 나마코 선생님이 당혹스러운 목소리로 그렇게 말했다.

뭐, 그럴 만도 했다.

내가 뭐 잘못 먹은 것처럼 스미레를 꼬시기 시작한 걸로 보일 테니 말이다.

물론 진짜로 스미레에게 반해서, 그녀를 어찌해보고 싶어 대시한 건 아니다.

입에 담은 말 또한, WEB에서 찾은 호스트의 전형적인 작업 멘트를 그대로 옮긴 것이라 감정은 눈곱만큼도 어려 있지 않았다.

명석한 두뇌로 내 목적을 눈치챈 오즈는 노트북 컴퓨터에 얼굴을 내밀었다.

"마키가이 선생님, 걱정하지 마. 아키는, 아마…… 소곤소곤."

『아, 그런 건가. 아하. —그래, 아키. 계속해.』

설명을 들은 마키가이 나마코 선생님이 오히려 나를 응원하기 시작했다.

역시 내 절친, 그리고『검은 염소』로 맺어진 맹우다.

내 행동에 담긴 의도를 금방 이해했다.

"공로자인 무라사키 시키부 선생님을 위해, 비장의 돔, 페, 리, 뇽, 을 준비했어. ……한 잔 어때?"

"아, 아앙…… 마실래~!"

작업 멘트와 술의 유혹, 그 둘의 합체기.

술술 넘어오기 시작한 이 함락 여교사는 완전히 맛이 간 표정으로, 눈부시게 빛나는 병에서 졸졸 흘러나오는 액체에 눈길을 빼앗겼다.

"이런 술까지 준비해주다니…… 아키는 나를 이렇게나 생각해줬구나…… 흐흑."

"네, 제가 이러는 건 무라사키 시키부 선생님뿐이에요. 자, 쭉 들이키세요. 쭉~."

“고마워! 꿀꺽…… 꿀꺽…… 푸핫!! 탄산이 세기는 하지만, 기분이 참 끝내줘!!”

잔에 가득 담긴 돔 페리뇽이 순식간에 사라졌다.

역시 알아주는 술꾼답게, 참 시원시원하게 마신다.

하지만 어느 세상에서나, 과도한 치켜세움과 실속 없는 칭찬의 이면에는 독이 존재하기 마련이다.

“……마셨지?”

“으응?”

“이 집에 있는 술 중에서 가장 비싼 걸, 마셨지?”

“왜, 왜 그래? 저기, 으음. 아까까지는 그렇게 상냥했으면서, 지금은 왜 눈길이 무시무시한 거야?”

“어이, 무라사키 시키부 선생님. 나, 부탁이 있어. 이렇게 극진하게 대접해줬는데, 설마 거부하진 않겠지?”

“장소와 시간과 조건에 비춰, 긍정적으로 검토해드리는 방향으로 추진해볼 마음이라면 없진 않거든?”

“그렇구나. 그럼—.”

스미레의 어깨에 손을 턱 올린 나는 한밤의 환락가에서 빛나는 별 부스러기처럼 방긋 미소 지었다.

**“200만 DL 기념 일러스트, 내일까지 잘 부탁해.”**

**“아아아아아아아아아아아아아악!!”**

게임 애플리케이션의 경사스러운 날에, 기념 일러스트는 필수 불가결하다.

대대적인 선전 없이 꾸준히 운영하면서 여기까지 올라온 『검은 염소』와 《5층 동맹》과는 인연이 없는 사태다. 그래도 스마트폰 게임 업계의 이야기를 들어보면, DL의 기세가 어마어마해서 기념 기획을 미처 준비 못 하는 사태도 드물게나마 있다고 한다.

하지만 기념에 맞춰 애플리케이션이나 SNS로 효과적인 시책을 펼친다면, 그 화제성이 마중물 역할을 하면서 그 게임이 더 널리 알려질 가능성도 있다.

무라사키 시키부 선생님의 신규 기념 일러스트는, 무슨 일이 있어도 꼭 납품받고 싶다!

"나를 속였구나?!"

"남들이 그 말을 들으면 오해하겠네. 그리고 너도 행복한 체험을 하긴 했잖아?"

"그건 사기꾼의 멘트거든~?!"

"그런 건 아무래도 좋아. 할 거야, 말 거야? 어느 쪽인데?"

"으극. 치, 치사해. 선택지가 그 둘 뿐이라면, 하고 싶은 게 당연하잖아!"

"하고 싶다면 그냥 해. 무슨 문제 있어?"

"아니, 그래도 내일까지 끝내는 건 좀……. 지금은 밤 아홉 시거든? 술도 마셨단 말이야!"

"이제 27시간이나 남았네. 여유롭잖아."

"일러스트 작업 이외의 시간이 계산에서 빠져 있어어어어어어어어어어어어어어!"

"다들 무라사키 시키부 선생님의 그림을 기다리고 있어."

"윽."

"팬의 기대를 저버릴 거야?"

"끄윽."

"—자, 다시 묻겠어. 200만 DL 기념 일러스트. ……어쩔래?"

"그리고…… 싶어요……!!"

눈가에 눈물이 가득 맺히고, 이를 빠득빠득 갈며, 과즙을 쥐어 짜내는 목소리로 그렇게 말한 스미레는 두 잔째 돔 페리뇽을 단숨에 들이켰다.

"울든지 마시든지 하나만 해. 정말……."

내가 어이없어하며 머리를 긁적이자, 오즈가 노트북 컴퓨터를 안아 든 채 다가왔다.

컴퓨터에는 이 자리에 없는 《5층 동맹》 종신 명예 작가인 마키가이 나마코의 아이콘이 표시되어 있었다.

『울면서도 술 되게 잘 마시는걸.』

"말은 저러지만 한 번 그리기 시작하면 즐겁게 작업을 하는 사람이 바로 무라사키 시키부 선생님이거든. 아키도 그걸 아니까 저렇게 무모한 일을 시키는 거야."

『뭐, 그렇겠지. 오래 알고 지낸 만큼, 어떻게 부려야 할지 잘 아는 거군.』

쓴웃음을 흘리던 마키가이 나마코 선생은 퍼뜩 뭔가 생각난 투로 말했다.

『아~, 그러고 보니 아까부터 쭈욱 신경 쓰였는데 말이지. —오즈의 동생 말인데, 좀 이상하지 않아?』

"—눈치 챘나요."

나는 삼국지 만화의 첫 번째 컷처럼 진지한 표정을 지었다.

지금까지 일부러 거론하지 않았지만, 《5층 동맹》의 오늘 파티에는 주역이라 할 수 있는 녀석이 한 명 더 있다.

무라사키 시키부 선생님과 함께 하늘을 찌를 듯한 텐션으로 떠들어대며, 상대방이 원하는 타이밍이 새로운 술을 척척 따라주는 최강의 후배.

별명이 오즈인 코히나타 오즈마의 친동생이자, 나에게 있어서는 친구 여동생.

다른 녀석들에게는 비밀이지만 『검은 새끼 염소가 우는 밤에』의 모든 캐릭터에 『목소리』란 무기로 목숨을 불어넣어 완성시키는, 하나를 위한 모두이자 모두를 위한 하나인 담당 성우.

나에게만 짜증나게 구는 후배, 코히나타 이로하.

이제까지 전혀 등장하지 않았잖아, 뭐가 어떻게 된 거야, 하고 생각했을지도 모르지만, 실은 아까 딱 한 마디만 했다.

건배, 하고 말이다. 하지만 그 단어를 입에 담은 후, 아무 말도 하지 않으며 방구석에서 무릎을 끌어안은 채 토마토 주스만 홀짝이고 있는 황금색 머리카락의 여자애.

평소 캐릭터를 생각하면 믿기지 않을지도 모르지만, 그 녀석이 바로 코히나타 이로하 본인이다.

"……뭐야?"

내 시선을 눈치챈 건지, 미심쩍은 눈길로 나를 노려보았다.

……무지 무섭네.

"그, 그게, 웬일로 기분이 나쁜가…… 싶어서 말이야."

"딱히 나쁜 건 아냐."

"그 말을 믿으라는 게 무리 아냐? 인싸의 화신 같던 네가 왜 가라앉은 우울 오라를 마구 뿜고 있는 건데?"

"되게 짜증나게 구네. 이로하는 혼자 조용히 마시고 싶을 뿐이니까, 저리 가버려."

"끄어억."

마음속으로 피를 토했다.

차갑다. 너무 차갑다. 평소에는 부탁하지 않았는데도 멋대로 들러붙어 대는 민폐 덩어리였는데 말이다. 오늘은 왜 이렇게 매몰찬 거지?

그리고 이 느낌은 전에도 느껴본 적이 있어.

『이로하 녀석, 이상하지 않아? 저래서야 마치 마시로 같잖아…….』

"바로 그거야!"

이로하에게 격퇴당한 내가 물러나자, 마키가이 나마코 선생님이 정곡을 찌르는 한마디를 입에 담았다.

듣고 보니, 지금의 이로하는 마시로와 똑같았다.

"마시로 녀석이 요즘 꽤 부드러워져서, 거기까지 생각이 바로 미치지 못했어요. 그런데 용케 눈치채셨네요. 마키가이 선생님은 마시로와 그다지 교류가 없잖아요."

『어?! 아~, 음~, 다, 당연하지. 인간 관찰은 작가의 본분이거든.』

"아, 그런가요."

그렇다면 납득이 된다.

그건 그렇고 이로하의 태도를 보니 솔직히 걱정됐다. 아까 학교에서 오즈에게 들었던 말 때문에 더 신경이 쓰였다.

기운이 없으면 달래줄 생각이었는데, 원인을 모르는 상태에서 눈치 없이 돌격을 했다가 오히려 박살이 나는 사태가 벌어진다면 버티지 못할 것이다. 하다못해 정보를 조금 더 모아보자고 생각한 내가 살펴보고 있을 때—.

"어이어이어이어이어이! 기운 되게 없네, 이로하아아아~!"

저질렀어—!! 무라사키 시키부 선생님이, 저질렀어—!!

분위기? 아, 이 나풀거리는 장막 말이야? 같은 식으로 장벽을 찢어버린 스미레가 이로하의 옆에 털썩 앉아서 볼을 비벼댔다.

"술 냄새 나. 얼굴 들이밀지 마. 짜증 나."

"아응! 이로하가 매정해~. 마시로 같은 소리를 해~."

"……흥."

"어어어어어어, 이쪽 좀 봐줘어어어어어어!!"

이로하는 고개를 휙 돌린 채, 아무런 반응도 보이지 않았다.

시키부의 텐션이 짜증 그 자체라는 점에는 지극히 동의하지만, 아무리 그래도 이로하의 저런 행동은 너무 이상했다. 이래서야 진짜로 마시로와 다를 게 없다.

"아~키~!! 이로하가 나를 괴롭혀! 위로해줘~!"

"아, 네. 참 불쌍해라~."

"그렇지?! 술 냄새 난다는 건 완전 중상모략이야! 이런 내가 참 불쌍하지?!"

"아, 그건 중상모략이 아니라 올바른 지적이에요."

"정론 늘어놓지 마~. ……상처 입어서 그러는데, 일러스트 마감 좀 늘려주면 안 돼?"

"건강에 좋은 새로운 혈을 찾았는데, 선생님 상대로 시험해 봐도 될까요?"

"거짓말이에요, 죄송해요, 그럴 테니까 저를 건강하게 만들지만 말아주세요!"

질풍노도 같은 울상 오체투지.

사죄 코멘트가 요상하긴 해도 정상영업 중이기에 딱히 딴죽을 날리지 않았지만…… 신경 쓰이는 것은 비정상 불량영업 중인 이로하 쪽이다.

"저기, 이로하—."

"말 걸지 말라고 몇 번을 말해야 돼? 뇌가 민달팽이로 되어 있어?"

"아, 네. 물러나겠습니다."

틀렸다. 아무리 말을 걸어봤자 이 꼴이다.

다행인 건 우리 멤버들은 마시로의 태도에 익숙해서, 파티 도중에 이런 태도를 취하는 녀석이 있더라도 기분 나빠하지 않았다. 나와 오즈와 스미레와 마키가이 나마코 선생님은 누군가가 이렇게 성가신 태도를 보이더라도, 그것을 개성이라 여길 도량을 지녔다.

그러니 뜬금없이 태도가 매몰차진 이로하를 보면서도, 분노나 짜증을 느끼는 게 아니라 캐릭터 플레이를 하는 그녀를 순수하게 걱정할 뿐이었다.

"혹시, 츠키노모리 양을 연기하는 걸까."

오즈가 불쑥 그렇게 말했다.

"마시로를? 왜?"

"글쎄……. 이 자리에 없는 츠키노모리 양을 애도하기 위해서, 라든가?"

"전사한 마시로의 추모 이벤트라면 가능성이 있지만, 평범한 파티에서 그런 짓을 할 이유가 어디 있냐고……."

"그건 그래."

오빠인 오즈도 친동생이 저러는 이유를 짐작조차 할 수

없는 것 같았다.

결국 파티 동안에도, 파티가 끝나고 방에 돌아가는 이들을 배웅할 때도, 이로하는 매몰찬 태도를 풀지 않았다. 머릿속에 떠오른 물음표가 사라지지 않은 탓에 끙끙거리던 나는 결국 바닥을 걷어찼다.

……부디 내일은 평소의 이로하로 돌아와 있기를.

*

잠자리에 들고 어느 정도의 시간이 흘렀을까―.

뇌가 정리해야 할 정보가 너무 많은 탓에 의식이 꿈속 깊은 곳까지 가라앉았고, 며칠로 착각할 시간의 흐름을 체험한 끝에…….

누군가가 내 몸을 흔드는 감촉에, 내 의식이란 거품이 수면으로 떠오르는 것이 느껴졌다.

흔들흔들. 흔들흔들.

배 언저리를 기점으로 몸 전체에 파도가 치는듯한 자극이 가해졌다.

휴일이라 잠을 자던 아버지를, 아이들이 놀아달라며 흔들어대는 시추에이션이 꼭 이런 느낌일까?

내가 결혼해서 애까지 생기는 미래는 상상할 수가 없지만 말이야(흔들흔들).

애초에 내 주위에는 나와 결혼해줄 만한 여자애가(흔들흔들)…… 아, 마시로는 나를 좋아한다고 했지. 만약 마시로와 결혼한다면, 그녀를 화나게 하지 않도록 항상 긴장해야 하려나(흔들흔들). 그 외에도 주위에 여자애가 있기는(흔들흔들) 하지만, 스미레와 미도리와 오토이는 하나같이 특색이 강해서 그런 상상이 안 돼. 이로하도(흔들……) 있지만, 결혼을 한다면 현재 관계성의(꾸욱……) 연장선이라 볼 수는 없으니, 역시 상상이(꾸욱꾸욱) ……잠깐만, 내 몸에 가해지는 감각이 점점 이상해…….

"—헉?!"

의식이 완전히 깨어났다.

눈을 뜨자, 창문을 통해 스며드는 새하얀 햇살 탓에 눈꺼풀에 경련이 일어났다.

"정말 한심하네. 언제까지 퍼질러 자려는 거야?"

"으……?"

하복부에 뭔가가 놓인 느낌이 들었다. 그것이 뭔지 보기 위해 고개를 살짝 들었다.

흐릿해 보이는 시야. 잠에서 깨어난 직후의 핀트가 맞지 않는 눈. 하지만 시간이 지나면서 점점 정상으로 되돌아오더니, 서서히 눈앞에 있는 인물의 얼굴이 보이기 시작했다.

"동물원의 곰도 사육사가 깨우면 바로 일어나. 너는 곰보다 못한 거야?”

엄격한 어조와, 냉혹한 여왕 같은 색기와 독기가 동거하는 목소리.

“혼자서 일어나지 못하는 인간 따위는, 사회에 나가봤자 제구실을 못 해.”

“그건 너무 오버 같은데…….”

“말대꾸를 하다니, 배짱 한번 좋네. 이대로 내 발로 자근자근 밟아줄 수도 있거든?”

그녀는 내 딴죽을 듣고도 전혀 움츠러들지 않더니, 내 배 위에 올려둔 맨발에 더 힘을 줬다.

수면 중인 남자를 짓밟는 사디스틱한 여자. 그것은 평소 교실에서만 들을 기회가 있는, 모 성인 여성의 목소리와 명백하게 일치했다.

내가 예상한 것은, 정장과 검은색 타이츠가 잘 어울리는 보라색 머리카락의 캐리어우먼 느낌 만점의 여교사가 돼지를 쳐다보는 눈길로 나를 내려다보는, 그야말로 마조히스트들이 환장할 광경이지만…….

하지만 현실에서 벌어진 것은, 두 칸 옆집에 사는 여성의 난입이 아니었다.

애초에 검은색 타이츠를 신고 있는 게 아니라 맨발이고 말이다.

“왜 얼이 나간 거야? 자, 돼지답게 귀여운 목소리로 꿀꿀

대보렴.”

“……뭐 하는 거야? ……이로하.”

옆집에 사는 친구 여동생이, 평소의 교복 차림으로 나를 맨발로 밟아대는 광경이 펼쳐지고 있었다.

돼지를 보는 눈길은 예상대로이며, 여교사가 여고생으로 바뀌기는 했다. 그래도 특정 취향의 사람에게는 포상이란 사실에는 다름없다.

이로하에게 이런 짓을 당하는 중이라는 기묘한 사실 앞에서, 나는 하반신이 반응하는 게 아니라 어째서? 란 의문에 먼저 사로잡혔다.

치근덕의 새로운 바리에이션……인 걸까?

“………….”

“이, 이로하?”

이로하는 아무 말 없이 나를 내려다보았다.

그 얼음장 같은 눈동자는 《맹독의 여왕》 카게이시 스미레를 방불케 했다.

스미레의 정체를 아는 나로선 무섭다기보다 본성이 그 모양 그 꼴이면서 뭘 잘난 척하냐는 생각밖에 안 들지만, 그걸 이로하가 완벽하게 재현하니 원래의 무시무시함이 다이렉트하게 전해져왔다.

과연. 클래스메이트들은 항상 이런 중압감을 느끼고 있는 건가.

그런 생각을 하면서, 여왕님과 돼지, 밟는 자와 밟히는 자의 위치에서 서로를 응시하고 있을 때…….

"……반격하지 않는 거야?"

"응?"

"스미레 선생님한테는 반격하잖아? 슬슬 『기어오르지 마』라며 상황을 뒤집은 다음, 건강에 좋은 혈을 눌러주는 데까지가 정석이니까 제대로 해주지 그래? 오오보시 군."

"미안한데, 뭐가 뭔지 전혀 모르겠다고. ……앗."

문뜩, 어떤 생각이 머릿속을 스치고 지나갔다.

어제는 마시로. 오늘은 스미레. 가까운 여성을 연기하면서 자기 역할을 다하라고 말하는 것이다. 이로하의 퍼스널리티를 생각한다면, 답은 하나뿐이다.

"그래. 연기 연습을 하는 거구나?!"

"어?"

"네 연기는 역할의 프로필을 참고해 그 인생을 통째로 상상해서 베끼잖아. 자기 상상력이 연기의 폭으로 그대로 이어지는 타입이야."

"어? 어어?"

"『검은 염소』 200만 DL를 계기 삼아, 연기력을 더욱 갈고닦으려는 거구나."

"어. 아. 저기……."

프로듀스 중인 성우의 이 노력하는 자세에 감동한 나는

눈시울을 붉혔다.

"천재는 재능에 안주하지 않고 쉴 새 없이 노력한다는 게 사실이구나."

"앗. 네."

"하아, 걱정했잖아. 껍질을 깨기 위해 특훈 중이면 미리 말해달라고."

"…………."

"그래도 전부 이해했어. 오케이. 앞으로는 나도 이로하의 연습을 도울게."

뜨겁게 달아오르는 감정을 가슴에 품으며, 나는 엄지를 치켜들었다.

"네가 성우로서 더 높은 경지에 이를 수 있도록, 함께 노력하자!!"

"꼴사납게 여자한테 밟히며 멋진 소리하는 선배한테 이런 말하는 건 좀 그렇지만, 그런 게 아니에요."

"……그런 실수는 더 빨리 지적해주지 않겠어?"

나 혼자 엄청 흥분했잖아. 상상을 초월할 정도로 부끄럽거든?

그리고 방금 말을 듣고 생각난 건데, 나는 지금 밟히고 있었구나.

"으음…… 뭔가 다른 것 같네…… 하아……."

내 반응이 기대와 달랐던 건지, 이로하는 고개를 갸웃거리면서 한숨을 내쉰 후에 침대에서 내려왔다.

"선배가 딴죽을 날려주지 않으면…… 스미레 쌤과의 관계가 완성되지 않아……."

"너, 혼자서 뭐라고 중얼대는 거야?"

"으음~. 아무 것도 아니에요."

"그럴 리가 없잖아. 너, 어제부터 이상해."

"동정인 선배가 이해 못할 복잡한 고민이 여자애한테는 있다고요. ……하아."

"우울해하면서 나를 놀려대는 거냐. 너 정말 재주 좋구나."

이 대화에서는 짜증 인자가 묻어나고 있지만, 그래도 평소처럼 날카롭지는 못했다.

이로하는 내 딴죽에도 딱히 반응을 보이지 않더니, 혼잣말을 중얼거리며 침실에서 나갔다.

……대, 대체 뭐야. 진짜 영문을 모르겠네.

전에도 영문 모를 소리를 한 적이 있지만, 이번에는 훨씬 더 카오스했다.

진짜로 고민이 있는 것치고는 남의 집에 멋대로 들어오지를 않나, 교사 모드 스미레를 연기하며 사람을 밟아대지를 않나…….

「기분이 우울해서 선배를 돼지 취급해봤어요☆ 에헷♪」 같은 소리를 하면 확 배빵 코스일 줄 알아.

아니 차라리 그렇게 말해준다면 이로하의 캐릭터성과 일

치하니 안심이 될 것 같기는 한데 말이다.

—진짜로, 이로하한테 무슨 일이 일어난 거지?

*

『어이, 오즈! 이로하한테 짜증스러움이 부족해! 짜증귀염! 짜증귀염을 더 줘!』

『아키가 망가졌어……. 독자를 대변하는 건 내 역할인데…….』

## interlude 막간 …… 코히나타와 토모사카 양

맨션을 나선 후, 나는 혼자서 학교로 향했다.

당혹스러워하는 선배를 내버려두고 가는 게 조금 마음에 걸렸지만, 솔직히 말해 지금은 선배와 단둘이서 오랜 시간 함께 있을 기분이 아니었다. 미안해요, 선배.

아직 이른 시간대라 그런지 통학로는 한적하고 조용했다.

인기척과 자동차 엔진음이 거의 없는 쾌적한 도로를, 생각에 잠긴 채 걷고 있었다.

으음, 이상하네.

오토이 씨의 조언에 따라 어제는 마시로 선배를, 오늘 아침에는 스미레 쌤을 연기해봤지만 영 생각대로 되지 않았다.

다른 사람이 되면 선배가 어떤 식으로 그 사람을 대하는지 실감할 수 있을 줄 알았는데 말이야.

매몰찬 태도를 취하더라도 마시로 선배를 향한 선배의 감정은 알 수 없었고, 스미레 쌤은 딴죽을 당해야 비로소 완성되는 관계인데도 불구하고 선배는 딴죽을 날려주지 않았다.

아무리 능숙하게 연기하더라도, 선배는 나를 어디까지나 나로만 보는 걸지도 모른다.

그럴 만도 해. 겉모습은 전혀 달라지지 않았잖아.

겉모습까지 비슷하게 꾸밀 수는 없으니 어쩔 수 없다. 으음, 어른인 오토이 씨의 아이디어니까 일리 있다고 생각했지만, 어쩌면 나는 엄청 바보 같은 짓을 하는 걸지도 모른다.

……자, 끝! 생각 스톱!

무슨 일이든 노력을 이어가는 것이 중요하다고, 다름 아닌 선배에게 배웠다.

뜻대로 풀리지 않는다고 그냥 때려치운다면, 성장할 수 있을 리 없다.

이대로 이어가더라도 십중팔구 실패할 것만 같은 느낌이 마구 들지만, 그래도 알고 지내는 여성을 전부 연기해본 후에 판단을 내려도 늦지 않을 것이다!

게다가 중요한 것은 선배가 다른 여자애를 어떻게 여기느냐 만이 아니다.

내가 좋아하는 사람에게, 많든 적든 영향을 준 사람들…….

그런 여자들의 퍼스널리티를 깊이 이해하는 건 내가 품고 있는 사랑과 마주하는 것에 있어서도, 이제부터 어떻게 하면 좋을지 생각하는 것에 있어서도 중요하다고 생각한다.

"다음에는 누가 되어볼까……."

"그 혼잣말은 무슨 의미야?"

"호앗?!"

갑자기 근처에서 목소리가 들려오자, 입에서 성대가 튀어나오는 소리를 내고 말았다.

깜짝 놀라며 돌아보니, 그 자리에는 내 마음의 짜증나는 녀석이 있었다.

갈색 머리카락을 사이드테일 스타일로 세련되게 묶었고, 언뜻 보면 루스해 보이지만 실은 섬세하게 밸런스를 잡으며 교복으로 패션을 추구하고 있었다.

같은 반인 토모사카 사사라. ……아, 이 녀석은 마음속으로 부를 때 경칭을 쓸 생각이 없다.

"토, 토모사카 양. 시, 신기한 일도 다 있네. 등교 도중에 이렇게 만나다니 말이야."

나는 외부인 상대용 우등생 스마일로 대처했다.

솔직히 말해, 이 애는 부담스럽다.

학교에서는 괜한 충돌을 일으키거나 과하게 친분을 쌓지 않는 싹싹한 느낌의 우등생을 연기하고 싶지만, 그녀는 항상 아무렇지 않게 내 연기를 깨부수려 한다.

교실에서 다른 사람과 다툴 생각이 없더라도 누군가가 일방적으로 달려들며 도발을 해댄다면, 나도 사람이기에 분하거나 열받거나 맞서고 싶어진다. 교실에서 본성이 드러날 뻔할 때마다, 입가가 근질거리게 되는게 너무나도 귀찮아!

실제로, 나는 지금도 얼굴이 살짝 굳어 있고 말이지.

"타이밍이 너무 절묘해서 스토커 아닌가 의심되는걸~. 무섭네~."

"나, 남이 들으면 오해할 소리 하지 마! 등교 도중에 우연히, 때마침, 너를 봐서 말을 걸었을 뿐이거든?!"

"집, 이쪽 주변이던가?"

## "역 반대편이야."
## "어, 잠깐만. 진짜로 스토커야?"

살짝 어이없었다.

전부터 나를 의식한다는 건 느끼고 있었지만…… 어, 말도 안 돼. 진짜로 스토커야?

"그~러~니~까~, 아니라니까 그러네!"

토모사카 사사라가 울상을 지으며 외쳤다.

"이쪽에 빨 잘 받는 스팟이 있어. 이른 아침의 햇빛 방향과 적막함이 괜찮은 분위기를 자아내."

"빨?"

"왜 고개를 갸웃거리는 거야. 너도 여고생이니까 핀스타 정도는 할 거 아냐. 자, 봐."

"아~."

핀스타— 정식 명칭, 핀스타그램.

스마트폰의 카메라로 찍은 사진을 편집 소프트로 괜찮게 편집한 후에 공유해서 좋아요를 받거나 팔로워를 얻거나 하는 SNS다.

나는 해본 적이 없지만, 젊은 여성 사이에서는 엄청나게 유행하고 있는 것 같았다.

보여준 스마트폰 화면에는 아침 햇살에 비친 뒷골목 사진이 표시되어 있었다.

저 근처는 밤에 영업하는 가게가 많은 곳이며, 스미레 쌤의 단골 바도 있다고 들었다.

밤에는 핑크색 간판이 눈길을 끄는 곳이라 농담으로도 기품 있다고 말하기 어렵지만, 이렇게 보니 무심코 탄성을 터트리고 말 정도로 아름다운 경치였다.

유심히 보니 토모사카 사사라의 핀스타에는 수많은 사진 섬네일이 올라와 있었으며, 어제오늘 시작한 게 아닌 것으로 보였다.

"흐음~, 꽤 열심인가 보네. ……어, 어어?! 팔로워 수 100만?!"

말도 안 되는 숫자가 느닷없이 눈에 들어온 바람에 무심코 반응을 보였다.

그러자 토모사카 사사라는 고양이처럼 눈을 반짝였다.

"아차~, 봤구나~. 핀스타에서 무지 유명한 인플루언서라는 게 알려지면 큰일 날 것 같아서 몰래 활동해왔는데, 코히나타한테 들키고 말았네~. 아~, 큰일났어~."

……연기가 너무 엉터리 아냐?

배우를 꿈꾸는 사람으로서 딴죽을 날리고 싶은데, 그래도 될까요? 뭐, 득 될 게 없으니 안 하겠지만 말이야.

"인기 핀스타그래머구나. 흐음. 대단한걸~."

"에이, 그만해~. 대, 인, 기, 같은 말 들으면 부끄럽단 말이야. 헤헷."

—울컥☆

구김 없는 미소를 지으며 늘어놓는 자화자찬, 칭찬조차도 곱절로 부풀리는 이 뻔뻔함.

역시 무리다. 이 여자는 생리적으로 나와 안 맞아……!

"저기, 코히나타. 너도 핀스타를 시작해보는 게 어때?"

"그럼 나는 이쪽이니까, 먼저 가볼게."

"잠깐만?! 왜 무시하고 가버리는 거야?! 그리고 같은 학교니까 가는 방향도 같거든?!"

"……쳇."

들켰나. 나는 몰래 혀를 찼다.

솔직히 말해 같이 등교하기 싫지만, 여기서 노골적으로 도망치는 건 우등생인 코히나타 이로하란 캐릭터에게 어울리지 않는 행동이야. ……으음, 일단 무난하게 대응하도록 할까.

"미안해, 농담이었어."

"농담치고 너무 독한 거 아냐? ……코히나타. 너, 실은 음험한 능구렁이지?"

"아하하~, 그게 무슨 소리야. 너무해~."

상대방이 캐묻더라도 웃음으로 받아친다. 이럴 때의 처세술은 내가 생각해도 정말 완벽하다.

그보다 내가 그렇게 마음에 들지 않는다면 얽히지 않으면 될 텐데 말이다. 왜 같이 등교하려고 하는 걸까. 토모사카 사사라의 생각은 정말 알다가도 모르겠다.

“뭐, 됐어. ……아, 맞다. 핀스타 말인데, 코히나타도 해봐.”

“으음. 딱히 올리고 싶은 사진도 없거든.”

“셀카라도 괜찮을 거야. 휴일에 멋부리고 외출할 때, 겸사겸사 찍으면 돼.”

“외출 안 해.”

휴일에는 주로 선배의 집에서 편한 복장으로 맨발 스타일을 고수하거든.

외출할 때도 있기는 하지만, 딱히 패션을 특별히 의식한 적은 없다.

여고생한테 그 정도는 상식이잖아! 라는 표정을 지어도 곤란하다.

“사소한 건 신경 쓰지 마! 네가 핀스타를 시작하면 같은 분야에서 승부를 벌일 수 있잖아! 내가 가장 자신 있는 SNS 팔로워 숫자로 승부하자는 이야기야!”

“저기, 그건 토모사카 양이 하고 싶을 뿐인 것 같은데…….”

“딱히 문제없지 않아?!”

“부정조차 안 하는구나…….”

자기가 유리한 종목으로 남을 자근자근 밟아주고 싶다는 속셈을 이렇게 대놓고 드러내는 애도 드물 거란 생각이 들었다.

이런 애와 정정당당하게 경쟁한다면 기분이 좋을지도 모른다. ……뭐, 짜증이야 나겠지만 말이다.

“할 줄 몰라서 그러는 거라면, 내가 가르쳐줄 수도 있거든?”

“아, 아니, 그러니까 흥미가—.”

없단 말이야, 라는 대사가 목 근처까지 올라왔다 다시 쏙 들어갔다.

토모사카 사사라의 눈동자는 프리스비를 던져줬으면 하는 개처럼 찬란히 빛나고 있었다. 또한, 공상 속에만 존재하는, 눈에 보이지 않는 꼬리를 메트로놈처럼 좌우로 마구 흔들어댔다.

아, 응. 이야기하고 싶은 거구나. 핀스타 이야기를 정말 하고 싶나 보네.

이 상황에서 무시했다간 풀이 죽을 거란 생각이 들자, 관심을 보여서 저 애의 기대에 부응해주고 싶단 생각이 들었다. 딱히 좋아하는 애도 아닌데 말이다. 선배의 기준으로 본다면, 나는 참 비효율적인 짓을 하는 거겠지~.

“—100만 팔로워라니, 대단하네. 대체 어떻게 하면 그렇게 늘릴 수 있는 거야?”

“그게 말이지~!”

목소리가 엄청 환했다. 얼마나 이 이야기를 하고 싶었던 건지, 내가 질문을 던지자마자 물 만난 고기처럼 이야기를 술술 늘어놓기 시작했다.

"중학생 때부터 계속 해왔어~. 처음에는 아무도 봐주지 않아서 분했는데, 이것저것 찍다 보니 어떤 사진이면 좋아요를 많이 받을지 느낌이 오지 뭐야~!"

"분한 마음을 원동력 삼아 노력한 거구나. 흐음~. 그건 괜찮네."

그 부분에는 솔직하게 감탄했다.

게임 애플리케이션의 DL 수를 어떻게 하면 늘릴지 매일 골머리를 썩이는 사람을 가까이에서 봐와서 그런지, 그런 부분이 좀 겹치는 느낌도 들었다.

"지금은 최전선에서 활약하는 초절정 인플루언서야. 내 패션, 사진, 식사, 어느 부분을 올려도 카리스마 덩어리! 그야말로 걸어 다니는 콘텐츠~란 느낌이랄까!"

"아하하."

그 시원시원한 자화자찬에, 나는 메마른 웃음으로 맞장구쳐줄 수밖에 없었다.

솔직히 말해, 아주 약간이지만 질투심을 느꼈다.

자기 자신을 이렇게 자유롭게 드러내며 표현하고 있다. 아무런 족쇄도 없이 빛나는 모습은 나에게는 없는 것이기에, 쇼케이스 속의 보석처럼 느껴졌다.

"그래도, 꿈에도 몰랐네. 그 정도 유명인이라면, 반에 널리 알려져서 떠받들어질 법도 하잖아."

그랬다면 자존심이 충족되어서 인정 욕구 귀신은 성불할 테고, 나한테 괜히 시비를 거는 일도 없어지지 않았을까.

그렇게 생각해서 물어보니, 토모사카 사사라는 말로 형용하기 힘든 미묘한 표정을 지었다.

"응? 그 표정과 반응은 뭐야?"

"아~, 저기, 맞는 말이라고 생각해. 하하. 아하하하……."

"어?"

"아니, 나도 말이야. 다른 애들에게 알려졌으면 좋겠거든?! 하지만, 닉네임으로 활동하는 탓에 아무도 나라는 걸 눈치채지 못한다니깐! 말도 안 되지 않아?!"

"아~, 그렇구나. 으음~, SARA— 정말이네."

나는 그녀가 내민 스마트폰 화면을 보며 납득했다.

본명을 살짝 줄여 만든 닉네임이다. 일부러 알파벳으로 표기해둔 것을 보면 NY(뉴욕)을 동경하는 허풍선이 서브컬처 유저 느낌이 물씬 느껴졌다.

그러고 보니 동생 분— 챠타로였나. 그 애를 부를 때도 CHARO라고 영어 억양으로 불렀지.

누나의 취향에 어울려주느라 고생하는 동생. 나무아미타불.

"……어?"

마음속으로 합장을 하던 나는 문뜩, SARA의 프로필 화면에서 위화감을 느꼈다.

거기에는 환한 얼굴로 수평 피스 사인을 날리는 토모사카 사사라의 얼굴 사진이 프로필 이미지로 설정되어 있었는데…….

이 애, 어딘가 좀 이상하다.

옛날에 선배의 집에서 봤던 호러 영화의 캐치프레이즈가 생각날 만큼, 그 사진은 눈앞에 있는 토모사카 사사라와 달랐다. 뭐, 그 위화감이 어째서 생겨난 건지는 SNS를 안 하는 GIRL인 나도 여자라 금방 이해했지만 말이다.

으음, 즉, 그러니까…….

"가공 애플리케이션으로 너무 꾸민 바람에, 좀 딴 사람 같지 않아?"

"뭐, 어디가?"

그녀는 영문을 모르겠다는 듯이 고개를 갸웃거렸다. 무시무시하게도, 전혀 자각하지 못한 것 같았다. SNS에 올리는 가공 사진이야말로 자기 얼굴이라고 오인하고 있는 케이스일지도 모른다.

뭐, 요즘은 스마트폰 애플리케이션인 SMOW(스모 선수도 날씬하게 가공할 수 있다! 가 콘셉트인 사진 가공 애플리케이션. 여자애 사이에서 가장 인기)로 자기가 귀여워 보이게 찍는 건 당연한 일이고, 거기에 NO를 제기할 만큼 세상 물정을 모르는 것도 아니다.

그래도 클래스메이트가 눈치 못 채는 것도 이해가 돼. 이름이 다른데다 얼굴도 가공되어 있으니, 좀 닮았네~ 하고 생각하고 넘어가 버릴 거야.

뭐, 지적해주는 것도 좀 그러니 그냥 넘어가야겠다.

그것보다…….

“정 알려지고 싶으면 친구에게 계정을 가르쳐주면 되지 않아? 남들이 눈치챌 때까지 기다릴 필요 없다고 생각해.”

“싫어. 내가 어필하면, 제발 눈치채 달라고 비는 것 같아서 꼴사나운걸.”

“그래도 알려졌으면 하는 거잖아?”

“그렇긴 해! 내 넘쳐흐르는 카리스마 때문에 자연스럽게 들통나는 느낌이 딱 적당하다 싶어!”

우와, 성가셔.

“그럼 나한테 가르쳐주지 않는 편이 낫지 않아?”

“코히나타는 별개야. 너와는 승부를 내고 싶은 거지, 딱히 너한테 떠받들어지고 싶진 않거든.”

“알쏭달쏭하네~. SNS 상의 숫자에 목매는 사람들의 생각은 나에겐 레벨이 너무 높아. …………아~.”

조롱 섞인 칭찬을 쓴웃음을 지으며 건넨다. 내가 생각해도 회심의 비아냥을 날려준 순간, 나는 문뜩 한 여성의 얼굴을 떠올렸다.

작은 키와 귀여운 외모, 온몸을 감싼 롤리타 패션.

마시로 선배와 마키가이 나마코 선생님의 담당 편집자—UZA문고를 대표하는 아이돌 편집자, 키라보시 카나리아 17세.

그러고 보니 이 사람도 선배와 깊이 연관된 여성 중 한 명이다.

올해 여름방학 때 처음 만났지만, 프로듀스 측에 선 실력자로서 선배를 막아서며 과제를 내려준 스승 격의 존재다. 그런 그 사람은 《5층 동맹》의 동료들과 마찬가지…… 어쩌면 그 이상으로 선배의 뇌에 강한 인상을 남겼을지도 모른다.

캐릭터 또한 어마어마하게 강렬했고 말이다.

하지만 그 사람의 생각을 베끼는 건 어려울 것 같고, 선배 앞에서 시험해보기 전에 연습이 필요할지도 모른다.

그리고 현재, 운 좋게도 내 눈앞에는 SNS에서 명성을 얻은 인물이 있다.

"토모사카 양, 나한테 핀스타에 대해 가르쳐주지 않을래?"

"……오. 해볼 맘이 생겼어? 훗훗훗. 좋지, 좋아. 같은 분야에서 내가 더 뛰어나다는 걸 증명하고 말겠어!"

"아하하. 고마워."

웃으면서 그렇게 말한 나는 마음속으로 키라보시 카나리아를 빙의시킬 준비를 시작했다.

SNS에 대한 인식을 근본적으로 이해하지 못하니, 그것만 토모사카 사사라한테서 흡수한다면 꽤 정밀하게 그 사람을 재현할 수 있을 것이다.

그렇게 생각하며 나는 깊숙이…… 깊숙이 자신의 의식 밑바닥으로 빠져들었고, 그 밑바닥 어딘가에 숨겨져 있을 새로운 『역할』을 찾는 여행에 나섰다—.

## 003 제3화……친구 여동생이 누구에게나 키라보시

"그럼, 마시로. 일부러 이렇게 인적 없는 장소로 부른 이유 말인데—."

점심시간.

교실관 1층, 계단 밑의 쓰이지 않는 공간. 주인 없는 책상과 의자가 여러 개 놓여 있는 그곳에, 나와 마시로는 와있었다.

멀리서는 교실에서 담소를 나누는 학생들의 목소리가 ASMR처럼 들려왔다.

모습은 보이지 않지만, 소리를 통해 타인의 기척을 알 수 있다.

비밀기지에서 밀담을 나누는 느낌이 내 마음속의 소년을 자극하고 있었다.

"—응. 알아."

나와 몸을 밀착시키고 있는 마시로가 진지한 표정으로 고개를 끄덕이며 볼을 붉히는 모습에 가슴이 살짝 뛰었다.

"그렇구나……. 미안해. 내 욕구를 채워주려고……."

"괜찮아. 아키가 하고 싶다면, 마시로는 얼마든지 어울려 줄게. 그게 마시로의 행복인걸."

그런 청춘의 한 페이지 같은 시추에이션.

아무도 보지 않는, 어둑어둑한 공간에 젊은 남녀가 단둘이 있다. 보통 이 장면에서 할 것이라면 딱 하나뿐이다.

즉…….

"이로하에 관한 일인데 말이야."

"이로하 양에 관한 이야기지?"

미성년자가 입에 담으면 안 되는 성적(性的)(센시티브 워드) 단어를 머릿속에 떠올리는 일 없이, 우리는 색기라고는 눈곱만큼도 없는 우리다운 이야기를 나눴다.

에로 게임 같은 전개를 기대한 사람한테 두들겨 맞기 십상이지만, 유감스럽게도 나와 마시로는 지극히 플라토닉한 가짜 연인 관계다.

마시로……는 몰라도, 나는 연애 감정을 품고 있지 않은 만큼 무책임한 행위를 할 수 있을 리 없다.

실수로라도, 절대 사고를 쳐선 안 된다.

《5층 동맹》의 미래를 거머쥔 존재— 허니플레이스 워크스 대표이사 사장, 츠키노모리 마코토. 내 숙부이자 마시로의 아버지인 그 사람은 우리가 진짜 연인 관계가 되는 것을 금지했다.

사랑하는 딸의 순결을 지키는 유니콘 같은 그 행동은 보호자를 넘어 수호자를 연상케 했으며, 숙부콘이라고 불러

마땅한 그의 눈길 때문에라도 허튼짓은 꿈도 못 꾼다.

아무튼, 현재 우리는 일종의 공범 관계다.

이로하의 짜증귀염을 프로듀스해주고, 이로하가 마음을 열 수 있는 절친을 만들어줄 것.

그 공통의 목적을 위해 협력하기로 한 만큼, 섹(이하 생략)보다도 더 중요한 의제에 관해 이 자리에서 논해야만 한다.

"이로하의 절친 만들어주기 작전 말인데, 일이 좀 성가시게 됐어. 이로하가 요즘……."

"응. 요즘, 태도가 좀 이상해."

"마시로도 눈치챘어? 어제 파티에 오지 않았으면서, 언제 위화감을 느낀 거야?"

"뭐?! 어…… 아~. 하, 학교에서, 우연히, 언뜻, 봤다고나…… 할까……."

"진짜야? 나는 이제까지 그 녀석을 우연히 본 적이 거의 없거든. 학년이 다르면 좀처럼 마주칠 일이 없는 줄 알았어."

"여, 여자들만의 조우 포인트가 있어. 화, 화장실이라든가……."

"흠? ……뭐, 캐묻지는 않을게."

"조, 좋은 마음가짐이야. 거기서 더 캐물으면, 저질."

이해가 안 되지만, 본인의 말이니 맞을 것이다.

여자 화장실은 전부 좌식 변기에 화장을 고칠 때도 이용하기 때문에 줄이 생기기 마련이며, 2학년 화장실의 줄이 너무 길면 다른 층에 가는 경우가 잦을지도 모른다. ……잘은 모르지만 말이다.

아무튼…….

"위화감을 공유하고 있다면 괜한 설명은 필요 없겠네. 이로하 녀석 말인데, 다른 사람의 캐릭터를 연기하는 것 같아. ……이유는 도통 모르겠지만 말이지."

"연기 연습……은 아닌, 거지?"

"나도 그렇게 생각했는데, 완전히 핀트가 어긋났던 것 같아."

"으음. 그냥 기분이 나빠서 그런다거나, 좀 우울해서 그런다거나……."

"파티 때만이라면 그렇게 생각했을 거야. 그런데 오늘 아침에 내 침실에 느닷없이 나타나더니, 학교에서의 스미레 선생님 같은 사디스트 모드로 잠들어 있는 나를 밟아대더라고……. 아무리 그래도 그건 자연스러운 행동이 아냐."

"……아침에, 아키 집에 왔었구나."

"응. 매일 오는데, 오늘은 특히 이상했어."

"흐, 흐음. 매일, 오는구나. 흐음."

"마, 마시로?"

눈빛이 순식간에 얼어붙은 느낌이 드는 건 내 자의식 과잉일까?

"바람둥이."

"아얏. 바, 발길질 좀 하지 마."

"몰라. 흥."

책상 아래에서 내 정강이를 걷어찼다…… 뭐, 발끝으로 톡 두드리는 정도라 딱히 아프지 않았다. 상대방이 걷어차는 포즈를 취한 것만으로, 아프지 않은데도 「아얏」 하는 말이 나오는 건 인간의 7대 불가사의 중 하나라고 생각한다.

마시로는 삐친 표정으로 고개를 돌렸다. 거짓이라고는 해도 우리는 연인 사이이다. 게다가 이 녀석은 진짜로 나를 좋아한다. 나와 이로하가 가깝게 지낸다는 사실에 질투하는 게 당연했다.

쓰레기 자식이란 라벨이 붙을 각오를 한 만큼, 지금은 남친답게 행동해야겠지만…….

"그 녀석이 우리 집에 자유롭게 드나드는 건, 그럴 만한 이유가 있기 때문이야."

"이유?"

"매우 유감이지만 제반 사정 탓에 구체적 사안의 개별적 언급을 피하겠습니다……."

"마치 국회 답변 같은 소리네."

"죄송합니다. 잘못했습니다, 마시로 님. 더는 말씀드릴 수 없으니 추궁하지 말아 주시면 안 되겠사옵나이까."

나는 넙죽 엎드리며 용서를 빌었다. 철저하게 단련된 오체투지의 각도야말로 쓰레기의 증명 아닐까.

하지만 이로하의 가정 사정, 이로하의 엔터테인먼트 환경,

이로하의 꿈. 그것들은 꼭 지켜줘야만 하는 비밀이다.

"뭐, 좋아. 그만큼 세금을 걷을래."

"돈을 뜯어내려는 거야……?"

"필요 없어. 돈이라면 있거든. 그게 아니라—."

마시로는 그 말을 하자마자 의자를 기울였고…….

그 순간, 우리 사이의 거리는 제로가 됐다.

"—꽁냥꽁냥 세금."

"어…… 어."

주인에게 자기 냄새를 묻히려 하는 애완동물처럼, 마시로는 내 어깨에 머리를 비볐다.

머리카락 끝에서 풍겨 나오는 상큼한 향기 탓에 내 심장은 미친 듯이 뛰었다.

"응. 이걸로 대등해."

잠시 밀착하고 납득한 건지, 마시로는 몇 초 후에 머리를 떼며 만족한 듯이 고개를 끄덕였다.

정말, 멋대로 개운해하기는……. 나는 긴장의 여운에서 벗어나지 못하고 있단 말이다.

"그럼, 가자."

"어? 자, 잠깐만. 아직 이야기가—."

"이로하 양에 관한 이야기지? 그러니까, 가자."

마시로는 자리에서 일어나더니, 어둑어둑한 계단 아래 공간에서 햇빛이 비치는 복도로 나가려 했다.

"여기서 이야기해봤자, 탁상공론. 1학년 교실에 가서, 어떤지 살펴보자."

"아, 아하~. 그 말이구나."

납득했다.

그렇게 내성적이던 마시로가 이렇게 활동적인 아이디어를 내놓을 줄이야……. 정말 성장했다. 나는 부모는 아니지만, 그래도 보호자 관점에서 눈시울이 뜨거워지는 것을 느꼈다.

"자, 가자."

"아, 그래."

성큼성큼 나아가는 마시로의 뒤를 따르며, 나도 햇빛이 비치는 복도를 향해 걸음을 내디뎠다.

이 앞은 1학년 교실이다.

우등생이자 인기인인 이로하의 주위에는 리얼 기운 충실한 태양 속성의 여학생들이 모여 있다. 이세계, 이문화의 엘프 마을에 처음으로 발을 들이는 전생자라면, 분명 지금의 나와 같은 심정이리라.

그리고, 도착.

이로하가 있는 교실이 보이기 시작할 즈음—.

"앗—! 수수남 선배!!"

빌어먹게 무례한 호칭이 들려왔다.

돌아볼 것도 없이, 나한테 이렇게 무례한 소리를 할 지인이라면 한 명뿐…… 아, 꽤 있나. 그러고 보니 내 주위에는 나한테만 무례한 녀석뿐이네……. 그런 눈물 나는 사실을 재인식하며 돌아보니, 예상대로 토모사카 사사라가 있었다.

"여어, 스토커."

"잠깐, 목소리가 너무 커! 남들 앞에서 사람을 디스하다니, 너무 비상식적인 거 아냐?!"

"네 기억은 휘발성이냐?"

한 번이라도 좋으니 자기가 한 말을 녹음해뒀다가 들어봤으면 좋겠다.

"뭐? 휘발? 잘은 모르겠지만, 일부러 어려운 단어 쓰는 거 오타쿠 같으니까 관둬."

"크…… 뼈에 사무치는 소리인걸……."

방금 그 펀치는 꽤 매웠다. 인싸가 무슨 소리를 하는 건지 모르겠네, 전교 2등이 그런 한자도 모르는 거냐, 바보~ 멍청이~ 하며 깔끔하게 흘려넘겼으면 되는데, 급소에 한 방 얻어맞고 말았다.

자신 있는 게 언어력 뿐인 인간도 있으니까 좀 봐달라고…… 정말로.

그런데 방금 그 펀치는 나만이 아니라…….

**"아키. 이 여자, ●●(죽여)도 돼?"**

당연히, 마시로한테도 제대로 먹혔다.

신인상에 응모해서 카나리아의 눈에 들 만큼 진심으로 소설가의 길을 나아가고 있는 마시로에게, 사사라의 방금 말은 선전포고나 다름없었다.

용솟음치는 살의는 ●로 숨긴 글자가 덧말로 드러날 정도였다.

“뭐, 뭐야. 나는 친절한 마음에 이야기해준 거야. 오타쿠 아닌 척하는 편이 더 인기 있으니까, 누구나 그러는 게 낫지 않아?”

“엄청난 편견인걸……. 모든 인류가 자기와 같은 생각인 줄 알아?”

“에이, 그럴 리가 없잖아.”

“그래. 그럼 네 친절은 그저—.”

**“나 같은 대다수의 상식인**뿐만 아니라, 이 세상에는 **일부의 괴짜**도 있다는 건 알아.”

틀렸다. 이 녀석은 이미 늦었어. 인간으로서 중요한 객관성이라는 걸 어딘가에 두고 온 걸까.

오만함도 도가 지나치면 안습해진다. 애잔함마저 느껴졌다.

“그런데, 아키. 이 여자, 뭐야?”

마시로가 질렸다는 눈길로 물었다.

“또 마시로가 모르는, 새 여자애가 나타났어.”

“으음, 어떻게 설명하면 될까…….”

이로하의 공인 스토킹을 하던 시절에 우연히 마주친 동업자라고 말할 수밖에 없을 것 같은데 말이다.

뭐, 굳이 따지자면…….

"재미있는 여자애야."

"사람을 구경거리 취급하지 말아줄래~?!"

때리면 소리 나는 북처럼, 토모사카 사사라는 척수반사 느낌으로 딴죽을 날렸다.

"어때? 재미있지?"

"동감."

아무래도 마시로도 내 말을 이해한 것 같았다.

"연상이라고 멋대로 떠들어대기는……! 그것보다 선배는 코히나타의 남친 아니었어? 지금은 다른 여자애를 끼고 있네……. 혹시 발정 난 플레이보이야? 주제넘게? 레알?"

"남들 앞에서 디스하는 건 비상식적인 짓이라고 네가……."

"시끄러워. 그것보다, 코히나타가 이상해진 건 선배 탓이야? 선배가 이딴 인간이니까—."

"잠깐만. 무슨 소리야?"

"보면 알아. 그 애, 원래 저런 느낌이 아니었단 말이야."

사사라는 교실 앞으로 가더니, 손짓을 했다.

"아키……."

"응."

나와 마시로는 서로의 얼굴을 쳐다보며 고개를 끄덕인 후,

발소리를 죽인 채 사사라의 뒤를 따랐다.

몸을 숙인 채 교실 문에 찰싹 붙어서, 남들이 눈치 못 채게 슬쩍 고개를 내밀어서 교실 안을 들여다봤다.

바로 그때, 우리 눈에 들어온 광경은 바로…….

"설마 코히나타 양이 미스 콘테스트에 나갈 줄은 몰랐어! 그런 것에 관심이 없는 줄 알았거든~!"

"하지만 참가하면 우승할 게 틀림없어! 미스 코자이와 같은 반이 된다니, 황송한걸. 미리 사인이라도 받아놓을까?!"

"역시 노리는 건 당근 우승? 우와, 캐대박 아냐?"

교실 안쪽에서 여학생 몇 명이 모여서 흥분한 목소리로 떠들고 있었다.

그리고 주목의 대상. 열광의 도가니. 지적 수준이 살짝 떨어져 보이는 학생들에게 둘러싸인 여학생— 코히나타 이로하는…….

"물론이징~! 내가 미스 콘테스트에 나가면, 당연☆우승☆확정이야쨱♪"

반짝반짝☆하는 만화책 효과음이 어울리는 아이돌 보이스로 말하며, 수평 피스 사인을 날렸다.

추정 연령 미상의 사람이 저런다면 「우와, 징그러」 하며 질려버리겠지만, 현역 여고생이자 이 반의 인기인인 미소녀가 하자 불가사의하게도 안쓰러운 느낌이 나지 않았다. 그뿐만 아니라 주위의 애들은 「Yeah! 짝짝~!」 같은 반응을 보였다.

이 공간은 뭐야. 내가 모르는 사이에 수상한 약이라도 살포된 건가?

"—어때? 코히나타, 이상하지?"

"심각하네."

사사라가 돌아보며 그렇게 말하자, 나는 진지한 표정으로 동의했다.

"내가 아무리 권해도 미스 콘테스트에 나갈 생각은 없다고 했으면서, 오늘 갑자기 말을 바꾸더라니깐. 좋았어! 하고 있는데, 코히나타가 저런 상태지 뭐야. 그래서 영 개운치가 않아. 안 그래도 가면 쓰고 다니는 느낌인데, 지금은 한술 더 떠서~ 잖아. 완전 2중 포장 아냐?"

"……어?"

나는 사사라의 말에 반응했다.

이 녀석, 방금 이로하가 가면을 쓰고 있다고 말했지? 걔의 본성은 우등생이 아니라는 걸 이 애는 아는 걸까?

의문이 뇌리에 떠오른 내가 그 점에 관해 물어볼까 했지만, 그보다 먼저 마시로가 입을 열었다.

"저거, 카나리아 씨지?"

"……응, 그렇네. 카나리아 씨 흉내를 내는 게 분명해."

마시로의 말을 듣고, 하던 생각을 중단했다.

일단 사사라에 대한 의문은 뒷전으로 미루기로 하고, 눈앞의 문제— 이상해진 이로하 쪽에 뇌의 리소스를 할애하기로 했다.

"이로하 양, 진짜로 이상해. 봐, 사진도 찍고 있잖아."

"친구와 즐겁게 사진을 찍고 있네. 저대로 SNS에 올릴 기세인걸."

이로하는 교실 안에서 다른 여자애와 가볍게 노닥거리면서, 스마트폰의 카메라로 셀카를 찍고 있었다.

우등생이 날라리로 전락한 것 같은 갭이 느껴졌다.

실제로 교실 안의 남학생들은 마치 자신의 최애 Vtuber가 갑자기 합방을 하더니 평소와 전혀 다른 기세로 즐거워하는 모습을 보고 당혹스러워하며 지켜보는, 그런 느낌으로 이로하의 동향을 살피고 있었다.

멀찍이서 보는 남자들은 일단 제쳐놓고, 가까이 있는 여자애들은 위화감이 느껴지지 않는 걸까?

청초 우등생이던 친구가 갑자기 짹짹거리기 시작했는데도 자연스럽게 받아들이고 있는 클래스메이트들은 IQ가 낮은 걸까, 아니면 너무 높아서 허용범위가 넓은 걸까?

일반적 남자애인 나는 판단을 내릴 수가 없었다.

"토모사카, 라고 했지? 너, 이로하가 저렇게 된 원인이 뭔지 짐작돼?"

"글쎄. ……아~, 맞다. 그러고 보니……."

"오, 아는 게 있으면 가르쳐줘. 어떤 거든 좋으니까 단서가 필요해."

"아침에 같이 등교하면서, 핀스타 이야기를 했거든? 의외로 관심을 보이더라니깐."

"핀스타…… 핀스타그램 말이야?"

"그 쓰레기 같은 SNS?"

"쓰레기 같다는 건 좀 너무하지 않아?! 해보면 엄청 재미있거든?!"

마시로의 신랄한 평가에 사사라가 맹렬히 반발했다. 물론 마시로의 대사는 편견으로 가득 찬 개인적 의견이며, 지금 이 자리에서는 아싸 VS 인싸의 SNS관 대립의 축소도가 펼쳐지고 있었다.

참고로 나는 아무래도 상관없다.

사실 200만 DL을 돌파한 지금의『검은 새끼 염소가 우는 밤에』를 더욱 널리 알리기 위해선, 아직 이용하지 않은 SNS— 즉, 핀스타를 통한 선전도 시야에 넣으려고 생각하고 있기에 어느 정도는 온건파에 가까웠다.

"SNS 이야기를 듣고, 카나리아 씨를 흉내내고 있다……. 확실히 그 출판업계의 최강 인플루언서를 연기하기 위해서는 SNS 관련 지식이 필수 불가결할 거야."

"그 인간은 그저 인정 욕구에 미친 귀신. 무한히 떠받들어지고 싶은 사람."

"담당 작가를 그런 식으로 말하는 건 좀 그렇지 않아? 일단 그런 활동 덕분에 그 사람이 담당한 책이 팔리는 건데……."

"알아. 하지만, 그래도, 튀고 싶어 환장한 건 사실이야."

마시로는 퉁명한 표정으로 그렇게 말했다.

담당 편집자와 사이가 나쁜 것처럼 보일지도 모르지만, 츠키노모리 마시로란 인간을 잘 아는 나는 그렇지 않다는 걸 한눈에 알 수 있었다.

특정 인물에 대한 마시로의 독설은, 일종의 신뢰 표현이니 말이다.

하지만 초면인 사사라는 그런 것을 알 리가 없다. 독설을 어디까지나 독설로 받아들인 건지, 그녀는 약간 미간을 찌푸리더니…….

"그건 아무래도 상관없지 않아? 누구든 떠받들어지고 싶어 하는걸."

……하고 반론했다.

"저렇게 된 코히나타한테서는 위화감이 느껴지지만……. 까놓고 말해, 우등생 가면을 쓰고 있을 때보다는 훨씬 이해돼."

"저 태도를 보고도, 이해가 된다고? 그건 좀 억지 같은데……."

"그래? 『자기는 무해해요~』라는 표정을 짓고 있는 것보다는 훨씬 자연스럽잖아. 미스 콘테스트에 참가하고 싶다, 다른 애한테 귀엽다는 말을 듣도록 자기를 연출하고 싶다는 게 느껴지는 지금이 더 자연스럽지 않아? ……물론, 미스 콘테스트에선 내가 이길 거지만 말이야!!"

아무도 듣고 있지 않은데도 가슴을 펴며 참가 표명과 승리 선언을 우쭐대는 표정으로 하는 그녀였다.

카나리아 모드의 이로하가 귀여워 보일 정도의 자기애였다.

"귀여움을 연출하고 싶다……. 저 녀석은 요즘 저 아이돌 캐릭터 말고도 여러 사람의 흉내를 내. 그것도 무슨 연관이 있는 걸까?"

"여러 사람을 흉내 내? 흐음~. 역시 예상대로네."

"예상?"

명탐정처럼 턱에 손을 댄 사사라는 추리를 했다.

"가장 귀여운 자기 자신을 찾는 시행착오인 거야. 여러 캐릭터를 시험해보고 있는 거지. ……바로! 미스 콘테스트에서 나에게 이기기 위해서 말이야!"

"뭐……라고……?"

나는 아연실색했다. 거기까지는 생각이 미치지 못했다.

당연하잖아.

이로하는 내 앞에서도 짜증 모드를 하지 않았다.

만약 이로하가 짜증스러움 이외의 퍼스널리티를 만들어내려고 하는 거라면…….

사사라가 말한 것처럼 미스 콘테스트에서 이기기 위해서라면, 그나마 괜찮다.

코쿠류인 쿠게츠의 짜증귀염을 나와 함께 만들어낸 이로하가, 짜증 속에 잠들어 있는 귀여움의 매력을 버리려고 하는 거라면 대체 왜 그러는 거냐고 따지고 싶지만 말이다! 뭐, 백보 양보해서 그건 일단 제쳐두겠다.

하지만 만약 사춘기적인 무언가를 맞이한 이로하가 색기에 눈뜨기 시작한 결과, 짜증스러움을 내던져버리려고 하는 거라면…….

매력적인 자기 자신을 억누르며, 새로운 가면(페르소나)을 만들려고 하는 거라면…….

그런 쓸데없고, 비효율적인 2차 성징. 너는 정말 그걸로 괜찮은 거냐.

"저기, 뭘 그렇게 중얼거리는 거야. 기분 나쁘거든?"

"조용히 해. 이로하가 앞으로 어떻게 성장할지가 걸린 중요한 국면이란 말이야."

"뭐?"

사사라가 미심쩍은 눈길을 보내는 느낌이 들지만, 그건 현재 사소한 문제다.

"이, 남자는 대체 뭐야. 보호자 같은 거야?"

어이없다는 표정으로 마시로에게 다가간 그녀는 귓속말로 물었다. ……다 들린다고.

"보호자, 는 아냐. 프로듀서, 같은 거야."

"뭐……. 아니, 그 관계성은 레알 알쏭달쏭이거든?"

"아키는 원래 이런 사람이야."

"너는 그걸로 괜찮아? ……아, 으음~."

"마시로. 츠키노모리 마시로. 2학년이야."

"츠키노모리 선배구나. 오케이. 나는 토모사카야. 토모사카 사사라."

이제야 자기소개를 한 그녀는 말을 이었다.

"그런데, 츠키노모리 선배는 왜 이런 남자한테 어울려주는 거야? 연예계 관계자도 아니면서, 같은 학교에 다니는 여자애를 프로듀스한다는 이딴 남자를 말이야."

"여친이거든. 남친의 꿈을 이해해주는 여친."

"여친?! 이 녀석의, 여친?! 이, 이해가 안 돼……."

마시로가 한 치의 주저도 없이 그렇게 단언하자, 사사라는 머리를 감싸 쥐었다.

"어, 어어~? 왜…… 코히나타도 이 남자에게 마음이 있는 것 같던데, 왜 이런 수수남이 귀여운 여자애를 둘이나…… 혹시, 내 눈이 이상한 거야? 이 선배, 실은 미남인 걸까……?"

표정을 굳힌 사사라는 교실 앞에서 생각에 잠겼다.

그 모습은 하이 레벨의 거동 수상자 같아서, 교실을 출입하는 학생들이 힐끔힐끔 쳐다보고 있었다.

이대로 여기 있다간 교실 안에 있는 이로하에게 들키고 말 것이다.

솔직히 말해 직접 만나서 하고 싶은 말이 산더미처럼 있지만, 아직은 생각이 정리되지 않았다.

이로하가 하려는 일— 새로운 가면의 획득을, 본인의 의지를 존중하여 지지해줘야 할까.

아니면, 지금 이대로의 너로 있어 달라는 내 아집을 강요해야 할까.

하다못해 내 마음만이라도 정해두고 싶다.

"아키, 어쩔래?"

"슬슬 2학년 교실로 돌아가자. ……미안해, 마시로. 이 건에 대해선, 잠시 혼자서 생각 좀 해볼게."

"……괜찮아?"

"이건 내 마음의 문제잖아. 남의 도움을 받아서 결론을 낼 수 있는 일이 아닐 거야."

"그렇구나. ……응. 오케이. 천천히 생각해봐."

마시로는 여유 넘치고 포용력 있는 미소를 머금으며 그렇게 말했다.

—여친이 이해심 넘쳐서 정말 다행이다.

*

그날 방과 후.

문화제 준비로 시끌벅적한 교실에서 조금 떨어진 곳에 있는 관리관의 복도. 열린 창문을 통해 열심히 부활동 중인 운동부 녀석들을 쳐다보면서, 나는 이로하에 대해 멍하니 생각했다.

여러 여성을 연기하는 건, 새로운 귀여움을 찾기 위해서다.

그렇다면 미스 콘테스트에 참가하는 건, 객관적인 평가를 통해 새로운 자신의 매력을 재확인하기 위해서가 아닐까.

이로하는 저래 봬도 머리가 좋다.

아무리 한 학년 선배인 내가 공부를 가르쳐주고 있다 해도, 그것만으로 전교 1등이 될 수 있을 리가 없다. 치트를 얻었다고 바로 성과를 낸다는 건 그만큼 원래 능력이 뛰어나기 때문이다.

만약 이로하가 여자애로서 새로운 매력을 깨닫고, 그것이 미스 콘테스트에서 호평을 받는다면 어떻게 될까?

그것이 그 녀석의 멋진 미래로 이어진다면 문제 될 것은 없다.

하지만, 정말 그렇게 될까?

우등생 모드 이외의 새로운 가면이 생길 뿐이지 않을까?

그렇게 되면 진짜 이로하— 짜증스러운 이로하는 어떻게 될까?

……뭐, 내가 이런 걸로 고민해봤자 결국 자기만족일 뿐이며, 어디까지나 오지랖에 지나지 않겠지만 말이다.

나는 본인의 자유 의지가 꼭 본인의 행복으로 이어지지 않는다는 걸 알고 있다.

오즈도 그랬고, 이로하도 그랬다. 중학생 시절, 그 녀석들은 자신의 진짜 마음을 억누르고 있었다. 자신의 마음에 뚜껑을 덮고, 그게 자유 의지인 것처럼 가정의 영향 아래에서 속박당해 살았다.

그래서 나는 본인이 바라지 않는 도움은 괜한 참견이다……라는 것을 알면서도, 일부러 참견했다. 그 녀석들을 위해서가 아니라 내 아집이라 주장하며, 나 자신에게도 어디까지나 내 억지에 불과하다고 우기며 당당히 밀어붙였다.

이제까지도 그래왔고, 앞으로도 그럴 것이다.

"어라? 오오보시가 왜 여기 있는 거야?"

"응?"

생각에 잠겨 있는 나에게, 누군가가 말을 건넸다.

뒤를 돌아보니, 대량의 프린트 용지를 안아 든 포니테일 여학생이 눈에 들어왔다.

고지식해 보이는 외모, 교칙을 철저하게 따르는 치마 길이, 그리고 외골수라는 것을 증명하는 듯한 포니테일.

언니인 카게이시 스미레의 반댓말, 카게이시 미도리.

"미도리 부장이야말로 여기서 뭐 하는 거야? 관리관은 연극부의 활동 장소가 아니잖아?"

"그런 게 아냐. 이 시기에는 부활동보다 문화제 준비가 우선이거든. ……나는 이거야."

미도리는 한쪽 팔에 차고 있는 완장을 보여줬다.

거기에 적힌 글자는…….

"『금륜제 실행위원』? 게다가 직함은…… 실행위원장?!"

"그래. 그리고 저 교실이 실행위원의 본부야."

미도리가 가리킨 곳에는 많은 사람이 드나들고 있는 교실이 있었다.

복도에는 「미스·미스터 콘테스트 참가 신청 접수중」이라는 종이가 붙어 있었다.

"흐음, 실행위원이 콘테스트 진행을 맡고 있구나."

"매년 전통이거든."

"혹시 미도리 부장이 담당자야?"

미도리가 안고 있는 프린트에 적힌 「참가 신청」이라는 큼지막한 글자를 보고 그렇게 묻자, 그녀는 약간 겸연쩍어하며 말했다.

"아, 이걸 봤구나. 응, 그렇긴 한데…… 뭐, 뭐 이상해? 나처럼 패션에 둔감한 녀석한테는 어울리지 않는다거나?"

"그런 거 아냐. 오히려 교칙을 지키면서도 꽤 센스가 좋은 편이라고 생각해. 리본 같은 거 말이지."

"그, 그래? 흐, 흐음. 이게 괜찮은 편인 거구나."

내가 솔직한 감상을 입에 담자, 미도리는 얼굴을 약간 붉히면서 포니테일을 묶은 리본을 손으로 만지작거렸다.

방금 한 말은 겉치레가 아니다. 우등생다움을 유지하기 위해 여러모로 제약이 있을 텐데도, 용케 이만큼의 귀여움을 이룩해냈다 싶었다.

입 다물고 있으면 한 폭의 그림 같은 미모를 자랑하는 스미레의 친여동생인 만큼, 소재 자체는 뛰어날 것이다.

혹은 연극부의 배우로서 무대에 오른다는 의식이, 뛰어난 겉모습으로 이어지는 걸지도 모른다.

"그, 그만해! 더 칭찬받았다간 죽어! 발열로 죽어버릴 거야!"

"어. 아. 미안해! 나, 입 밖으로 말한 거야?!"

"줄줄 새어 나왔어. 츠, 츠키노모리 양이라는 여친이 있으면서 나를 꼬시려고 한 거야?! 이 저질!! 짐승!!"

"으극……. 저, 정말 미안해……."

미도리는 프린트 다발로 내 머리를 때려댔다.

마음속으로 뭐라 생각하든 그건 자유라고 주장하고 싶지만, 입 밖으로 줄줄 새어 나왔다면 변명의 여지가 없다.

좋은 건 좋다, 나쁜 건 나쁘다. 객관적으로 정당히 평가하는 건 나쁠 게 없다.

하지만, 그런 생각을 입 밖으로 내뱉은 바람에 전쟁이 일어날 수 있다는 건 이해하고 있다.

그러니 본심과 겉치레를 분간하며, 상대에 따라서는 대화의 경향을 바꾸자고 평소부터 의식하고 있다. 하지만 이로하에 관해 고민하던 도중이었던 탓에, 나도 모르게 커뮤니케이션 기능이 고물로 변해버렸던 것 같다.

정신을 바짝 차리고, 전력을 다해 화제를 돌려야 한다.

"그, 그런데 미도리 부장이 미스 콘테스트 담당인 건 좀 의외야. 미도리 부장이 패션을 신경 쓰고 말고를 떠나서, 남녀의 그렇고 그런 느낌의 경박한 문화를 질색하는 줄 알았거든."

"그야, 좋아하진 않지만……. 그런 만큼, 내가 철저하게 감시하고 싶은 거야!"

"그, 그래. 위원장 기질이 극에 달했구나."

공평 공정, 풍기 준수, 정의 집행. 이 세상의 악을 단죄하기 위해 자기 발로 진흙탕에 들어가려 하는 그 의지는 법의 화신 그 자체다. 위원장 오브 위원장이라 불러도 될 법한 그 모습은, 공감은 할 수 없더라도 존경심을 불러일으켰다.

어처구니없는 대화를 나누는 우리의 목소리가 들린 건지, 문화제 실행위원회 본부인 교실에서 한 학생이 나왔다.

"카게이시~. 복도에서 왜 그렇게 떠들어대는 거야~?"

게다가 매우 잘 아는 인물이었다.

대충 물을 발라 쓸어 넘긴 붉은 머리카락을 헤어밴드로 적당히 묶은 헤어스타일. 아무렇게나 걸친 교복. 《5층 동맹》에 필수 불가결한 협력자. 중학생 시절부터 알고 지낸 이의 얼굴이 눈에 들어왔다.

"오토이 씨? ……가, 왜 거기서 나오는 거예요?"

"어, 아키잖아. 수고 많네~."

"아, 수고 많으세요. ……아, 혹시 미스 콘테스트에 나간다거나—."

"그럴 리가 없잖아~. 문화제 당일의 음향 쪽 일을 도와주게 된 거야~."

"흐음, 오토이 씨가 학교 행사를 돕는 건가요. 신기한 일도 다 있네요."

태연자약, 나태 향락, 기본 부동(不動). 이 세상 모든 안락을 탐닉하기 위해 자기가 하고 싶은 일만 하고, 의무는 적당히 수행하며 협조 대신 평온한 안녕이란 늪에 몸을 담그려 하는 그 의지는 그야말로 게으름뱅이 그 자체. 마이페이스 오브 마이페이스라 불려 마땅한 이하 생략.

"내가 부탁했어. 축제 때 틀 BGM과 이벤트의 분위기를 띄울 음향 설비. 전문적인 지식이 있는 사람이 협력해준다면 든든하잖아."

"미도리 부장이? 흐음, 두 사람한테 접점이 있었군요."

"어이어이, 아키~. 네가 연극부 지도에 나를 끌어들였잖아~."

"아, 그때 친해졌나요."

"대회가 끝난 후에도 오토이 양에게는 조언을 많이 받았어! 정말 믿음직한 사람이니까, 문화제에서도 분명 활약해줄 거라고 생각했어!"

"귀찮지만 말이야~. 뭐~, 작사 작곡에 참고가 될지도 모르잖아."

"그렇군요. 그런데 안고 있는 대량의 과자는 뭔가요?"

"학생들이 연 가게의 경품과 상품을 체크해서 허가해줘도 될지 판단하는 것도 실행위원이 할 일이거든~. 그래서 대량의 샘플이 들어와. ……맛있네~."

이 여자, 저 먹거리를 노리고 들어온 거구나.

"오토이 양은 단 것만 상납해주면 협력해준다니깐……. 너무 간단히 낚이니까, 나쁜 남자에게 놀아나지 않을까 걱정돼……."

"이렇게 빨리 그 생태를 해명하다니……. 역시 우등생이야. 학습 능력이 상상을 초월하는걸."

"부우. ……오오보시. 설마 단 걸로 오토이 양을 낚아서 발칙한 짓을……."

"그럴 리가 없잖아."

오토이 씨와 남녀 관계가 된다는 건 있을 수 없는 일이다. 말도 안 된다.

설령 나를 주인공으로 삼는 미소녀게임이 존재하더라도, 그녀는 친구 포지션이다. 절대 공략이 불가능한 캐릭터일게 틀림없다.

"뭐~ 그럴 거야~. 나는 딱히 미인도 아니고, 귀엽지도 않은걸~."

"뭐~?! 무슨 소리를 하는 거야?! 오토이 양은 엄청 귀엽거든?!"

"카게이시, 너 말이지~. 여자가 입에 담은 『귀엽다』는 말을, 남자가 반신반의한다는 걸 모르는 거야~?"

"뭐엇?!"

그 설정은 유명하지만, 그래도 여자가 입에 담을 대사는 아니다.

그걸 남 일처럼 입에 담는 건 오토이 씨 답지만, 미도리가 그런 해탈의 발언을 듣고 당혹스러워하는 건 어찌 보면 당연했다.

"그리고 아키~, 네가 방과 후에도 학교에 남아 있는 거야말로 신기한 일 아냐~?"

"아, 그게, 생각할 일이 있어서요."

"흐음~. 미스터 콘테스트에 나갈 생각이야~?"

"에이, 말도 안 돼요. 마시로한테도 말했지만, 아무리 생각해도 저는 미스터로 뽑힐 그릇이 못 된다고요."

"그것도 그래~."

"서슴없이 인정하는 걸 보니, 마음이 좀 복잡하네요."

내 주제는 알지만, 남이 이렇게 낙인을 찍어주니 꽤 대미지가 있었다. 뭐, 엄청 신경 쓰이지는 않지만 말이다. 오토이 씨도 내가 자존심에 목숨 거는 캐릭터가 아니라는 걸 아니까 저런 발언을 했을 것이다.

나와 그녀는 스포트라이트가 비치는 무대에 설 그릇이 아니며, 어디까지나 무대 뒤편에서 이로하 같은 스타를 떠받치는 역할이다.

서로가 그렇게 생각하며 중학생 때부터 자기 역할을 다해

오는 과정에서 이런 암묵의 합의 같은 것이 생겨났고, 그렇기에 방금 발언에 필요 이상의 비하가 담겨 있지 않다는 것도 이해하고 있다.

하지만 실수한 부분은 있었다.

이 자리에는 그런 문맥을 이해할 수 있을 만큼의 세월을 함께 해오지 않은, 새로운 관계성의 인간이 있는 것이다.

"오토이 양 뿐만 아니라 오오보시도 마찬가지네. 두 사람 다 왜 그렇게 자기 자신에 대한 평가가 낮은 거야?"

미도리는 아무것도 모르기에, 그런 소박한 의문을 던졌다.

"내가 보기엔, 두 사람 다…… 충분히 해볼 만하다 싶은데 말이야. 오오보시의 그 겸허함과 때때로 보여주는 자신감, 상냥함, 믿음직한 분위기 같은 건…… 참 괜찮다고, 생각해."

"미도리 부장……. 나를 그렇게 생각했구나."

"아, 저기, 다른 마음이, 있는 건, 아니거든?! 언니한테 한 짐승 같은 짓거리는 잊지 않았어!! 착각하지 마! 할리우드 프로듀서라고 기어오르지 말란 말이야!"

"그런 짓 한 적 없는데……."

그리고 할리우드 프로듀서도 아니다.

그런 착각을 해소하려면 설명해야 할 게 너무 많아서 성가시니 일단 내버려 둔 상태다.

"아, 무, 튼!! 참가 자격이 있니 없니 같은 생각을 할 필요는 없단 말을 하고 싶은 것뿐이야!!"

얼굴이 새빨개진 미도리 부장이 손짓과 발짓을 섞으며 그렇게 말했다.

그녀는 자신감이 없는 나를 나름대로 격려해주려고 하는 것 같았다. 미도리 부장은 참 좋은 녀석이라니까.

룰에 너무 충실해서 짜증나는 구석도 있지만, 심성이 고운 녀석이라는 건 언동에서도 묻어난다. 그런 사람이니까 잔소리가 심한데도 학급 반장이나 문화제 실행위원으로 지지를 받고 있으며, 연극부 부원들에게도 부장으로서 사랑받는 것이리라.

"아~, 그러고 보니~. 코히나타도 미스 콘테스트에 나간대~. 오늘 신청 용지를 내러 왔어."

"잠깐, 오토이 양! 참가자의 정보를 외부인에게 발설하면 안 돼! 본인의 프라이버시 문제로 이어질 수도 있단 말이야!"

"뭐~ 별문제 없을 거야~. 어차피 당일이 되면 알게 될 거잖아~."

"정말! 그런 사소한 방심으로 남친에게 촬영을 허락해줬다가, 인터넷에 널리 퍼져버리는 경우도 있거든?"

"너, 요즘 에로쪽 지식이 풍부하다는 걸 안 숨기네~."

"뭐, 어어어어어엇?! 아, 아냐!! 학교에서 그런 걸 열람하는 남자애들에게 주의를 주다가 자연히……!!"

"아무튼~, 코히나타도 미스 콘테스트에 참가하려는 것

같아~."

"무시하지 마~!"

미도리의 우는 소리를 깔끔하게 무시한 오토이 씨가 나를 향해 말했다.

"코히나타라면 아마 우승할걸~? 미스터 콘테스트에서 우승 안 하면, 그 녀석의 후야제 댄스 파트너는 남한테 빼앗겨 버릴 거야. 아키는 그래도 괜찮은 거야~?"

"……뭐, 그 녀석이 누구와 춤을 추든……."

—욱신.

상관없다고 말하려는 순간, 바늘에 찔리는 감촉이 가슴속에서 느껴졌다.

이게 뭐지. 방금, 기분이 확 나빠졌어.

미스 콘테스트에서 이로하가 우승한다면 새로운 가면을 획득해버리고 말 테니까. 그 녀석의 짜증스러운 면을 널리 어필할 수 없게 되니까. 그런 비효율이, 사회적 손실이 마음에 들지 않는다. ……그뿐, 이지?

"코히나타의 후야제 댄스를 지켜주고 싶다면 미스터 콘테스트에서 우승하면 돼~."

"그러니까 무리라고요. 제가 기라성같은 미남들한테 이길 리가 없잖아요."

"앗. 그, 그럼 이런 건 어때?"

이상한 분위기를 감지한 미도리가 허둥지둥 끼어들었다.

상냥한 그녀라면 이 상황을 원만하게 만들어줄지도 모른다. 우등생에 고지식한 그녀답지 않게 농담기 섞인 미소를 머금은 미도리가, 가벼운 어조로 말했다.

"발상의 역전시켜서 미스 콘테스트에 출전! 한다던가—."

"카게이시~. 너, 완전 변태였구나~."

"왜?!"

"아니, 그렇잖아~. 아키가 미스 콘테스트에 참가한다는 생각 같은 건, TS물 쪽 지식이 없으면 떠올리지도 못할 거야~."

"성별을 전환하라는 소리는 안 했어!"

"TS라는 말을 듣고 성전환물 장르라는 것을 바로 이해한 시점에서 끝났어~."

"아냐아아아아아아아앗!! 상식적으로 단어의 의미를 알고 있을 뿐이야아아아아아아아!!"

안면이 홍당무 상태가 된 미도리가 손으로 얼굴을 가리며 괴로워했다.

하지만 내 귀에는 그녀들의 대화 중 절반도 들어오지 않았다.

왜냐하면…….

"그거야, 미도리 부장……."

"어?"

왜냐하면— 하늘의 계시를, 받았기 때문이다.

무수한 거품처럼 떠오른 아이디어의 구슬이 당구를 하듯

부딪치고 이어지더니, 하나로 연결되면서 내 머릿속에 명백한『해답』을 자아냈다.

덥썩, 미도리의 어깨를 움켜쥐었다. 가녀린 그녀의 어깨가 흠칫했다.

“그래. 처음부터 그랬으면 됐어!”

“어. 저기. 오, 오오보시?”

“고마워. 미도리 부장. 내가 나아가야 할 길이, 보인 느낌이 들어. 미도리 부장 덕분이야!”

“아, 으, 응. 도움이 됐다니 기쁘네. 하지만, 어? 뭐가 어떻게 된 건지 모르겠거든?”

상하좌우로 피하는 미도리의 눈을 똑바로 바라보며, 나는 방금 가슴 속에 자리한 솔직한 마음을 결의에 찬 목소리로 토해냈다.

“신청 용지를 줘. ―나는, **미스 콘테스트에 참가하겠어!**”

“어? ……어어어어어어어어어어어어어어어어어어어?!”

절규에 가까운 목소리를 질렀다.

그 목소리가 컸던 건지, 오토이 씨 이외의 실행위원 학생들도 무슨 일이야? 하며 교실 밖으로 얼굴을 내밀었다.

호기심에 찬 시선이 인정사정없이 쏟아졌지만…… 이 아이디어를 떠올린 행운에 비하면, 그딴 쪽팔림은 사소한 일에 지나지 않았다.

"미, 미스 콘테스트라고 했어? 미스터를 잘못 말한 게 아니라?"

"미스 콘테스트야. 즉, 여장 참가를 허용해줬으면 해."

"오오보시의 여장…… 여장……."

"오~. 그 생각은 못 했어~. 역시 넌, 재미있는 애야~."

미도리는 여전히 당혹감의 소용돌이에서 빠져나오지 못했지만, 오토이 씨는 재미있어하는 것 같았다. 표정에는 변함이 없지만, 마음속으로는 유쾌하게 히죽거리고 있다. 그걸 알 수 있었다.

"아~. 하지만 카게이시~. 미스 콘테스트의 여장 참가는 오케이인 거야~?"

"어?! 으음, 관련 규약이 없긴 했는데…… 으음, 으음……."

"나는 아키의 여장을 보고 싶으니까, 허용해줬으면 좋겠네~."

"아, 아니, 실행위원의 취향으로 그런 결정을 내릴 수는, 없어!"

"카게이시의 취향적으로도 완전 오케이잖아~?"

"잠깐, 오해를 부르는 소리 좀 하지 마. 내가 오오보시의 여장을 보고 싶어 할 리가…… 보고, 싶……."

"그래. 안 되는 구나. 하긴, 남자가 미스 콘테스트에 나가는 게 무모하긴 해……."

"으윽~?!"

밀어서 안 되면 당겨봐라. 누구였는지는 생각 안 나지만, 옛 위인이 그런 말을 했다.

심리 테크닉이라고 하기에는 꽤 조잡한 이용법이지만, 위인의 지혜는 역시 효과가 있었다. 미도리는 세뇌 마법에 걸린 닌자처럼 머리를 감싸쥐며 괴로워했다.

그리고, 몇 초 후…….

갑자기 움직임을 멈춘 미도리가 불쑥 말했다.

"……알았어."

"오오?!"

"응. 여장 참가…… 오케이!!"

"앗싸!!"

문화제 실행위원장이 허용해줬다. 누가 뭐라고 하든, 내 미스 콘테스트 참가는 막을 수 없다.

"오~. 카게이시, 꽤 하잖아. 자기 욕망에 따라 결정을 내리다니, 대단한걸~."

"아뇨, 그렇지 않아요. 제 취향이 아니에요."

오토이 씨의 놀림을 어째선지 존댓말로 딱 잘라 부정한 미도리는 쓰지도 않은 안경을 고쳐 쓰는 지적인 시늉까지 했다.

"호오~. 그럼 어떤 이유로 여장 참가를 허용한 건데~?"

"작금은 성별에 따른 역할을 강요하는 가치관을 낡았다고 여기고 있으니 미스 콘테스트의 참가 조건엔 성별 제한이 없는 것이 상식이며, 제가 오오보시의 여장을 보고 싶다는 것이 아니라 어디까지나 세간의 글로벌 스탠더드—."

**"오케이. 즉, 취향이구나."**

"겨우 쥐어 짜낸 논리를 단칼에 베어 넘기지 좀 마~!!"

"결국 쥐어 짜낸 거잖아~. 그 시점에서 인정한 거나 다름 없다구~."

"어, 어험! 사소한 건 됐어! 아무튼 사회 윤리에 비춰볼 때, 여장 참가도 적극적으로 추진되어야 마땅해!! ……그렇지?! 다들, 그렇게 생각하지?!"

미도리는 교실에서 얼굴을 내민 구경꾼 실행위원들을 둘러보며, 동의를 구했다.

느닷없이 질문을 받은 그들은 위원장의 박력에 살짝 압도당하면서 허둥지둥 고개를 끄덕였다.

"—만장일치! 보다시피 아무 문제도 없어, 오오보시!"

"으, 응. 고마워."

강행 채결의 순간을 목격하고 말았다. 금륜제 실행위원회는 정말 민주적인 조직인걸.

"아무튼~. 아키의 사고방식은 정말 특이하다니깐~."

"그래요? 지극히 논리적이고 효율적으로 생각한 결과인데요."

"바로 그 점이야~. 뭐, 그래서 재미있긴 해~."

아무래도 어이없어하는 것 같았다.

하지만 나에게는 웃기려는 것이나 자포자기가 아니라, 진심을 담아 펼친 신의 한 수였다.

이로하에게 내 마음을 부딪쳐서, 새롭게 쓰려고 하는 가면을 그녀의 손에서 빼앗기 위한…….

유일무이, 그리고 최강의 책략……!

나는 미도리의 손에서 백지 신청 용지를 건네받은 후, 필요 사항을 기입해서 참가 신청을 했다.

준비는 끝났다. 남은 건, 이로하 녀석에게 선전포고하는 것뿐이다.

스마트폰을 꺼내, LIME으로 이로하에게 결투장(메시지)을 보냈다.

『할 이야기가 있으니까, 옥상으로 와.』

자. 와라, 이로하.

네가 무슨 고민을 하는 건지 모르겠지만, 내 오지랖이 얼마나 무시무시한지 똑똑히 알려주마.

*

『드디어 아키도 버그 걸렸어……. 아무리 그래도 여장 미스 콘테스트 참가를 논리적으로 효율적이라고 하기엔 무리가 있잖아.』

『진짜로 그렇게 생각해?』

『나 뿐만이 아니라, 아마 이 광경을 보고 있을 하느님도 같은 생각 아닐까?』

『하지만, 논리적으로 도출한 결론이 바로 이거야.』

『거짓말~.』

『뭐, 정 의심된다면 다음 에피소드도 봐줘. 거기에 해답이 있거든.』

『어쩔 수 없네. 정 그렇다면 봐주겠어. 아키가 왜 저런 어이없는 발상에 이르렀는지를 말이야.』

## 004 제4화 …… 친구 여동생이 나한테만 라이벌

코자이 고교 옥상에 가을바람이 불었다. 여름의 끝을 예감케 하는 시원한 바람이 교내에 남아 있는 학생들의 문화제를 앞두고 들뜬 목소리와, 그딴 이벤트는 알 바 아니라는 듯이 평소처럼 부활동을 하는 운동부의 함성을 전해주고 있었다. 그런 가운데, 나는 옥상 한복판에서 팔짱을 낀 채로 문을 노려보며 서 있었다.

나는 현재 이곳에서 이로하를 기다리고 있었다.

LIME 메시지를 보내고 이미 꽤 시간이 흘렀다. 읽음 표시가 떴는데도 답장이 없어서 1분 간격으로 새로운 메시지를 보냈는데, 그 이력을 확인해보니 방금 보낸 메시지가 딱 59번째였다.

아무리 생각해도 얀데레 스토커 짓 같은 자신의 행동에 질려버렸지만, 이것은 나의 목적과 이로하의 인생에 있어 매우 중요한 일이다. 결코 눈을 돌려선 안 된다.

설령 귀찮게 여겨지더라도 상관없다. 그 녀석이 이곳에 올 때까지, 계속 보낼 뿐이다.

부르르, 스마트폰이 진동했다. 즉시 화면을 터치해서 LIME을 켰다.

《이로하》 답장 늦어서 죄송함다~! 카나리아 씨 성분 좀 빼느라 늦었어요!

괴문서였다.

약기운을 뺀다, 같은 뉘앙스로 카나리아를 뺀다는 건 뭘까에 관해 뇌가 철학적인 사고를 하고 싶어 했다.

지금 가겠다는 답장이 왔기에, 내 60번째 메시지는 「그래」라는 심플한 두 글자였다.

그러고 있자니 말한 대로 이로하가 금방 옥상에 나타났다.

“하아, 하아. 기다리게 해서 죄송함다~.”

“그래. 기다렸어. 카나리아 씨는 빼고 온 거야?”

“어찌어찌 성공했어요! 운동장에서 잠시 뛰었더니, 땀과 함께 배출됐어요!”

농담이 아니라 진짜로 그렇게 한 것 같았다. 땀에 살짝 젖은 앞 머리카락, 희미하게 비쳐 보이는 교복 셔츠, 거칠어진 호흡이 그녀의 말이 사실이라 대변하고 있었다.

함께 문화제 준비를 하던 클래스메이트의 눈에는, 잠깐 운동장에서 뛰고 오겠다며 교실을 나가는 이로하의 모습이 꽤나 기묘해 보였을 것 같다.

“그런데 선배는 알고 있었군요.”

“응?”

“제가 카나리아 씨를 빙의시켜 연기하고 있었다는걸요.”

"아, 그거 말이구나. 학교 안을 돌아다니다 언뜻 봤어."
"그랬군요. ……흐음, 그럼 제 목적도 이미 눈치챘겠네요."
"얼추 말이지."
"정말인가요. 선배는 정말 예리하다니까요."
이로하는 호흡을 고른 후, 쓴웃음을 지으며 그렇게 말했다.
확실히 이로하는 자기가 왜 다른 여성을 연기하는지, 그 연기에 몰두하는 건지 나에게 직접 이야기해주지는 않았다. 어디까지나 내가 마시로와 사사라의 의견을 듣고, 멋대로 정답에 다가섰을 뿐이다.
하지만 이로하가 저렇게 생각하는 걸 보면, 내 가설도 틀리지 않았다는 의미일 것이다.
그런고로, 일단 우쭐대기로 했다.
"이래봬도 나는 네 프로듀서거든."
"아하! 역배짱이라니까요!"
「역시 선배 짱」의 줄임말인 것 같은데, 하다못해 「역선짱」 정도로 해줬으면 좋겠다.
「역시 배빵 짱」이라는 말로 오해할 것 같거든. ……내 생각이 지나친 걸까?
"경합 조사, 같은 거지?"
"……읏! 맞, 아요."
이로하의 어깨가 흠칫했다. 반응을 보니, 정곡을 찌른 것 같다.

입이 지렁이가 행진하듯 꿈틀거리는 건 거북하기 때문이리라.

짜증스러움을 버리고, 새로운 가면을 획득한다는 모독에 대해 꺼림칙함을 느끼는 게 틀림없다.

"마시로와 스미레 선생님을 연기한 것도 그래서야. 자기 몸에 빙의시켜서, 그 녀석들의 인간성을 이해하려 한 거지."

"……네……."

"너, 미스 콘테스트에 나갈 거라며?"

"앗, 그것도 알고 있군요. 아하하. 카나리아 씨 연기에 너무 몰입했나 봐요. 주위의 말에 따라 덜컥 참가 표명을 해버렸다고 할까—."

"너 말이야. 항상 내 앞에서 하는 그 짜증스러운 여자 스타일로, 미스 콘테스트에 나갈 생각은 없어?"

"네? 무, 무리예요. 저는 청초한 우등생으로 알려져 있다고요."

"우리, 코쿠류인 쿠게츠를 함께 만들었지? 『검은 염소』의 팬에게 선보이기 위해, 우리가 지닌 최고의 귀여움을 추구한 끝에 거기에 도달했어."

"어. 으응? 왜 뜬금없이 코쿠류인 쿠게츠 이야기를 꺼내는 거예요?"

"상관이 있거든. 그 캐릭터의 매력은 일종의 『짜증스러움』을 통해 향상되고 있어. 즉, 그러니까, 아~, 뭐랄까. 저기,

너의, 아~. 평소의, 짜증스러운 부분도, 말이지. 충분히 매력적이라고 할까……."

아차. 떳떳하지 못한 사실을 숨기고 있는 기업 중역 같은 말투로 말했다.

시끄러워. 내가 지금 얼마나 한심한지는 잘 알아. 하지만 어쩔 수 없잖아. 이렇게 얼굴을 마주한 상태에서 본인에게 귀엽다는 말을 하는 건 어마어마하게 부끄럽다고. 불만 있으면 거기 너도 해봐. 절대 못 할걸?!

누구한테 변명하는 거냐고 마음속으로 딴죽을 날린 후, 나는 이어서 말했다.

"즉, 다른 녀석들을 흉내 낼 필요는 없다는 거야. 있는 그대로의 너로…… 그 짜증스러움을 전력으로 발휘하며, 미스 콘테스트에 나가봐. 그러면, 진짜 너를 받아들이며 친하게 지내려 하는 친구도—."

"……윽! 그…… 그래요. 역시 선배의 목적은 그거군요!"

"응?"

그 순식, 이로하의 털이 곤두서는 것……처럼 보였다.

아까까지의 우호적인 표정은 어디가고, 경계 태세를 취한 고양이 같은 분위기를 온몸에 두르며 나를 노려보고 있었다.

"절대 싫어요. 선배 말고 다른 사람한테 짜증스럽게 구는 일은, 저어어어어얼대로! 없어요!"

"그 강철 같은 결의는 대체 뭐야?!"

“『이래 봬도 나는 네 프로듀서거든』은 무슨! 나에 대해 하나도 모르면서! 눈곱만큼도 이해 못 했으면서! 이 둔감 쓰레기 프로듀서!”

“두, 둔감 쓰레기 프로듀서?!”

초등학생 레벨인데도 마음속을 찔러대는 독설 좀 내뱉지 마.

치명적으로 시계 초침이 어긋나고 있는 느낌이 들었다. 구체적으로는 도쿄와 리우데자네이루의 시차만큼 어긋난 것 같았다. ……아, 그러면 딱 열두 시간 차이가 나니 시계 초침은 같나? 뭐, 아무튼 분위기로 이해해줬으면 한다.

“학교에서 짜증스러운 면을 드러낼 필요 없어요! 그런 걸 드러낼 수 있는 친구도 필요 없단 말이에요!”

“그렇게 한사코 거절할 필요는 없잖아. 남들은 너의 그런 면을 싫어하지 않아. 진짜 네가 있는 그대로 받아들여진다면, 그편이 낫다고!”

“받아들여질 리가 없거든요?! 선배는 자기의 상냥함을 너무 가볍게 봐요! 제가 무슨 짓을 해도 용서해주는 건 선배뿐이고, 선배뿐이면 된다고요!”

방금까지만 해도 이야기가 통했는데, 어딘가에서 갈라졌다. 그리고 그 두 갈래 길이 전부 천 길 낭떠러지로 이어져 있는데도, 서로의 감정이 잘못된 방향을 향해 추진력을 발휘하며 굴러떨어지고 있었다.

“저는, 모두가 좋아하는 저 자신을 만들 수 있어요. 있는 그대로의 저를 학교에서 드러내지 않더라도 충분히 살아갈 수 있어요. 그 증거로, 저는 1학년 사이에서 가장 인기가 좋단 말이에요."

"가장 인기가 좋다는 걸 데이터로 보여줄 수 있어? 근거는 뭔데? 자칭이야? 아니면 분위기적으로 그렇단 거야?"

"데이터……는 없지만……."

"주관적으로는 무슨 소리든 다 할 수 있어. 확실히 우등생인 너는 인기가 있을지도 몰라. 하지만 수치상으로 보면 그 금박이 벗겨지기도 해."

SNS에서 화제가 되는 작품이 실제로는 많이 팔리지 않는다거나, WEB에서 큰 목소리로 비판을 받던 연예인이 실은 소리 없는 팬에게 훨씬 확고하게 지지를 받는다거나 하는 경우가 있다. 분위기란 녀석은 애매해서, 숫자는 잔혹하게도 소수 과격분자라는 장막을 걷어내고 진실을 폭로시킨다.

그리고 공교롭게도, 현재 우리는 수치로 증명할 기회와 마주하고 있었다.

그래서, 나는…….

"미스 콘테스트에서, 승부하자."

—선전포고를, 했다.

"네?"

"진짜 네가 아니라 연기한 캐릭터로 출전한 너는, 내가 직접 박살 내주겠어."

"미스 콘테스트에, 선배가? 저기, 무슨 말인지 이해가 안 되는데…… 어? 선배, 여자애가 될 마음이에요? 아, 아하하. 에이, 그럴 리가—."

**"그래."**

"정말이에요?!"

이로하의 헛웃음을 주저 없는 즉답으로 강제 캔슬시킨 나는 자신의 의지를 표명했다.

한 걸음도 물러서려 하지 않는 내 결의에 겁먹은 건지, 이로하 녀석은 눈을 한껏 치켜뜨며 당황했다.

"물론이지. 짜증스럽지 않은 코히나타 이로하는 나 같은 것보다도 못하다는 걸 가르쳐주겠어. 그래—."

게임 중독자 여러분이라면 경직 상태의 적에게 뭘 할 거지? 뭐, 물어볼 필요도 없을 것이다.

당연히, 추격타. 추격타. 그리고, 추격타다.

완전히 움직임을 멈춘 이로하에게 다가간 나는 그녀의 눈을 들여다보며, 최후의 일격을 날렸다.

"나는 너의 『짜증귀염』을 널리 알리기 위해— 『여자애』가 되겠어!"

"대체 어쩌다 이야기가 이렇게 된 거예요?!"

뭐야. 아직 이해 못 한 건가. 이렇게 단순명쾌, 논리정연,

명랑쾌활한 동기를 말이다.

이로하는 짜증스러움이 귀엽다는 것을 믿지 못하기에, 남들이 받아들이지 않을 거란 착각에 빠져 있다.

그래서 새로운 가면을 획득해서 진짜 자기 자신을 더욱 감춘다는, 내 프로듀스 방침과는 완전히 반대되는 2차 성징이 나타났다.

그것을 박살 내기 위해선, 대충 여장을 한 나 따위보다 못하다는 사실과, 미스 콘테스트의 결과라는 누구의 눈에도 명백한 증거를 제시할 필요가 있다.

이로하는 삐친 것처럼 볼을 부풀리더니, 나를 째려보며 입을 열었다.

“여자애가 되면서까지, 제가 남들한테 짜증스럽게 구는 세계를 소망하는 건가요?”

“그래.”

“그런 무모한 짓이 허락될 거라고 생각해요? 《5층 동맹》의 운영에 전력을 다한다. 저를 어엿한 성우로 만든다. 선배가 저와 한 약속과, 이 집착은 아무 상관 없는 것 같은데요.”

“상관이라면, 있어.”

확실히 나와 이로하가 예전에 했던 약속은, 《5층 동맹》을 성공시켜서 동료들을 한꺼번에 구원하는 것이다.

그리고 코히나타 이로하에게 엔터테인먼트의 매력을 가르쳐서, 최고의 배우로서 날아오르게 하는 것이다.

그러니 짜증스러운 이로하의 매력을 받아줄 사람을 만들어서, 그녀가 지닌 짜증귀염의 생존권을 확대하는 것에는 의미가 없는 것처럼 여겨질지도 모른다.

하지만, 아니다.

내게 주어진 미션은 《5층 동맹》 전원을 허니플레이스 워크스에 취직시키는 것만이 아니다.

동맹의 동료 전원이 가장 행복한 인생을 살게 할 것. 최대 행복을 달성하는 것이야말로, 내가 실현해야만 하는 일이다.

그걸 위해서는 내가 졸업한 후. 나와, 마시로와, 오즈가 졸업해서 학교에서 없어진 후.

이로하가 학교생활을 심심하게 느끼거나 진짜 자신을 드러내지 못한 채, 집에서 그러듯 자신의 진정한 모습을 억압한 채 우등생의 가면을 계속 쓰고 있는 미래를 용납할 수 없다.

"너를 프로듀스하는 입장에서 본다면, 이게 가장 효율적인 선택이야."

"……알았어요. 입씨름을 더 해봤자 부질없을 것 같네요."

이해는 하지만, 납득은 하지 않는다. 이로하의 대사에는 그런 마음이 어려 있었다.

아마 이 녀석에게도 양보할 수 없는 무언가가, 신념 같은 게 있으리라.

"선배가 뭘 그렇게 집착하는 건지는 모르겠지만, 제가 뭘 해야 할지는 자—알, 알았어요!"

숨을 한껏 들이마신 이로하는 내 얼굴을 손가락으로 가리키며 외쳤다.

"선배 마음대로는 안 돼요. 저는 짜증스러움을 졸업하고, 새로운 저 자신이 될 거예요!!"

딱 잘라 그렇게 말한 이로하는 뒤돌아섰다.

건물 안으로 이어지는 문을 들어가기 직전, 갑자기 멈춰선 이로하는 한번 돌아보더니—.

"메롱~!"

초등학생틱한 메롱을 날린 후, 덜컹하는 소리가 나게 문을 힘차게 닫으며 모습을 감췄다.

……이걸로 됐다.

이로하가 하려는 일을 부정한 바람에, 일시적으로 미움을 받게 됐을지도 모른다.

그래도 나는 이 길이 옳다고 믿으며 나아갈 뿐이다.

…………………

…………

……저 문, 잠그고 가버린 건 아니겠지?

*

『문은 잠겨 있었어?』

『아니, 열려 있었어. 진짜로 화나게 했다면 옥상에 갇혔을

지도 모른다고 생각하니, 오싹하네…….』

『얀데레 지수가 아직 낮아서 다행이네.』

『아직이란 소리 하지 마! 마치 곧 오를 거란 소리 같아서 무섭다고!』

# interlude 막간…… 마시로, 참전

그날 방과 후.

문화제 준비로 시끌벅적한 교실관에서 좀 떨어진 곳에 있는 관리관 복도. 열린 창문을 통해 부활동을 하며 청춘을 구가하는 운동부 사람들을 보면서, 응, 다들 열심이네, 마시로도 전력을 다하고 있어, 같이 힘내자, 같은 생각을 한 마시로는 멍하니 아키를 생각했다.

그건 그렇고 아키는 어디 간 걸까.

수업이 끝난 후, 아키는 혼자 생각을 하고 싶다면서 어딘가로 사라졌다.

아키의 희망을 존중해서 마시로는 얌전히 집으로 돌아가야지…… 라고 생각했지만, 역시 심각해 보이는 그의 표정이 마음에 걸린 탓에 내버려 둘 마음이 들지 않았다.

여름 축제를 통해 마음에 여유가 조금은 생기면서 아키를 차분히 관찰할 수 있게 된 덕분에, 어렴풋이 눈치챈 점이 있다.

아키는 현재 약간 궁지에 몰려 있는 것 같다고 할까. 미묘하게 주위가 보이지 않는 것 같다고 할까.

폭주했을 때의 마시로와 분위기가 비슷하다고나 할까.

이상한 행동을 취하지나 않으면 좋겠는데…… 그렇게 생각하며 걸음을 옮기고 있을 때, 문득 교실 벽에 잔뜩 붙어 있는 게시물 중 한 장의 벽보가 눈에 들어왔다.

"미스 콘테스트…… 그리고, 미스터 콘테스트……."

교실에서 클래스메이트들이 이야기했던 이벤트다.

남자와 여자의 가치를 투표로 결정하는 미친한 행위. 파티 피플 특유의 쓰레기 이벤트. 얼마 전의 마시로라면 그렇게 단정 지으며 얽히지 않으려고 했을 것이다.

하지만 아키에게 멋진 여성으로 여겨질 수만 있다면, 이런 이벤트에 나가서 상위권을 노려보는 것도 괜찮지 않을까? 같은 생각이 문득 들어서, 아까는 아키에게 의견을 물어봤지.

예상대로, 전혀 흥미가 없어 보였지만 말이야.

하지만 이로하 양은 출전하는 것 같아. 아키는 그 이야기를 듣고 나름대로 생각하는 바가 있는 것 같던데, 역시 마시로도 용기를 내서 도전해보는 편이 좋을까.

그렇게 생각하며 「참가를 희망하시는 분은 필수 항목을 기입한 서류를 금륜제 실행위원회에 제출해주세요」라는 끄트머리의 문장까지 읽었다.

바로 그때였다.

"어라, 츠키노모리 양?"

"오~, 츠키노모리잖아~. 수고 많네~."

교실에서 나온 여학생 두 명이 마시로에게 말을 건넸다.

이 학교에서 클래스메이트와 《5층 동맹》 멤버 이외의 지인은 거의 없다. 누구인가 싶어 돌아보니, 그곳에는 스미레 선생님의 동생— 미도리 부장과, 오토이 양이 있었다.

"아, 안녕. 어, 두 사람은 여기서 뭐 하는 거야?"

"우리는 문화제 실행위원이거든. 여기가 활동 거점이야."

"뭐~, 일이 끝나서 돌아가던 참이야~."

"흐음, 대단하네. 역시 미도리 부장이야."

"너, 너무 치켜세우는 거 아냐? 역시는 또 무슨 의미인데?"

"이런 걸 전부 다 하는 이미지가 있거든. 학급 반장이라든가, 학생회라든가……."

"뭐, 하고 있긴 한데……."

"거절 못 하는 성격 같거든~."

"그, 그만해. 그래서야 무릎 꿇고 애원하면 뭐든 다 해주는 타입 같거든?!"

"이미 그렇게 여겨지고 있는 것 같은데 말이야~."

오토이 양의 의견에 한 표.

창작자의 시점에서 볼 때, 지인 중에서 동인지에서 자기 주제를 가르쳐줄 맛 나는 캐릭터 1위다. 뭐, 본인에게는 말해주지 않겠지만 말이다.

화난 건지 부끄러워하는 건지 모르겠지만, 얼굴을 새빨갛게 붉힌 미도리 부장은 자기한테 불리한 화제를 돌리려는 듯이 마시로에게 말을 건넸다.

"츠, 츠키노모리 양. 벽보를 쳐다보던데, 혹시 미스 콘테스트에 흥미 있어?"

"어? 아, 아냐. 없어."

"아, 그렇구나. 요즘 예뻐졌으니까, 참가한다면 분위기가 후끈 달아오를 것 같았거든."

"그, 그래? ……하지만 이로하 양도 나간다잖아. 마시로가 어디까지 올라갈 수 있을지, 솔직히 모르겠……어."

"아키도 나가고 말이지~."

"뭐?"

오토이 양의 불쑥 입에 담은 말에, 무심코 되물었다.

"아까, 아키도 여기 왔었어~. 참가 신청을 하고 갔지~."

"오, 오토이 양?! 또 참가자의 정보를…… 비밀 유지 의무라는 말 몰라?!"

"에이~, 고지식한 소리 하지 마~. 어차피 츠키노모리한테는 언젠가 알려질 거잖아~."

"일반기업이라면 기밀 유출로 사회적 제재를 받을걸?!"

"학교는 기업이 아니니까 오케이, 오케이~."

미도리 부장과 오토이 양의 만담은 귀에 들어오지 않았다.

아키가, 출전해? 혹시, 미스터 콘테스트에? 마시로가 교실에서 물어봤을 때는 나가지 않는다고 했는데, 혹시 이로하 양이 나간다는 말을 듣고 우승 특전인 후야제 댄스를 차지하려고 참가 결심을 한 걸까? 말도 안 돼. 여친인 마시로를 제쳐두고 그런 의사 결정을 한다는 게 말이 되냔 말이야.
아, 그래서 생각할 일이 있다고 마시로를 먼저 돌려보내…….

"참~, 아키가 나가는 건 미스터 콘테스트가 아냐~."

"……어. 마시로, 방금 입 밖으로 말했어?"

"타자기처럼 타닥타닥 소리 내면서 고속 영창을 했어. 츠, 츠키노모리 양은 마치 귀신이라도 들린 느낌이었는데…… 괘, 괜찮아?"

마음속으로 한 말의 대답을 듣고 마시로는 퍼뜩 정신을 차렸다. 그런 마시로를 미도리 부장은 살짝 질린 표정으로 쳐다보고 있었다.

"아, 으, 응. 때, 때때로, 트랜스 상태가 돼. 아하하."

웃음으로 얼버무렸다.

보통은 이런다고 얼버무릴 수 없겠지만, 미도리 부장이라면 억지로 밀어붙이면 납득해줄 것이다. 애걸복걸하며 매달리면 하게 해줄 법한 여자 필두니까 말이다.

"그, 그것보다, 아키가 나가는 게 미스터 콘테스트가 아니라는 게 무슨 소리야?"

"말 그대로의 의미~. 그 녀석, 여장을 하고 미스 콘테스트에 나가겠다네~."

"……뭐?"

얼어붙었다. 뭐, 어쩔 수 없잖아. 영문을 모르겠는걸.

대체 무슨 생각을 하는 거야? 바보 아냐?

"그것보다 여장 참가…… 오케이야?"

"딱히 안 된다는 규정은 없었거든~. 실행위원장의 취향을 반영해 오케이하게 됐어~."

"취향 아니거든?! 현대의 젠더 역할에 대한 명확한 안티테제를 우리 학교에서 솔선해 제시함으로써, 차세대의 새로운 스탠더드를—."

"취향, 이구나. 완벽 파악."

"츠키노모리 양까지……!"

미도리 부장이 울상을 지으며 매달렸다. 으음, 역시 시키부의 동생이야.

그건 그렇고, 아키가 여장을 하는구나.

어울릴지 말지만 본다면 전혀 어울릴 것 같지 않고, 아키의 얼굴을 좋아하기는 해도 미형은 아니니 여장에 적합한지도 미묘했다. ……그런 생각이 들지만, 역시 좋아하는 아키의 새로운 일면에는 흥미가 생겼다.

"그런데, 왜 미스 콘테스트에 나가는 거야? 의미 불명. 이해 불능."

"글쎄~. 코히나타한테 이기기 위해서라던데~."

"이로하 양한테?"

점심시간에 1학년 교실에서 이로하 양의 카나리아 씨 버전 미스 콘테스트 참가 표명을 목격한 후로, 아키는 어딘가 이상했다.

혹시 이로하 양이 치근덕거릴 수 있는 친구를 만들어주려는 작전의 일환 같은 걸지도 모른다.

"그 녀석, 미스터 콘테스트 쪽에는 자신이 없어 보였는데 미스 콘테스트라면 승산이 있다지 뭐야~. 웃겨 죽겠다니깐~."

"……하지만, 아키가 그렇게 말했다면, 진짜로 승산 있을 것 같아……."

"동감~. 그래서 괜히 더 기대되네~. 정말, 질리지가 않는 녀석이야~."

미스 콘테스트에서 이로하 양에게 이긴다…….

학년 제일, 아니, 어쩌면 전교 제일의 미소녀이자 인기인일지도 모르는 상대를 쓰러뜨릴 수 있다는 건 정상적인 생각이 아니다.

웃음이나 사는 게 고작인 헛소리다.

하지만 아키라면, 그 사람이라면 근거가 있어서 한 말일 것이 틀림없다. 그런 생각이 드는 것도 사실이다.

……잠깐만. 그럼 미스 콘테스트에서 아키가 우승하면, 후야제 댄스는 어떻게 되지?

미스터 콘테스트에 나간 오즈가 우승한다면, 그 댄스는 오즈×아키가 되는 거야?

"으음……."

마음속에서 뭔가가 울컥하며 치밀어 올랐다.

솔직히 말해 오즈가 사랑의 라이벌이 될 수 없다는 건 명백하지만, 그래도 아키에게 있어 특별한 존재인 건 틀림없다. 마음의 점유율이 안 그래도 높은 오즈에게 이 이상 우위를 점하게 두는 건, 여친인 마시로의 의지가 용납하지 않는다.

……아니, 잠깐만 있어 봐.

"미도리 부장. 뭐 좀, 물어봐도 돼?"

"어. 물론 괜찮아."

"여장이 오케이면…… 남장도, 오케이?"

"……뭐?"

미도리 부장은 얼이 나갔다.

하지만 마시로로선 전혀 황당무계하지 않은, 이치에 맞는 결론이다.

안 그래?

미스 콘테스트에서 우승한 아키와 댄스를 추고 싶다면, 미스터 콘테스트에서 우승하면 된다. 논리적이고, 합리적인 판단이다.

"남장 참가, 당연히 오케이야~."

"오토이 양?! 머, 멋대로 정하지 마."

"안 될 이유가 없잖아~. 젠더 운운을 하자면, 여장 참가를 허용하는데 남장 참가를 허용하지 않을 수도 없어~."

"그, 그건 그렇지만…… 내 취향과는 전혀 상관없으니까, 어디까지나 규정에 비춰보면 그렇게 되겠네……."

미도리 부장도 납득해줬다.

오토이 양의 말에 넘어간 느낌도 들지만, 미도리 부장이 쉬운 여자라는 건 이제 와선 중요하지 않아.

중요한 것은 단 하나, 미스터 콘테스트 참가 티켓을 손에 넣는 것이다.

아키가 미스터 콘테스트에 나가지 않으니 미스 콘테스트에 나갈 의미가 없지만, 아키가 미스 콘테스트에 나간다면 미스터 콘테스트에 나갈 의미가 차고 넘친다.

게다가 참가하는 것만으로는 안 된다. 압도적인 매력을 뽐내서, 우승해야만 한다.

그러니…….

"결심했어. 마시로, 미남이 될래."

이리하여 마시로의 결의는 신청 용지의 문자로 변환된 후, 망연자실하게 서 있는 미도리 부장에게 맡겨졌다.

코히나타 사부 With 반짝반짝 연극부(5)

카게이시 미도리
이상해….

카게이시 미도리
오늘은 뭔가 이상해….

YAMADA
호오~. 무슨 일이시지요?

카게이시 미도리
비밀 유지 의무가 있어서 구체적으로는 말 못 하지만

카게이시 미도리
어떤 남학생이 미스 콘테스트에 참가하고 싶다네….

칠흑의 연극부원A
기상천외, 기묘, 이상야릇.

일반통과 조무래기
뭐야 그 용자는?! 자세히!

YAMADA
아니ㅋ 비밀 유지라잖아ㅋ

이로하
그 사람, 선배 맞죠? 오오보시 선배.

YAMADA
아, 코히나타 사부, 올만입니다~.

칠흑의 연극부원A
간만 출현, 해후 환희.

일반통과 조무래기
신기한 일도 다 있네요! 연기지도 때만 왔었잖아요.

YAMADA

역시 오오보시에 관한 이야기라서?

이로하

돌아갈게요~.

YAMADA

아앙, 농담이야~!

일반통과 조무래기

하다못해 재미있는 이야깃거리라도 투척해줘!

카게이시 미도리

으으. 또 기밀을 못 지켰어….

이로하

선배, 미스 콘테스트에 나간다면서 저한테 선전포고 했어요.

이로하

무슨 생각인지 잘 모르겠는데... 혹시 뭐 아는 거 없어요?

YAMADA

전혀?

일반통과 조무래기

그러고 보니 츠키노모리 양도 실행위원회에 있었지?

카게이시 미도리

아아아아아아! 그러니까 신청자의 프라이버시를 좀~!

YAMADA

호오~. 츠키노모리 양도 미스 콘테스트에 참가하는 거군요.

카게이시 미도리

아아! 저질렀다!

칠흑의 연극부원A

묘지 굴삭, 자업자득.

이로하

마시로 선배도요?

카게이시 미도리

뭐, 언젠가는 코히나타 양한테도 알려지려나….

카게이시 미도리

츠키노모리 양은 어찌 된 건지 미스 콘테스트가 아니라, 미스터 콘테스트에 나가려나 봐.

YAMADA

엥ㅋㅋㅋ

일반통과 조무래기

완전 궁금한데? 자세히

칠흑의 연극부원A

흥미진진, 구경꾼 근성.

카게이시 미도리

자세히 이야기해달라고 해도, 내가 묻고 싶을 지경이거든?!

카게이시 미도리

대체, 뭐가 뭔지….

YAMADA

그 두 사람 사귀지? 최신식 꽁냥꽁냥인가?

일반통과 조무래기

그거야!

이로하

아니라고 생각하는데요?

YAMADA

호오. 그 근거는?

칠흑의 연극부원A

상세 희망.

일반통과 조무래기

희망함다~

이로하

아, 그게, 그냥 그럴 것 같아요. 느낌이랄까.

YAMADA

어라~? 수상하네요~.

카게이시 미도리

자아! 그만! 다들, 이런 흐름은 안 좋아!

카게이시 미도리

본인이 없는데서 그런 속된 이야기는 금지! 폐정!

YAMADA

네~.

일반통과 조무래기

옛썰.

칠흑의 연극부원A

승낙 수긍, 유유낙낙.

이로하

아하하. 배려해주셔서 감사해요!

카게이시 미도리

괜찮아. 내가 괜히 이상한 이야기를 꺼내서 이렇게 됐잖아.

카게이시 미도리

반성해야지…… 규율을 더욱 지켜야겠어.

이로하

그런데 전부터 생각한 건데

이로하

이 LIME그룹 분들, 미도리 부장 말고는 현실과 캐릭터가 너무 다른 거 아니에요?

# 005 제5화 …… 친구와 내가 합법적으로 오즈아키

오해하지 말아줬으면 하는데, 내 인생에서 가장 중요한 것은 《5층 동맹》 업무다.

학교 행사인 미스 콘테스트에 참가하는 건 어디까지나 청춘 이벤트를 체험해보는 것이 창작의 밑거름 및 크리에이터 관리에 필요할 거라고 대선배인 카나리아가 조언해줬기에 허용한 것뿐이다. 그리고 소중한 목표— 이로하의 프로듀스에 있어 피할 수 없는 통과점이기도 한 것이다.

그러니 미스 콘테스트 참가를 결정한 날의 밤에도 집에 돌아가면 평소와 마찬가지로 『검은 염소』 작업을 하며, 스케줄 또한 철저하게 관리한다.

시계를 보니, 오전 0시다. 초침이, 방금 정점을 지났다.

그 순간, 나는 쏜살같이 마우스를 클릭했다. WEB 메일에 접속해서, 새 메일이 왔는지 확인했다.

—신규 메일, 0건.

"시키부……."

후오오오…… 하고 고열의 숨결을 내뱉으며, 악귀처럼 흐느적거리며 몸을 일으켰다.

200만 DL 기념 일러스트를 오늘 안에 납품— 그것은 어제 술자리에서 돔 페리뇽을 대가로 주어진, 무라사키 시키부 선생님의 의무다.

그것이 지켜지지 않았다면, 프로듀서로서 할 일은 단 하나다.

진척(징수) 확인, 이다.

책상 가장 위 칸 서랍에서 열쇠 하나를 꺼냈다.

이것은 이웃끼리, 유사시에 즉시 대처하기 위해 교환한 열쇠다.

가족과 같이 사는 코히나타 네는 몰라도, 나와 스미레는 혼자 산다. 만약 병으로 집에서 쓰러지거나 곤란한 일이 벌어졌을 때, 문이 잠겨 있어서 도와주지 못하는 사태를 피하기 위해 서로의 열쇠를 가지고 있었다.

내가 오즈에게 열쇠를 맡겨둔 것도, 그런 이유에서다. ……뭐, 유사시에 대비한 열쇠라는 명분은 유명무실해졌고, 그저 이로하가 자유자재로 우리 집에 침입하기 위한 도구로 전락했지만 말이다.

참고로 마시로는 다른 사람에게 열쇠를 맡기는 게 좀 그렇다면서, 열쇠 교환을 하지 않았다.

본인이 원치 않는다면 강요는 하지 않는다. 그것이 이 5층의 규율이다.

거꾸로 말하자면, 동의만 한다면 뭐든 해도 된다. 그렇다. 유사시— 미납품 일러스트를 징수할 때, 이 열쇠를 이용해 강제 가택 수색을 해도 전혀 문제없다는 것이 우리의 룰이다.

그런고로, 돌격.

나는 공용 복도로 나간 후, 두 칸 옆집으로 향했다. 손잡이를 돌렸지만, 문은 열리지 않았다. 시키부 녀석, 문을 잠가놨어.

저항해봤자 소용없는데 말이다. 그렇게 생각하며 열쇠를 꽂아서 잠금장치를 풀었다.

그리고 문을 열자—. 철컹! 하는 소리가 나면서, 문이 열리지 않았다.

"체인을 걸어놔……? 쳇, 약아빠진 짓거리를 하네."

나는 혀를 찬 후, 문이 흔들어대며 안에 틀어박혀 있는 흉악범에게 말을 건넸다.

"야, 시키부. 거기 있는 거 다 알아. 포기하고 빨리 나와!"

…………

대답이 없다. 없는 척하는 것 같았다. 게임의 시스템 메시지 같은 느낌의 말을 마음속에 떠올린 나는 끈기를 가지고 계속 노크를 했다.

그러자— 덜컹, 하면서 문이 열렸다.

하지만 그 소리는 스미레의 집이 아니라, 옆집— 코히나타가에서 난 소리였다.

"고전하고 있나 보네."

"오즈구나. 미안해. 내 목소리가 들렸나 보네."

"전혀 들리지 않았어. 역시 아키라니깐. 맨션의 방음 환경을 완벽하게 파악해서, 남들에게 폐가 되지 않을 정도의 소리만 냈잖아."

"그러려고 노력하긴 했지만, 완벽했던 건 우연이야. ……그럼, 어떻게 알고 나온 건데?"

"LIME 그룹에서 네가 무라사키 시키부 선생님에게 재촉을 했지만, 전부 읽음 무시를 당했잖아. 슬슬 돌격하겠다 싶어서 나와봤어."

"그랬구나. 역시 오즈야. 완벽한 추리네."

"적중한 건 우연이야. ……그런데, 문제의 무라사키 시키부 선생님은 하늘의 문을 닫고 틀어박힌 아마테라스 신 상태야?"

"오즈가 웬일로 일본 신화에 비유하는 거야? 국어는 젬병이잖아."

"얼마 전에 읽은 라이트노벨에서 일본 신화가 쓰였거든. 현실과 동떨어진 만큼, 거꾸로 뇌에 확연히 남았어."

"오타쿠 콘텐츠로 배우는 인간 감정 커리큘럼, 순조로운 것 같아 다행이야. ……아, 그것보다……."

이야기가 옆길로 샐 것 같았기에, 억지로 궤도 수정을 했다.

"보다시피, 무라사키 시키부 선생님은 요 모양 요 꼴이야. 솔직히 말해, 방법이 없어."

"아하. ……어쩌면, 하늘의 문 신화가 참고가 될지도 몰라."

"무슨 소리야?"

"예를 들자면…… 아키, 목소리 좀 낮춰줄래? ……후후♪"

검지를 얼굴 앞에 세운 오즈가 장난기 섞인 미소를 머금었다.

저런 순수한 표정을 지을 때면, 이 녀석의 이로하의 오빠라는 것이 실감 날 정도로 닮았다는 생각이 들었다. 맨션의 공용 복도는 밤에도 불이 켜져 있어서 얼굴이 잘 보이지만, 만약 실외의 어둑어둑한 공간이었다면 분간이 안 될지도 모른다.

오즈는 체인이 걸린 문을 반쯤 열더니, 그 틈을 향해…….

"아키, 왜 그렇게 무서운 표정을 짓는 거야? 일러스트를 못 받아낸 울분을 나한테 풀려는 거야?"

—색기가 가득 담긴 농후한 BL 보이스를 토했다.

"어이. 멈춰, 오즈. 뭐 하는 거야?"

"쉿. 작전이니까 참아."

"작전?"

"하늘의 문 작전이야. 우리의 BL 플레이가 상상될 만한 목소리를 마구 들려줘서 광적(狂的) 호기심을 자극해 얼굴을 내밀게 하는 거지."

"일본 신화에 사과해. 천상의 신들에게 지금 바로 사과해."

"괜찮아. 신 같은 건 없거든."

"아, 그 부분은 오즈답게 삭막하네……."

지식으로서 일본 신화를 알고는 있지만, 본질 면에서는 여전히 기계&디지털한 점이 오즈답다.

내 딴죽을 무시하며 스미레의 집을 향해 고개를 돌린 오즈는 또 요염한 목소리를 토했다.

"이, 이러지 마, 아키. 여기는 공용 복도야. 누가 지나갈지도 모르는데……. 뭐? 우리 사이를 과시하면 된다고? 그, 그건…… 곤란해. 나도, 마음의 준비가……."

"작전이라는 걸 알지만 마음이 복잡해……. 그리고 시키부는 바보가 아니니까, 이런 뻔한 미끼에 낚이지는 않을 거야."

**"이미 낚였거든?"**

**"아야야야야야얏!! 놓으란 말이야아아아아아아!!"**

"…………."

상상 이상의 바보였다.

발소리를 죽인 채 현관으로 다가온 듯한 스미레를, 오즈는 문틈으로 손을 뻗어서 잡은 것 같았다. 그 정밀함과 속도는 기계를 방불케 했다. 게다가 BL 연기를 하면서 사냥감이 그물이 걸리는 순간을 노리고 있었던 것이다.

정말, 무시무시한 남자라니까.

“꾀를 부려봤자 결국에는 잡히니까 애초에 괜한 수고를 들이게 하지 말라고.”

“1초라도 더 시간을 벌고 싶은 소녀의 마음을 알아줘~.”

“시끄러워, 닥쳐, 손 움직여.”

“우에에에에에에에에엥!!”

현관에서 스미레를 확보하고 잠시 후, 우리는 그녀의 작업실로 향했다.

미남 쇼타 애니 포스터와 복제 원화가 들어 있는 액자가 벽에 가득 걸려 있고, 책장에는 동인지가 가득 꽂혀 있는 구역과 상업 코믹 구역, 소설 구역, 작화 자료 구역으로 분류되어 책이 꽂혀 있었다.

손님이 올 때를 대비해서인지 오타쿠 굿즈가 거의 없는 거실에는 텔레비전 옆에 BD 박스가 몇 개 놓여 있을 뿐이었지만, 침실 겸 작업실은 자제라는 것을 모르는 것 같았다. 변명은 불가능할 정도로, 완전무결한 오타쿠 룸이었다.

성능이 상당하다는 걸 한눈에 알 수 있는 커다란 컴퓨터와 듀얼 디스플레이 및 태블릿으로 이뤄진 최고의 환경에서, 스미레는 엉엉 울며 그림을 그리고 있었다.

이제까지 등장한 『검은 염소』 캐릭터가 전부 등장하는, 200만 DL 기념에 걸맞은 축제 느낌 물씬 나는 일러스트가 점점 그려지고 있었다.

마감을 밥 먹듯이 어기기 때문에 깜빡하기 마련이지만,

무라사키 시키부 선생님은 사실 작업 속도가 빠른 편이다.

다른 일러스트레이터분의 제작과정 영상이나 WEB에서 조사한 평균 작업 속도와 비교해 봐도, 필사적으로 손을 놀릴 때의 무라사키 시키부 선생님이 훨씬 빠르다.

그녀가 툭하면 슬로 페이스가 되는 건 작업에 착수할 때까지 시간이 걸리거나, 의욕을 끌어올리는 데 고생할 때뿐이다.

"이렇게 뒤에서 보면, 일러스트 작업은 정말 마법 같아."

"동감이야. 나한테는 도저히 무리야."

오즈가 완성되어가는 일러스트를 보면서 그렇게 말하자, 나도 동의했다.

뭐, 나와 무라사키 시키부 선생님의 입장에서는 오즈의 엔지니어링이야말로 마법 같지만 말이다.

아무튼 나와 오즈는 무라사키 시키부 선생님의 뒤편…… 방 한가운데의 탁자를 사이에 두고 방석 위에 앉아서 이야기를 나누고 있었다.

감시하러 온 거라, 대화 말고는 딱히 할 게 없었다.

일러스트 회수 외에 오늘 할 일은 전부 마쳐서 할 일이 없기에, 일단 오즈와 잡담이나 나누기로 했다.

"아키, 있잖아. —이로하 말인데."

"……갑자기 들어오네."

오즈가 축지법이라도 쓴 것 같은 기세로 내가 요즘 가장 관심을 가지는 일을 언급하자, 나는 태연한 척 그렇게 답했다.

"믿을 수 있는 루트로 입수한 정보에 따르면, 아키가 여장을 하고 미스 콘테스트에 나간다며?"

"벌써 그 정보를 입수한 거야? 되게 빠르네."

"뭐, 교내 SNS의 정보를 해킹하는 건 식은 죽 먹기거든."

"……너, 그 능력을 절대 악용하지 마."

"안 해. 아키가 하지 말라고 했는걸."

오즈는 쓴웃음을 지은 후, 말을 이었다.

"이번에도 오빠로서 이로하가 걱정되어서, 1학년과 문화제 실행위원의 정보를 모았을 뿐이야. 평소에는 자중해."

"하긴, 그럴 만도 하네. ―어이, 시키부. 손을 놀리라고."

"으극! 어, 어쩔 수 없잖아! 너무 재미있는 이야기인걸! 신경 쓰일 수밖에 없거든?!"

"듣는 건 괜찮지만, 손은 멈추지 마."

"으으……. 알았어~."

내가 여장을 하고 미스 콘테스트에 참가한다는 이야기는 무라사키 시키부 선생님에게 있어서는 최고의 즐길 거리일 것이다.

이 방에서, 그리고 마감 직전에 할 이야기가 아닌 건 명백했다.

하지만 오즈의 질문에 답하지 않을 수는 없기에, 나는 투덜거리며 상황을 설명하기로 했다.

"그 녀석에게 친구를 만들어주고 싶어. 나한테 하듯 자연스럽게 치근덕거릴 수 있는 상대를, 우리가 졸업하기 전에 말이지. ……하지만 그 녀석은 본성을 드러내는 건 고사하고, 새로운 가면을 쓰려는 것 같아."

"새로운 가면…… 혹시 파티 때 츠키노모리 양 흉내를 낸 것도……."

"그런 것 같아. 즉, 새로운 캐릭터 획득을 위한 연습인 거지."

사사라가 말한, 귀여움을 추구하는 건 여자애에게 당연한 일이라는 가치관. 그런 색기를 띠는 것도 한창때 여자애에게는 있을 수 있는 일이라는 점도 오즈와 공유했다.

하지만, 나는 절대 용납할 수 없는 사실 또한 단호하게 밝혔다.

"그 녀석은 지금의 짜증스러운 그 녀석이 가장 귀여워. 어설프게 캐릭터를 연기해봤자, 여장한 나한테도 못 이긴다는 걸 똑똑히 알려주겠다는 작전이야."

"아하……. 그래서 미스 콘테스트에 나가려는 거구나."

"논리적인 의사 결정이지? 그리고 매우 합리적인 방법이야."

"응, 사고회로가 맛이 간 건 확실하네."

오즈는 냉정하게 딴죽을 날렸다.

아니 뭐, 나도 어렴풋이 내가 폭주 상태라는 건 자각하고 있어. 하지만 시각적으로 지옥도라는 점만 눈감아준다면 괜찮은 작전이라고.

"뭐, 됐어. 별나기는 하지만, 나로서는 재미있기만 하면 되거든. 오히려 이로하와 심각하게 갈라선 건가 싶어 걱정했는데, 그런 어이없는 이유로 대결을 한다니 오히려 안심이야."

"우리는 진심이라고."

"알아. 두 사람은 진심이더라도, 주위에 있는 우리가 보기에 평화적이라면 그건 평화의 범주에서 벗어나지 않아."

"그래! 누가 이기든 사상자가 발생하는 것도 아니고, 장래의 꿈을 포기해야 하는 레벨도 아닌걸. 잃는 게 많지 않은, 해피 엔딩이 명백한 시리어스라면 웰컴이야!"

"일해."

"넵."

나는 위압적으로 그렇게 말하면서도, 오즈와 스미레가 한 말의 의미를 곱씹었다.

이 녀석들도 어딘가 이상한 이로하를 당연히 걱정하고 있었다. 우리의 관계, 그리고 이로하와 나의 커뮤니케이션에 문제가 생긴다면, 《5층 동맹》의 성우가 그녀라는 사실을 제쳐 놓더라도 동료 전원에게 영향을 미친다.

그러니 문화제, 그것도 미스 콘테스트에 참가하는 내 청춘 행동은 결코 《5층 동맹》 전체에 있어 무의미한 행동이 아니다.

"하지만 불가사의한데. 미스터 콘테스트에는 자신이 없던 아키가 미스 콘테스트라면 승산이 있다니 말이야. 대체 어떤 계산이 깔린 거야? 여자애를 공략할 테크닉은 없지만, 남자 마음을 자극하는 방법이라면 안다는 거야?"

"무슨 소리를 하는 거야, 오즈. 나는 『검은 염소』의 프로듀서라고."

"그렇긴 한데…… 그게 무슨 상관인데?"

매우 상관이 있다.

안 그래? 100만 DL…… 아니, 지금은 200만 DL을 달성한 스마트폰 게임.

유저 중에는 여성도 있지만, 8할 전후는 젊은 남성이다.

즉, 내가 하고 싶은 말이 뭐냐면…….

"남자 마음을 자극하는 방법? 그거라면 **남자인 내가 가장 잘 안다고.**"

**"어쩌지. 의외로 설득력 있는 대답이야."**

"내가 아무런 근거도 없이 여자가 될 것 같아? 승리의 방정식은 이미 파악했어."

"저기, 아까부터 뒤편에서 파워 워드 좀 연발하지 마!! 신경 쓰여!! 나도 무지무지하게 대화에 참가하고 싶어!!"

"됐으니까 입 다물고 앞을…… 보며 방금 말을 한 거냐. 재주 좋네."

"이래 봬도 지시에는 따르는 타입이거든!"

"그럼 마감도 지켜주면 안 될까요?"

"마감도 어기지 않는 녀석이 강대한 적을 해치울 수 있을 리 없잖아!"

"마감을 어기는 녀석은 강대한 적한테도 져."

그딴 어처구니없는 이야기는 나누는 와중에도, 스미레는 컴퓨터 앞에서 펜을 놀리고 있었다.

극한 상황에서의 집중력을 발휘하고 있는 것 같아 다행이다. ……내 압박에 졌을 뿐, 이라고도 할 수 있겠지만 말이다.

아차, 이야기가 옆으로 샜다.

"뭐, 『검은 염소』를 운영하며 축적한 남자 마음 장악술이 있으니까, 겉모습만 적당히 손보면 이길 수도 있을 거란 계산이야. 미남이 되어서 잘 알지도 모르는 여자 마음에 호소하는 것보다는 훨씬 편해."

"겉모습을 손볼 방법도 생각해둔 거야?"

"일단은 말이지. 귀여움의 창조라는 걸 실천하고 있는 사람이 있거든."

"흐음, 역시 대단해. 그런 요상한 인맥도 가지고 있구나."

"여차할 때 의지할 사람을 늘려두는 것도 프로듀서의 소임 중 하나야."

"맞는 말이야! ……그건 그렇고, 아키가 미스 콘테스트에 나가는구나."

오즈는 천장을 올려다보며 진지한 목소리로 말했다.

"그럼 나와 아키가 둘 다 우승한다면…… 후야제 댄스는, 우리 둘이서 추게 되겠네."

"아~, 듣고 보니 그러네."

덜컹덜컹우당탕!!

오즈의 별것 아닌 말에 내가 맞장구를 친 순간, 시끄러운 소리가 들려왔다. 그 소리의 발생원이 나나 오즈가 아니니 한 명뿐이라고 생각하며 고개를 돌려보니, 안심과 신뢰의 무라사키 시키부 선생님이 내 예상을 배신하지 않고 의자에서 굴러떨어져서 엉덩방아를 찧은 상태였다.

그녀는 호러 영화에서 살인귀에게 살해당하기 직전의 등장인물처럼 나를 손가락으로 가리키더니, 입술을 부들부들 떨고 있었다.

"아, 아, 아, 아키. 방금, 방금, 바바바바바방금, 뭐뭐뭐뭐라고……."

"저기, 그 작업용 의자는 꽤 비싼 거니까 소중히 다뤄. 동맹의 예산으로 산 거란 말이야."

"그딴 건 아무래도 상관없어!!"

"그딴 거라니……."

"아까 이야기가 사실이라면, 오즈마 군이 왕자님이고, 아키가 공주님이 된다는 건데―."

"구도상으로는 그렇게 되겠지."

"즈, 즉, 이건…… 이건……!"

스미레는 등을 동그랗게 말더니, 사념에 휩싸인 닌자가 자신의 충동을 억누르는 것처럼 등을 부들부들 경련시켰다. 그렇게 모으고 또 모은 에너지를 충전하더니…….

그 반동으로 하늘 높이 주먹을 치켜든 스미레가 모든 마력을 해방시켰다. 폭주한 마력이 폭발을 일으켰다…… 같은 메시지 텍스트가 흐를 듯한 기세로, 뱃속 밑바닥과 혼의 밑바닥에서 목소리가 뿜어져 나왔다.

**"합법 오즈×아키 떴다아아아아아아아아아아아아아아아아아아아아!"**

"……뭐?"

"그야말로 하늘의 뜻! 고객이 진정으로 원하는 것! 갓 커플 확정 조합인데도 이제까지 한사코 꽁냥꽁냥하지 않으려 했던 오즈마 군과 아키가!! 드디어!! 자신의 의지로 몸과 몸을 맞대며, 한밤에 춤추는 로미오와 로미오! 공주님 부재의 수컷 낙원! 히요오오…… 우왓, 코피 났어."

머리카락과 옷에 먼지가 묻는데도 바닥을 굴러다닌다는, 나이 먹을 만큼 먹은 어른 실격 무빙을 선보인 스미레는 괜히 손등으로 콧가를 훔쳤다.

아, 진짜로 코피가 난 것 같았다. 유심히 보니 핏자국이 남아 있었다.

너무 흥분한 나머지 코피를 흘리는 녀석이 현실에 존재하는 거냐. 이 녀석이 이런 반응을 보이는 건 예상대로라고 할 수 있지만, 이 과격한 리액션은 내 예상을 아득히 넘어섰다.

기대를 배신하지 않으며, 예상을 배신한다. 진리처럼 전해져 내려오는 크리에이터의 마음가짐을 제대로 파악하고 있다.

"네가 기대하는 광경은 못 볼걸? 나는 미소녀가 될 거니까, BL 느낌은 전혀 나지 않을 거야."

"그딴 건 상관없어~! 진정한 BL은 겉모습이 아니라! 정신이야! 설령 한쪽이 여자애로 완벽하게 분장하더라도, 최애와 최애가 뒤엉켜준다는 사실 자체가 존귀한 거야!!"

"으, 응. 그쪽으로 조예가 깊지 못해서 미안해……."

스미레가 열변을 토하자, 일단 몸을 젖히며 사과했다.

일이나 해, 하고 딴죽을 날릴 틈도 없었다.

—자기 장르 이야기를 하는 BL 오타쿠는 정말 무시무시했다.

"하지만, 진짜로 미소녀가 될 수 있을 거라고 한 치도 의심하지 않는구나. ……어라? 혹시 여장을 도와줄 지인은—아키의 어머니야?"

"아~, 그쪽은 아냐."

맞아. 오즈에게는 내 부모님에 관한 이야기를 했었지.

이로하나 다른 이에게는 내 가정환경에 관해 이야기하지 않았지만, 오즈에게는 중학생 때에 피치 못한 이유로 가르쳐줄 수밖에 없었다.

우리 어머니도 화장 쪽은 진심 일류, 여장이든 뭐든 식은 죽 먹기, 괴도 루팡의 조수라고 자처해도 믿을 수준의 솜씨를 지녔지만…… 유감스럽게도, 현재 어머님께서는 일본 내에 계시지 않는다.

"그쪽이 아니라, 그 사람이야."

"그 사람?"

"그래. 오즈도 여름방학 때 만났잖아."

연령 미상의 생명체.

불쑥 출현해서, 그 진한 캐릭터성으로 사람의 뇌에 존재감을 마구 심어댄, 걸어 다니는 카리스마.

자기 자신을 영원한 열일곱 살로 만드는, 출판계의 대마술사.

"키라보시 카나리아. ……마키가이 나마코 선생님과 마시로의 담당 편집자야."

*

"음. 역시 무라사키 시키부 선생님이야. 완성만 시키면 최고의 퀄리티라니깐. 10년에 한 번 나올까 말까 하는 완성도였던 지난번의 코쿠류인 쿠게츠의 일러스트를 능가하는 퀄리티네."

매년 정례화된 와인 평론 같은 문구로 방금 납품된 일러스트 데이터를 칭찬했다.

평론가라도 된 것처럼 혼잣말을 늘어놓으니 꽤 맛이 간 녀석 같지만, 아무도 없는 내 방이니 이 정도는 봐줬으면 한다.

현재 시각은 오전 일곱 시.

결국, 오늘 새벽 네 시까지 스미레의 작업을 쭉 감시…… 아니, 응원했다.

무사히 작업이 끝나는 것을 확인하고 세 시간 정도 수면을 취한 후, 아침에 일어나자마자 컴퓨터를 켜서 어제 납품된 데이터를 다시 체크한 것이 바로 지금이다.

200만 DL 기념 일러스트는 호러 테이스트 작품인 『검은 염소』에 어울리지 않을 만큼 밝고 즐거운 분위기였다.

작품 안에서 이미 사망한 캐릭터도 《5층 동맹》을 축하해주기 위해 V사인을 날리는 모습이 죄책감을 자극했다. ……죽여서 미안해. 불평은 그런 운명을 너희에게 안겨준 마키가이 나마코 선생님에게 해.

작년에 서비스를 시작하고 약 1년이 지났다. 긴 것 같으면서도 짧은 게임 운영 역사, 그 집대성이 바로 이 역대 캐릭터들이 총집결한 일러스트다.

허니플레에 취직하기 위한 통과점에 지나지 않은 이 작품의 기록을 가지고 일희일비하는 건 어리석기 그지없는 짓……이란 것은 안다. 그래도 이제까지 쌓아온 것을 다시 실감하니, 가슴 속이 울컥했다.

괜찮다. 우리는 앞으로 나아가고 있다.

그리고 또, 한 걸음을 내딛을 것이다. 그렇지? 이로하.

나는 투위터의 TL을 통해, 5초 전에 『아이돌 편집자 · 키라보시 카나리아』의 계정에 「오늘도 아침부터 우아하게 집에서 조판(組版) 중이야짹♪」이라는 글이 올라와 있는 것을 확인한 후에 스마트폰에 전화번호를 입력했다.

테이블 위에는 호시노 카나라는 이름이 적힌 간소한 명함이 놓여 있었다.

출판 레이블 UZA문고의 정사원용 일반 명함이다.

아이돌로서의 얼굴이 아니라 키라보시 카나리아라는 사회인으로서의 얼굴을 상징하는 그것은 자기한테 부탁할 일이 생기면 쓰라며 그녀가 나에게 준, 신뢰의 증표다.

지금이 바로, 인맥 치트를 쓸 때다……!

『어머, 아키 군? 의외로 금방 두 손 두 발을 다 들었네짹. 우리 회사에서 일할 마음이 들었어?』

전화를 받은 건 원격 근무 중일 호시노 카나— 뭐, 여러 이름을 돌려가며 쓰는 건 복잡하니, 일단 카나리아로 통일하자.

"죄송한데, 그런 일로 연락드린 건 아니에요."

『어머 유감이라 침울하네짹. 하지만 OK~. 귀여운 후배가 고민에 빠졌다면, 언제 어디서나 24시간, 인생 상담 접수짹♪』

"감사해요. 그렇게 말씀해주시니 마음이 놓여요."

『괜찮아, 괜찮아~. 자, 뭐든 말해봐짹.』

"그럼 사양 않고—."

어린애 같은 캔디 보이스지만, 그 안에서는 어른의 포용력이 어려 있었다.

그 상냥함에 감사하며 마음껏 어리광을 부리기 위해, 나는 상담하려고 생각해둔 것을 솔직하게 말했다.

"—저를 여자애로 만들어줄 수 없을까요?"

『첫 상담에서 너무 황당무계한 소리 하는 거 아냐?!』

카나리아는 연기 톤을 벗어던지며 딴죽을 날렸다.

설마 말끝에 짹을 붙이는 것을 깜빡할 줄이야. 특색 있는 말투를 관두는 건 스토리 종반의 중요한 시리어스 장면에서만일 텐데 말이다.

『아아, 아키 군, 뭐가 어떻게 된 거야? 네 방향성은 그쪽이 아니었잖아?』

"아, 완전히 성전환을 하고 싶은 게 아니에요. 문화제 날만 미소녀가 될 수 있으면 되거든요."

『1일 한정 TS 희망?! 그딴 편리한 기술은 없어짹! 에로 만화를 너무 봤어짹!』

"어떻게 안 될까요?"

『무리야짹! 아무리 천상천하 유아키라보시로 유명한 카나리아 님이라도, 마법은 못 써짹!』

"마법……? 여장에 그렇게 거창한 건 필요 없을 것 같은

데…….”

『아, 여장. 아…… 그래그래그래.』

뭔가 납득한 것 같았다. 아무래도 도중부터 이야기가 엇나간 것 같았다.

“실은 말이죠—.”

설명 부족으로 사회인의 귀중한 시간을 낭비하게 만든 것이 미안한 나머지, 나는 오해가 없도록 정확한 상황을 설명했다.

이로하의 정체에 관해서는 숨겨야만 했지만, 적당히 잘 둘러대면서 미스 콘테스트에 출전하고 싶다는 내 뜻을 전달했다.

카나리아 씨는 내 이야기를 듣더니, 어이없다는 듯이…….

『이로하 양과 청춘을 즐기는 것도 괜찮다는 조언을 해줬는데, 또~ 프로듀스 시점에서 매사를 살피고 있구나……. 뭐, 청춘의 형태는 사람마다 다른 법이잖아. 너의 청춘은 그런 형태인 걸지도 모르겠네짹.』

“네. 아마 그럴 거예요.”

『성가신 천성이네짹. ……뭐, 그래서 너는 재미있지만 말이야☆』

그녀는 듣자마자 입가에 어려 있는 짓궂은 미소를 머릿속에 떠올리게 만드는 목소리로 말했다.

놀림을 받는 것 같아서 조금 부끄럽지만…… 어험 하고 헛기침을 한 나는 말을 이어갔다.

“신의 경지에 이른 카나리아 씨의 미용 기술이라면 남자인 저를 미소녀로 만드는 것도 가능하죠?”

『으음~. 그래~. 인맥이 없는 건 아닌데~. 어떻게 할까째.』

“……소개에 받는데도 조건이 있나요?”

『논논☆ 그쪽은 걱정하지 마. 부탁할 곳이 너무 많아서, 누구한테 부탁하는 게 베스트인지 생각하고 있었어~.』

까딱까딱까딱, 하고 입으로 손가락을 흔드는 카나리아. 아, 입으로 손가락을 흔든다는 건 아무리 생각해도 어색한 표현이지만, 뉘앙스로 이해해줬으면 한다.

올바른 언어 감각을 논의할 마음은 없기에 본론으로 돌아가자면, 그녀의 그 자신만만한 태도는 참 믿음직했다.

잠시 생각에 잠긴 카나리아는 컴퓨터로 뭔가를 검색하는지 타이핑 소리를 낸 후…….

『아~. 그러고 보니 아키 군은 마키— 마시로 양과 같은 학교에 다닌다고 했지? 코자이 고교?』

“네, 거기예요.”

『오케이, 오케이. 그럼 거기 학생 중에 딱 적당한 인재가 있어째.』

“어, 저희 학교에요?”

『내 온라인 살롱 회원 중에, 미용에 엄청 해박한 거기 학생이 있어째.』

“그런 사람도 있나요. 아이돌 팬클럽과는 다른 거죠?”

『호시노 카나 명의로 출판 비즈니스 공부를 하는 살롱이거든. 키라보시 카나리아 명의의 아이돌 활동과는 별개야쨱.』

“꿈에도 몰랐어요……. 공부가 부족했네요. 그건 그렇고, 우리 학교 학생도 참가하고 있군요. 의외로 자존감이 높은 녀석도 있네요.”

『뭐~, 회원이 1만 명이나 되니까 여기저기 다 있는 거야쨱.』

“1만……?! 아이돌의 얼굴을 쓰지 않더라도 사람이 엄청나게 모이는군요. 정말 대단해요.”

『뭐, 그쪽은 후진 육성과 인재 발굴을 위해 하는 거라서 그렇게 힘을 쏟진 않아~. 카나리아 님은 어디까지나 아이돌, 모두의 귀여운 카나리아 님이야쨱☆』

별것 아니라는 듯이 말하지만, 아무리 생각해도 정말 엄청난 숫자다.

『그럼 소개해줄 테니까, 오늘 방과 후에 시간 좀 내줄래~?』

“네! 오늘 바로 손을 써주는 거군요.”

『지금 해라, 바로 해라, 마구 해라! 병사를 움직일 때는 신속이 중요하며, 펜은 칼보다 강하다. 편집자는 펜을 무기 삼는 병사니까, 빠르고 강하며 완전 승리가 절대 정의☆』

“오오…… 어엿한 어른의 위대함이 느껴져…….”

자신만만한 말투와 리드미컬한 어조를 이용해 억지로 납득시키는 느낌이 없진 않지만, 그래도 이 설득력에는 당해도 괜찮겠다는 느낌이 들었다.

『그럼 나중에 약속 장소와 시간을 LIME으로 보낼게. 끝내주게 멋들어진 카페를 예약해, 둘, 짹♪』

츠키노모리 사장도 그렇고, 카나리아도 그렇고, 일류 비즈니스 퍼슨은 움직임이 참 빠르다.

설마 내 여장 작전에도 그 속도와 능력을 발휘해주다니…… 으음~, 감사한걸.

이렇게까지 신경을 써주는 만큼, 기대를 배신하고 싶지 않아.

반드시 되고 말겠어.

—학교 제일의 최강 미소녀인 코히나타 이로하에게도 이길 수 있는, 궁극의 미소녀가!

*

『아키의 의욕이 점점 이상한 방향으로 향하는 느낌이 들어.』

『어쩔 수 없잖아. 항상 머리를 풀회전시키니까, 탈선도 화끈하게 해.』

『카오스 너머에서 종말이 다가오는 셈이네.』

『그 메시지, 게임에서 본 적 있는 것 같아.』

『최근에 그랜판7 리메이크를 한 바람에, 과거작을 재탕하고 있거든.』

『참 영향 잘 받는 녀석이라니깐…….』

## 006 제6화 …… 친구 여동생의 라이벌이 나한테만 사부

"옷차림이 그게 뭐예요."

그것이 현장에 도착한 내가 처음으로 뱉은 말이었다.

방과 후, 지정된 약속 장소에 간 내가 본 인물은 바로 선글라스를 쓴 로리 풍미 금발 여성이었다.

역 근처의 화려한 카페. 평소 흥미가 없는 딴 세상 같은 장소, 자존감 만렙들의 낙원이라 할 수 있는 테라스석에서, 그녀는 우아하게 팬케이크를 먹고 있었다.

"카나리아 님은 아이돌이니까, 맨얼굴로 남자와 만나는 건 논논☆ 주간지 찌라시 대포로 스토커 뿜뿜 전개는 귀찮아쨱."

"아…… 유명인은 고생이 많네요."

원하든 원하지 않든 존재감이 항상 바닥인 나와는 평생 인연이 없는 세계다.

뭐, 최근에는 마시로와의 가짜 연인 관계 탓에 조금 주목을 받고 있지만…… 일본 전체에 널리 알려진 그녀한테는 교실 안에서 내가 겪는 일 같은 건 애교 수준에 지나지 않을 것이다. 그 둘로 평균을 낸다면 딱 일반 수준의 주목도가 될 것이 뻔하다.

“예의 그 애도 곧 도착할 거야쨱. 음료 주문해☆”
“아, 네. 으음, 메뉴는…… 비싸!”
무심코 그렇게 말했다.
커피 한 잔이 천 엔. 이것저것 들어간 녀석은 1500엔이나 했다.
게임 매상이 있잖아, 그렇게 좋은 집에 사는 데다 마시로와 프렌치 레스토랑에 갈 만큼 주머니에 여유가 있잖아, 하고 생각하는 사람이 있을지도 모른다.
하지만 그것은 《5층 동맹》의 예산 및 경비로 처리한 것이며, 내 주머니에 들어있는 돈은 사실 얼마 되지 않는다. 끼니를 해결하는 것도 아닌데 이렇게 지출하는 긴 꽤 부담이었다.
당연한 듯이 이런 금액대의 가게를 고르다니, 상류 계급인 카나리아와 사귀게 될 남자는 고생이 많겠는걸…….
“아, 돈은 신경 쓰지 마쨱. 여기 계산은 카나리아 님이 할 거야☆”
“아, 하지만 제가 도움을 청하는 거잖아요.”
“정말~. 남의 체면을 세워주는 법을 헷갈리면 안 돼~. 얌전히 어른이 시키는 대로 해♪”
“……알았어요. 감사히 호의를 받아들일게요.”
그렇다. 카나리아의 로리 느낌의 겉모습 때문에 깜빡하지만, 그녀는 츠키노모리 사장과 마찬가지로 어른이다.

순순히 얻어먹는 정신도 중요하다.

"그러고 보니 신 캐릭터인 코쿠류인 쿠게츠, 유저의 반응도 좋은 것 같네. SNS에서 화제가 되는 걸 보면, DL도 꽤 늘어나지 않았어?"

"덕분에요. 단숨에 200만 DL 돌파해서, 허둥지둥 기념 일러스트를 발주했어요. ……저기, 아이스 커피 부탁해요. 보통 사이즈로요."

카나리아 앞에 내가 앉자마자 주문을 받으러 온 점원에게 그렇게 말했다.

그리고 고개를 돌리자, 카나리아는 두 손으로 턱을 괴며 히죽히죽 웃고 있었다.

왠지 이로하를 떠올리게 하는 표정인걸, 하고 생각하고 있을 때…….

"이야~, 확 늘었네~. DL 늘었구나~. 카나리아 님 원안의 코쿠류인 쿠게츠가 늘린 거구나~. 카리스마가 넘쳐도 고생이라니깐~."

무지 우쭐댔다.

"완성한 건 저와 이로하인데요?"

"후후후. 나중에 남의 손을 타더라도, 기원이라는 점만으로 우쭐댈 수 있는 게 바로 원안의 매력이야쨱. 원안의 평판이 별로라도 갓애니가 되면 결과적으로 용납이 되고, 반대도 마찬가지거든. 사회의 잔혹한 룰이야쨱."

"일리가 있을지도 모르겠…… 어, 이 세상의 부와 명예를 거머쥔 사람이라도 『검은 염소』의 평판으로 우쭐대기도 하는군요."

"당연하지! 참여한 작품은 전부 평등, 올웨이즈 LOVE라면 부품이라도 당당☆ 사랑이 있으니 우쭐댐을 잊지 않는 거야짹♪"

가짜는 우쭐대고, 진짜는 겸허함을 잊지 않는다. 장인 기질을 존중하는 일본에서 이렇게까지 대놓고 우쭐대는 인물도 드물겠지만, 확실히 사랑이 있기에 이렇게 우쭐대는 거구나. 이제까지 접한 적 없는 감각인지라 공부가 됐다.

"그래도 카나리아 씨의 원형 덕분에 이런 인기를 얻은 거예요. 저희의 머리만으로는 내지 못했을 발상이거든요. 정말 감사해요."

"우쭐짹. ……은 농담이야~. 이번 여름방학은 카나리아 님에게도 매우 유익한 시간이었어~. 마키가이 나마코 선생님도, 《5층 동맹》의 일을 하면서 한 꺼풀 벗어던진 것 같거든."

"마키가이 선생님도요?"

나는 무심코 환한 목소리를 냈다.

"그래그래. 어깨의 힘이 적당히 빠졌다니깐~. 전에는 날선 나이프처럼 독자의 멘탈을 갈가리 찢어발기려는 듯한 독기로 가득 차 있었는데…… 『검은 염소』를 통해 적당히 균형이 잡힌 것 같아~."

"독기가 느껴지지 않는, 평범한 문체가 된 건가요?"

"예전에는 상자해파리 급의 독성을 품고 있었다면, 최근에는 유령해파리 급이 된 느낌이야쨱."

"해파리에 그렇게 해박하진 않지만, 아직 위험하다는 점은 알겠어요."

뭐, 그것이 소위 『나마코 테이스트』— 마키가이 나마코의 『풍미』니까, 완전히 사라져버리면 본전도 못 찾겠지만 말이다.

"아, 맞다. 마키가이 선생님 하니 생각났는데…… 받아. 선물이야쨱."

"어? ……앗! 『백설공주의 복수 교실』의 최신간?!"

카나리아가 가방에서 꺼낸 것은 안타까움과 거무튀튀함과 당당함을 겸비한 듯한 디자인의 책 한 권이었다.

"여름방학 때, 카게이시 마을의 여관에서 틀어박히며 쓴 건가요?"

"그래~. 이번만큼은 펑크 날 거라 생각했는데, 인쇄소에 가서 애걸복걸하는 정도에서 어찌어찌 됐어쨱."

"그걸 됐다고 말해도 되는 거군요."

"발매만 되면 아슬아슬하게 치명상이라고 말할 수 있거든쨱."

"그럼 죽은 거잖아요."

"아무튼! 마키가이 나마코 선생님의 최신간. 발매일은 다음 주지만, 미리 받은 견본을 누구보다 먼저 너한테 전해주고 싶었어☆"

"카나리아 씨……!"

나는 감격의 눈물을 흘렸다.

어쩌면 《5층 동맹》의 동료들은 너무 익숙해져서 잊은 걸지도 모르지만, 나는 원래 마키가이 나마코 선생님의 광팬이다.

작품 내용에 끌려서 말을 걸어본 것에 지나지 않았음에도, 『검은 염소』의 시나리오 제작을 맡아주신 것은 행운, 뜻밖, 우연에 지나지 않는다. 원래라면 내가 범접도 못 할 레벨의 작가인 것이다.

순수한 신도인 나한테 있어, 발매 전의 견본은 신의 경전이나 다름없다.

"사인도 해뒀어짹."

"정말요?! 우와, 가보로 간직할게요!"

주책맞게 텐션이 상승했다!

전부터 좋아했던 작가의 사인본이다. 게다가 마키가이 나마코는 미디어 노출을 안 하기로 유명한 복면 작가이며, 본인이 직접 사인한 책의 유통량은 사실 제로다. 이번처럼 지인에게 서비스해주는 경우라면 있을지도 모르지만, 옥션 사이트에도 전혀 올라오지 않기 때문에 일반적으로 보자면 매우 레어했다.

"마키가이 선생님의 사인본……. 어떤 사인이 되어 있을까."

두근거리는 마음으로 책을 펼쳐봤다. 표지 바로 다음 페이지. 백지인 그곳에…… 있다!

그것은 바로, 찬란히 빛나는 기라성 같은—…….

친애하는 아키 군에게☆

당신 마음속의 아이돌 키라보시 카나리아

**"왜 당신 사인이 되어 있는 거예요!"**

감동을 돌려줬으면 한다.

뭐, 키라보시 카나리아도 존경받아 마땅한 인물이긴 해. 하지만 그건 그거고, 이건 이거잖아……. 알지? 이 풀 길 없는 마음 말이야.

내 미묘한 반응이 재미있는지, 카나리아는 깔깔 웃으며 말했다.

"마키가이 선생님은 너한테 사인을 해줄 거라면 직접, 네 눈앞에서 해주고 싶어 할 것 같거든. 귀중한 첫 체험을 빼앗지 않고 남겨놔 주는 거야~! 에헴~, 카나 님은 편집자의 귀감짝!"

"아…… 아하. 그렇군요."

그러고 보니 나는 아직 마키가이 나마코 선생님을 만나본 적이 한 번도 없다.

하지만, 카나리아의 말이 옳다.

처음으로 사인을 받는 건, 본인을 만나서 직접 받고 싶다.

만약 그도 그렇게 생각해준다면, 『검은 염소』를 함께 만드는 동료로서 이 이상 기쁜 일은 없을 것이다.

"어이쿠. 이러는 사이에 그 애가 온 것 같네짹. 아이돌 모드에서 편집자 모드로 돌아갈 거니까, 놀라서 딴죽 날리지 마~."

"어? 아, 네."

편집자 모드, 라는 건 호시노 카나의 명함을 줄 때 보였던 상식인 같은 분위기를 말하는 걸까.

……아, 그래. 키라보시 카나리아 명의가 아니라, 호시노 카나 명의의 온라인 살롱의 회원이니까, 그에 맞춰 캐릭터도 바꾸는 거구나.

"기다리게 해서 죄송해요, 호시노 씨! 문화제 준비를 돕다 보니 좀 늦었어요!"

"아냐. 우리도 방금 왔어."

으음, 진짜로 이 사람은 누구지. 호시노 카나로 변한 카나리아의 어조는 캐릭터성이 너무 약했다. 문장만으로 표현한다면 대사로는 분간이 안 될 정도로 몰개성 그 자체였다.

그런 생각을 하면서, 숨을 헐떡이며 뛰어온 우리 학교 학생이란 인물을 올려다보았다.

목소리는 여자. 교복도 여성용 교복이었다.

그리고 독특한 스타일로 세팅한, 갈색 머리카락—…….

"……어라?"

"어?"

시간이 멈췄다. 나도, 그녀도…….

—왜냐하면, 이 자리에 마주한 상대방이 너무나도 잘 아는 얼굴이었기 때문이다.

"어, 어, 어—엇?! 변태 오타쿠 스토커!!"

"아니, 변태와 스토커는 너잖아."

그렇다. 이 자리에 나타난 이는, 토모사카 사사라.

이로하를 일방적으로 라이벌로 여기고 있는 맛이 간— 아니, 재미있는 여자애다.

그 녀석은 무례하게도 내 얼굴을 손가락으로 가리키더니…….

"왜 네가 호시노 씨와 같이 있는 거야?! ……어, 그럼 뭐야? 미스 콘테스트에 참가하고 싶으니 화장법을 가르쳐줬으면 한다는 사람이……."

"응♪ 이 오오보시 아키테루 군이야."

"네어어어어어어어어어어어어어어어어어어어어어어어어어어어어어어어어어어어어어엣!!"

100데시벨 가량의 시끌벅적한 목소리가, 조용하고 화려한 카페테리아에 울려 퍼졌다.

점원 분, 민폐 손님이라 죄송해요.

*

"쪼오옥…… 아아, 타피오카의 쫄깃함이 대박~. 이 가게, 맛도 좋고 사진빨도 잘 받아서 최고~……♪"

타피오카 밀크티를 홀짝이는 인싸 여자애.

주간지에 그런 제목으로 실려도 전혀 모순이 없을, 이미지 그대로의 광경이 여기서 펼쳐지고 있었다.

우리는 여전히 화려한 카페에 있었다.

뜻밖의 인물이 합류한 바람에 놀란 나머지, 네가 왜 여기 있냐며 서로에게 독설을 퍼부어댄 우리는 겨우겨우 이야기를 나눌 수 있는 상태에 처해 있었다.

"아무리 살펴봐도 흔하디흔한 파티 피플인데, 카나리아—호시노 씨와 아는 사이일 줄은 몰랐어."

"……뭐? 아직도 불만이 남았어?"

사사라는 빨대를 문 채, 도끼눈으로 나를 쳐다봤다.

"시비조로 말하지 마. 평범한 여고생이 출판사 편집자와 아는 사이니까, 신경 쓰일만하잖아."

"평범한 여고생? 아앙~? 내가, 평범? 흥, 뭘 모르네."

"아, 미안해. 평범하지는 않았지. 살짝 크레이지한 여고생이잖아."

"방금 그 말은 너무 무례한 거 아냐?!"

"저기저기~. 이제 그만 싸우는 게 어때~? 시간은 귀중하잖니."

"앗♪ 네, 호시노 씨♪"

카나리아가 달랜 순간, 사사라는 턱을 매만져진 고양이 같은 간드러진 어조로 그렇게 말했다.

……사람이 싹 바뀌네. 너무 이중인격 같아서 무서울 지경인걸.

"토모사카 양은 내 온라인 살롱의 회원이야. 내 강연회에도 자주 얼굴을 비춰. ……그리고 이야기를 나눠보니, 핀스타도 하고 있지 뭐야."

"아~. 그러고 보니 토모사카는 학교에서도 그런 이야기를 했었지."

"응. 핀스타에서 팔로워가 100만이나 있는 인플루언서라는 말을 듣고 깜짝 놀랐다니깐. 그래서 출판 의뢰를 했어."

"출판?! 어라. 하지만 토모사카는 오타쿠 콘텐츠를 싫어하잖아? 라이트노벨은—."

"저기~ 아키 군, 아키 군. 그게 아냐."

카나리아는 손을 내저으면서 무언의 사인을 보냈다. 그 단어를 입에 담지 말라는 의도가 느껴졌기에, 나는 순순히 입을 다물었다.

스마트폰이 진동했다.

오늘 약속을 위해 교환했던 LIME으로, 메시지가 와 있었다.

『사사라 양은 카나리아 님이 라이트노벨을 담당하고 있는 걸 몰라쨱.』

맙소사.

보통은 자기가 존경하는 상대가 평소 어떤 활동을 하는지 궁금해서 조사해보지 않나?

아~ 그래도 요즘 젊은이는 구글링이라는 말도 모를 정도로 SNS에 올라온 정보만 섭취한다니까, 그럴 수도 있을까?

……아, 「너도 젊은이잖아」 같은 사소한 딴죽은 그냥 넘어가 줬으면 한다.

그렇게 생각하자면, 토모사카 사사라는 현대의 완전 수동형 SNS 정보 취득 유저의 전형적인 예일지도 모른다.

"평소에는 『엔터테인먼트』 쪽 소설을 담당하고 있지만, 새로운 분야에도 도전하고 싶지 뭐야. 그래서 SNS 쪽에 영향력이 있는 사람에게 에세이를 써달라고 부탁한 거야."

"항상 새로운 지평을 개척하려 하는 자세가 정말 멋져요, 호시노 씨! 자기가 하고 싶은 일에 진지한 자세! 있는 그대로의 자신으로 당당히 도전하는 그 모습, 평생 리스펙트할게요!"

아니, 이 사람은 『있는 그대로』와 반대말 그 자체라고.

방금도 『라이트노벨』을 『엔터테인먼트』로 변환해서 강조해 말했단 말이야.

그 자체는 나쁜 게 아니고, 나도 키라보시 카나리아 대선배를 존경하니 사사라의 말에도 동의하기는 하지만…….

……아니, 잠깐만. 방금 말도 안 되는 말을 한 귀로 흘린 것 같지 않아?

"100만 팔로워……라고……?"

"그래. 토모사카 양은 현재 핀스타에서 HOT하고 뜨거운 여고생이야."

HOT과 뜨거운 겹치는 표현 아닌가요?

그런 딴죽조차 쏙 들어가 버릴 정도의 충격이 내 온몸을 꿰뚫고 지나갔다.

"핀스타에서 100만…… 대단하네요."

신인이 올린 영상이 자동으로 추천되는 타입의 알고리즘이 짜여 있는 『틱탁』 같은 SNS와 달리, 핀스타는 꾸준히 활동하며 공감과 인기를 서서히 얻을 필요가 있기에 갑자기 TOP으로 올라가는 건 꽤 어려운 SNS—라는 인상이 있다.

내가 여자애 사이의 유행에 어두워서 그런 건지도 모르지만…… 투위터에서는 꽤 존재감이 있는 『검은 염소』조차도 핀스타를 이용한 프로모션에는 난항을 겪고 있었다.

"뭐~. 카, 리, 스, 마가 넘쳐흐르는 덕분이야~."

사사라는 힐끔힐끔 나를 쳐다보면서 우쭐대듯 코를 벌렁거렸다.

관심병 환자 같아서 꽤 짜증스러웠다.

하지만 핀스타 100만 팔로워는 정말 대단한 것이니, 그 점은 솔직히 존경스러웠다. 학교에서 이야기를 나누면서 핀스타를 하는 분위기는 느껴졌지만, 설마 이 정도의 경지에 이르렀을 줄은 몰랐다.

사고 정지 상태에서 하루하루를 사는 파티 피플은 인생의 귀중한 시간을 허비한다고 생각했지만, 인싸 또한 하나의 재능인 걸까.

"그래서? 팔로워 0명의 일반 피플이 나한테 무슨 볼일이야? 팔로워 100만 명인 나한테 뭘 부탁하려는 건데?"

재능이고 어쩌고를 떠나, 짜증나는 녀석인 건 변함없다.

하지만 일일이 대꾸하다간 이야기의 진도가 나가지 않을 것 같았기에, 나는 볼일부터 이야기하기로 했다.

"나를 여자로 만들어줘. 여장을 해서, 최강의 미소녀가 되고 싶어."

"흐음, 여장 말이지. 응응. 그런 거라면 나한테 부탁하는 게 정답일지도 몰라~."

"……의외로 반응이 밋밋하네."

"어, 그게 왜?"

"아, 그게 말이야. 내 지인은 하나같이 경악해댔으니까, 너도 『변태!』 같은 소리를 할 거라고 생각했어."

이로하, 마시로, 미도리, 스미레, 오즈는 놀라움을 금치 못하는 것 같았고, 가장 반응이 밋밋했던 오토이 씨조차도 내가 특이한 짓을 하려 한다고 여기는 듯한 반응을 보였다.

"뭐, 코히나타의 스토킹은 변태 짓이고, 2차원 일러스트를 보고 히죽거리는 것도 변태 짓이지만, 여장은 평범하지 않아? 내 친구 중에도 꽤 있거든. 성별을 떠나 어떤 복장을 하고 싶어 하든, 그건 개인의 자유라고 생각해."

"다양성에 대해 그런 가치관을 가지고 있다면, 오타쿠한테도 관용을 베풀어주면 좋겠는데 말이지……."

"시끄러워. 잘 알지도 못하는 걸 좋아하라고 말해봤자 무리란 말이야."

"이 세상에서 다툼이 끊이지 않는 이유, 인가……."

"뭐? 무슨 소리야?"

모르는 건 무섭고, 싫다. 인간의 다툼의 역사 또한, 첫 계기는 무지에서 비롯된 공포다.

지극히 자연스럽고 솔직하게 살기에 형성된 가치관.

그녀가 인생을 통해 알게 된 것에 대해서는 관용적. 그 이외에 대해서는, 배타적.

거기에 선악의 차이는 없으며, 존재하는 건 이해의 유무뿐이다.

어찌 보면 리얼충을 모르기에 멀리해왔던 나나 마시로의 정반대 버전, 이라고도 할 수 있을 것이다.

"아무튼~, 그러니까 네가 귀여운 여자애가 되고 싶어 하든 말든 딱히 상관없어. 하지만, 마음에 안 드는 녀석을 화장시켜주는 건 싫어. 게다가 미스 콘테스트에 나간다면 내

라이벌인 거잖아. 내가 왜 적을 도와줘야 하는 건데?"

"너무 그러지 마, 토모사카 양. 강적을 자기 손으로 만들어내서 참가시킨 후, 직접 쓰러뜨린다! 그것이야말로 진정한 탑 오브 탑 아닐까?"

"호시노 씨……! 그래요! 저도 그렇게 생각해요……!"

손바닥 뒤집듯 태도가 바뀌네.

세뇌가 완료된 신도 느낌이 풀풀 나는걸……. 카나리아가 시키면 AV에도 나갈지 몰라. A에 해당하는 영단어가 뭔지는 밝히지 않겠지만 말이야.

"뭐, 좋아. 당일에 화장을 시켜줄게."

"오오. 고마워."

"다른 사람도 아니고 호시노 씨의 부탁인걸! 딱히 너를 도와줄 의리 같은 건 눈곱만큼도 없지만 말이야!"

"어이, 너…… 아무리 오타쿠가 아니라도 방금 그 대사는 너무 전형적이잖아……."

백만 번은 본 듯한 전형적인 츤데레네.

"영문을 모르겠지만, 바보 취급을 당했다는 건 이해했어! 대체 너는 나한테 감사하는 거야, 헐뜯는 거야?! 어느 쪽인데?!"

"감사는 하지만, 그래도 아까 전의 전형적인 츤데레 대사에는 문제가 있다고 생각해."

"감정과 행동이 일치하지 않잖아!"

"그 둘은 별개거든."

"뭐~? 영문을 모르겠거든? 좋아하는 상대의 행동이라면 전부 받아들여야 하는 거 아냐?!"

"저기, 그 발상은 여러모로 위험하지 않아?"

"아~ 아~ 아무것도 안 들려~. 시끄러운 남자의 설교 같은 건 듣고 싶지 않아~."

호스트나 밴드 멤버에게 돈을 가져다 바치다 파멸하는 길에 접어들 듯한 발상이다.

이것이 직선적 인간의 사고회로인가…… 나는 이해가 안 됐다.

"아무튼, 화장은 해줄 거니까 짜증 나는 소리 좀 하지 마."

"……알았어."

뭐, 장래에 누구한테 속아 넘어가게 되더라도 그것은 본인의 인생이다. 내가 알 바 아니다.

……아무리 수상한 신흥종교일지라도 그걸 믿는 본인이 그 순간에 행복하다면, 그 꿈에서 깨지 않게 두는 것도 상냥함일지도 모른다.

"그럼 가자."

"응?"

"응, 은 무슨. 화장시켜달라며?"

"당일에 뚝딱뚝딱해주는 거 아니었어?"

"뭐~? 화장을 얕보지 말아 줄래? 당일에 퀄리티를 끌어올리기 위해서는 미리 이것저것 알려줄 필요가 있어."

짜증을 드러내듯 남아 있는 타피오카 밀크티를 단숨에 후루룩! 마신 사사라는 등받이와 등 사이에 뒀던 가방을 손에 쥐며 자리에서 일어났다.

"호시노 씨도 같이 가실래요? 환영할게요."

"아~, 미안해. 나는 이제 회사에 돌아가 봐야 해."

"그렇겠죠~. 바쁘신 와중에 만나러 와주셔서, 정말 감격했어요! 이 남자는, 제가 책임지고 미소녀로 만들게요!"

"응, 부탁할게. ……참, 에세이도 수정 표시를 해서 메일로 보내둘게."

"알겠어요!"

어딘가로 이동하는 쪽으로 이야기가 척척 진행되더니, 카나리아는 당황한 내 어깨를 두드리며 귓속말을 했다.

"그럼 뒷일은 젊은이 둘에게 맡길게. ……귀여운 여자애가 되기 위해, 파이팅 해짹♪"

나에게만 보이도록, 몰래 윙크한 후…….

카나리아는 그대로 춤추듯 몸을 일으키더니, 점원을 불러서 블랙 신용 카드를 건네서 계산했다.

저런 부자다운 행동이 몸에 완전히 배어 있었다.

"그럼 가자."

"아니, 기다려봐. 아까부터 계속 가자고 하던데, 대체 어딜 가려는 건데?"

사사라가 짜증 섞인 어조로 재촉하자, 나는 그녀에게 물었다.

설명도 해주지 않고 이벤트를 진행시켜서야 좋은 시나리오라고 할 수 없다고. 이해를 못 한 상태에서 이야기가 진행되면 유저의 불만이 쇄도할지도 몰라.

"그~러~니~까~. 당일 메이크업을 최고의 상태로 하기 위해서는 밑 작업을 해야 하거든? 그걸 가르쳐주려면 도구가 필요해."

"도구……? 으음, 손쉽게 화장을 체험할 수 있는 시설이라도 있어? 노래방의 화장판 같은 거 말이야."

"그런 거 없거든~? 뭐, 있으면 화장실에서 줄 안 서도 될 테니 편하긴 하겠네. ……그것보다, 한심한 소리 좀 작작해. 이 상황에서 갈 곳은 하나뿐이잖아."

"짐작조차 안 돼."

"아니, 그러니까—."

내가 미심쩍은 눈길을 머금은 채 고개를 계속 갸웃거리자, 귀찮아 죽겠다는 듯이 인상을 찡그린 사사라는 손가락으로 관자놀이를 두드리며 강한 어조로 말했다.

"—우리 집에 갈 거야!"

"아~, 그렇구나……."

………………….

…………….

…….

"—뭐어?!"

*

알게 된 지 한 달도 안 된 여자애의 집에 초대받은 적, 있어?

나는 없어.

아니, **없었다**, 고 말하는 편이 옳을까.

왜냐하면 나는 현재, 바로 그 인생 첫 경험을 하고 있다.

분위기가 꽤 괜찮은 주택가, 그 안에 있는 지극히 평범한 단독주택. 아무렇지 않게 초대받은 그 집의 현관에 내가 발을 들인 순간, 한 번도 맡아본 적 없는 신선한 향기가 내 코끝을 스쳤다. 그럴 때 있잖아? 처음 놀러 간 친구 집이나, 연인의 집…… 아, 후자 쪽은 나도 경험이 없지만…… 아무튼 처음으로 가본 집 특유의 말로 형용할 수 없는 독특한 향기 말이다.

아무래도 우리 말고는 이 집에 아무도 없는 것 같았고(동생인 챠타로는 오타쿠 친구의 집에 놀러 간 것 같다. 요즘 오타쿠는 교우관계가 넓다는 게 사실인가 보다), 나는 성큼성큼 나아가는 사사라의 뒤를 쫓으며 세면장으로 향했다.

여자애의 집 특유의 화려한 느낌! ……같은 분위기는 전혀 느껴지지 않는, 평범하게 생활감이 감도는 일반적인 집의 세면장이다. 세탁물이 아무렇게나 쌓여 있으며, 저쪽에 대층 쌓여 있는 속옷은…… 아~ 나는 아무것도 못 봤어. 못 봤다고. 기억에서 지웠어. 자, 땡!

아무튼 지극히 평범한 일반적인 집이다.

오히려 항상 손님맞이를 의식하고 있는 우리 집이 정돈이 더 잘 되어 있을지도 모르겠다.

"괜히 두리번거리지 마, 변태!"

"아, 안 그랬어."

"호시노 씨의 부탁이라 어쩔 수 없이 피부 관리법을 가르쳐 주는 것뿐이거든? 다 외우면 바로 돌려보낼 거야. 알았지?"

"으, 응."

"좋아. ……으음, 이거랑 이거에…… 아~, 이것도 필요하겠네. 이건 예비가 있었나~."

사사라는 그렇게 중얼거리면서 거울 뒤편의 수납장에서 용기를 척척 꺼냈다.

세탁기 위에 리드미컬하게 쌓여가는 예쁜 모양의 용기를, 나는 곡예를 감상하는 심정으로 쳐다보며…….

"이게…… 화장, 품."

"카테고리 분류 좀 하지 그래? 필통에서 펜 여러 개를 꺼내놨을 때, 『문방구』라고 보통은 부르지 않잖아."

지당한 의견이었다.

"혹시 이것들은 전부 다른 물건이야?"

"당연하잖아. 이건 클렌징, 이건 화장수. 에센스, 유액, 크림, 자외선 차단 크림, 밀크, 리퀴드, 젤, 오일."

"자, 잠깐만. 설마 이걸 다 쓰는 거야?!"

"에이, 그럴 리가 없잖아."

"아, 그렇지? 다행이야. 하긴, 그건 좀……."

"한 번에 전부 쓰지는 않아. 상황에 맞춰, 이 전부 중에서 적당한 것을 골라 쓰는 느낌이야."

"미안한데, 전부 선택지에 포함되는 시점에서 전부 쓰는 것과 큰 차이 없거든?"

맙소사. 세계적 인기 카드 게임에서 한 판에 쓰이는 카드 장수보다 많잖아. 이 선택지 중에서 매번 적절한 카드를 골라서 써야만 하는 거야? 화장이라는 건 수라의 길인 건가?

"화장을 지울 때 쓰는 클렌징 젤은 컨디션에 따라 크림, 밀크, 젤을 나눠서 쓰고, 그 외에도 아침용과 밤용이 있으며, 피부 상태와 상황을 고려해 적절히 나눠 쓰는 게 중요해. —이해했어?"

"이해 안 된다는 걸 이해했어."

"하아~."

기억력이 나쁘네, 하며 사사라는 한숨을 내쉬었다.

내 지식 부족이 확실하기에 반론을 못 하는 게 분하지만, 평소 언동에 문제가 많은 녀석이 저런 반응을 보이니 진짜 굴욕적이다.

젠장. 이렇게 되면 반드시 완전 습득을 해서, 미스 콘테스트 때 따끔한 맛을 보여주겠어.

"자, 얼굴 내밀어봐."

"여기서 하는 거야? 여자도 세면대에서 하는구나. 화장대가 따로 있을 줄……."

"뭐? 너, 바보지~?"

오타쿠에 맞먹을 만큼 대미지가 큰 대사를 현실에서 들으면 울컥한다는 설을 검증하는 걸까?

하아, 현실의 파티 피플은 무심결에 성역을 더럽히려고 하니 곤란하다니깐.

"너처럼 패션 의식 제로인 아싸 오타쿠의 집에, 화장대가 있을 리 없잖아."

"그건 편견이야. 전국의 아싸 오타쿠에게 사과해."

"흐음, 그럼 있어?"

"없어."

"그럼 그렇게 뻔뻔한 소리 좀 늘어놓지 말아 줄래?!"

아니, 나는 전국의 오타쿠를 대표하는 존재가 아니거든.

주어의 범위가 넓은 발언은 피하라고. 어쩌면 아싸 오타쿠 중에도 자기 방에 화장대가 있는 사람이 있을지도 모르잖아. 미립자 레벨의 확률이지만 말이야.

"하아, 한 마디도 지지 않으려고 한다니깐. 됐으니까 잔말 말고 얼굴이나 내밀어. 자, 빨리."

"……옛썰."

사사라가 내 얼굴을 잡아당기자, 나는 얌전히 시키는 대로 했다.

빨리 본론에 들어가고 싶다……는 것만이 아니라, 느닷없이 부드러운 손길이 볼에 닿은 바람에 가슴이 두근거렸다.

“우선 귀가했을 때 하는 세수 말인데, 우선 이 크림의 클렌징 젤을 써. 화장은 안 했으니까 오일까지 쓰지는 않아도 돼.”

“그냥 물로만 세수하면 안 돼?”

“안 될 건 없지만, 피지 제거와 자외선 및 꽃가루로 받은 대미지를 회복시켜줘야 하거든.”

“피지…… 꽃가루…… 그, 그래.”

“특히 이제부터 꽃가루의 계절이잖아. 눈에 보이지는 않지만, 그건 피부의 천적이야.”

“맙소사. 거기까지 생각해야 하는구나. 화장은 정말― 히얏?!”

서늘……한 감촉이 갑자기 발생하자, 무심코 모에 캐릭터 같은 비명을 질렀다.

“잠깐, 이상한 소리 내지 마.”

“미, 미안해.”

“잘 들어. 우선 물로 씻기 전에 클렌징 젤로 이렇게…….”

크림이 묻은 사사라의 손이 내 얼굴에 닿았다.

처음에는 차갑게 느껴지던 그것은 손바닥의 온도에 의해 서서히 온기를 머금더니, 적당히 기분 좋은 온도가 됐다.

"그럼 다음에는 이 젤을……."

"우읍……."

또 이상한 소리를 내고 말았다.

하지만 전혀 불쾌하지 않았다. 사사라도 내 반응으로 그것을 눈치챈 건지, 흐흥 하고 의기양양하게 웃었다.

"헤헷. 어때~? 미끌미끌한 게 꽤 기분 좋지 않아?"

"으, 응……. 버릇이 될 것 같아."

"전혀 관리를 안 하니까, 노폐물이 엄청나게 쌓여 있어서 웃길 지경이네. 그런 것치고는 피부의 윤기와 탄력이 유지된 걸 보면…… 바디워시와 샴푸는 꽤 좋은 걸 쓰나봐? 네 엄마가 사다 놓은 거야?"

"어? 으음, 글쎄. 직접 사는데, 꽤 좋은 거였나 보네."

큰일 났다. 이 녀석, 꽤 날카롭잖아.

엄마가 사다 놓은 것이란 예측은 빗나갔지만, 그렇다고 완전히 핀트가 어긋난 건 아니다.

왜냐하면 우리 집의 비품은 《5층 동맹》의 멤버가 언제든 쓸 수 있도록 갖춰둔 것이다.

파티가 끝난 후에 스미레와 이로하(지금은 마시로도)가 자기 방에 돌아갈 기력이 없어 묵고 가게 된다면, 우리 집에서 목욕을 한다.

그런 경우에 대비해, 바디워시와 샴푸는 항상 여성이 써도 될 만한 것을 갖춰뒀다.

토모사카 사사라…… 바보 캐릭터지만, 그 정확한 통찰력은 무시무시한 수준이다.

그런 생각을 하는 사이, 얼굴이 온기에 감싸인 나는 무의식적으로 눈을 감았다.

졸음에 빠져들려 하는 나를 본 사사라는 깔깔 웃었다.

"아핫~. 엄청 기분 좋아 보이네. 완전 징그러."

"어이, 징그럽단 말은 너무하잖아."

"칭찬이야, 칭찬. 내 손길에 기분 좋아하는 사람을 보는 걸 꽤 좋아하거든."

"그렇게 자주 다른 사람의 피부를 만지는 거야?"

"때때로 팔로워 분과 만나서 화장법을 가르쳐주는데, 평판이 좋은 편이야~."

"이해가 가네. 이 레벨이면 평판이 좋은 게 당연해."

나는 솔직하게 칭찬했다.

초면인 사람한테 시비를 걸어대고, 『검은 염소』와 오타쿠 문화를 무시하는 가치관은 용납할 수 없다. 하지만 나는 재능을 지닌 인간을 좋아한다. 그리고 그 인간의 재능이 올바르게 발휘되며 평가받는다면, 사회가 제대로 돌아가는 느낌이 들어서 기분 좋았다.

사사라가 품고 있는 아름다움에 대한 의식.

아름다움을 전해, 팔로워를 기쁘게 해주려는 자세.

그것은 틀림없는 진짜배기이며, 높은 가치를 지녔다는 것

© tomari

을 볼에 닿은 그녀의 손길이 알려주고 있었다.

나를 싫어하는데도 내 얼굴을 만지는 손길은 섬세했으며, 눈앞의 피부와 진지하게 마주하며 대화를 나누고 있었다. 의심의 여지가 없는 최고의 프로페셔널이다.

사사라는 그 후에도 클렌징 젤을 하나씩 설명해주면서, 내 안면에 다양한 액체를 발랐다.

"잘 들어. 이건 자기 전의 손질법, 귀가한 후에 하는 스킨케어야. 아침에는 아침의 방법이 있는데—."

내 얼굴을 주무르는 사사라가 알려주는 스킨케어 지식을 마음속에 꼼꼼히 새기면서—.

"수면 중에 흘린 땀과 때를 없애는 거야. 그리고 아까는 자외선과 꽃가루로 대미지를 입은 피부를 회복시키기 위한 방법이었고, 아침에는 외출에 대비해 자극으로부터 피부를 지키기 위한 방어 준비가 필요—."

내 뇌는 암기에 쓰는 영역 외에도, 다른 부분이 멀티태스킹을 실행하며—.

"화장수가 핵심인 건 틀림없지만, 남자 중에는 그것만으로 만족해버리는 케이스도 있거든. 가능하면 유액으로 보습을 해주면서—."

하나의 가능성을 고려했다.

그것은, 토모사카 사사라를— 이 재능을, 『검은 염소』에서 빌릴 수 없을까, 라는 악마적 발상이다.

200만 DL를 달성한 현재, 우리를 막아서는 다음 목표는 300만이다.

핀스타그램을 통한 어프로치가 이뤄지지 않았을 뿐만 아니라 여성 유저에게 충분히 선전되지 않은 지금 상황에서, 그녀의 영향력을 잘 이용한다면 상당한 무기가 되지 않을까. 아~, 기분 좋다.

……틀렸다. 감촉이 너무 좋아서 집중할 수가 없다. 자세한 것은 스킨케어 강좌가 끝난 후에 하자.

그렇게 결의한 나는 사사라에게 몸을 맡긴 채, 가만히 있었다.

그렇게 약 한 시간 동안 피부 관리법을 배웠다. 시간이 꽤 늦은 것 같아서 돌아가기로 한 나는 현관까지 배웅을 나온 사사라에게 고개를 숙인 후, 학생 가방을 가볍게 들어 보였다.

"오늘 고마웠어. 그리고 화장품까지 받아 가네."

"뭐, 그 정도는 괜찮아. 팬들이 잔뜩 보내주거든. 그런 것들은 꽤 남아돌아."

"남아돌 정도로 받는구나. 정말 대단하네."

나는 스마트폰 게임 운영을 오랫동안 해왔지만, 물질적인 상품을 받은 적이 없다.

SNS로 검색을 해보면 팬아트가 올라와 있거나, 공식 SNS로 응원 메시지가 올 뿐이다.

물론 그것만으로도 충분히 감사하기에 불만은 없고, 오히려 물품을 받는다면 사사라처럼 다 쓰지도 못할 테니 부럽지는 않다. 그래도 정말 대단하다 싶었다.

"흐, 흐흐. 므흐흐흐."

"어? 왜 그래?"

갑자기 사사라는 입가를 꼬물거리면서 웃음을 참았다.

그러던 그녀는 내 어깨뼈를 손으로 툭 치며 말했다.

"이야~, 네가 꽤 좋은 녀석이란 생각이 들었거든."

"으, 응? 뜬금없이 왜 그런 거야?"

집에 초대되어서 가르침을 받은 건 바로 나인데 말이다.

"정직해서 좋다는 거야. 내가 얼마나 대단한지 솔직하게 칭찬하며 칭송하는 점은, 네 괜찮은 면으로 인정해줄게."

"그게 괜찮은 면이야? ……처음 만났을 때부터, 그 순간 순간의 감상을 솔직하게 말했을 뿐인데 말이야."

"아~ 그거! 그거, 정말 정말 좋네! 너, 칭찬력 쩌는 것 같다? 뭐랄까~, 칭찬 안에 능청스러움이 없달까? 항상 빌어먹게 열받는 태도만 보이니까, 거꾸로 칭찬이 진담처럼 들려."

"뭐, 실제로 거짓말은 안 했거든."

자신의 마음을 얼버무리며 거짓말을 해봤자, 언젠가 들통난다.

들통나면 변명이 필요해지며, 관계를 수선하기 위한 수고가 발생한다.

그런 비효율적인 작업에 쫓기는 미래를 고려하면, 애초부터 거짓말을 하지 않고 솔직한 의견을 말하는 편이 낫다.

……물론, 그런 비효율을 감수하면서도 비밀을 지켜야만 하는 케이스도 있다. 《5층 동맹》에서 이로하가 맡은 역할이라거나, 학교에서 가면을 쓰는 스미레의 본성이라거나, 오즈의 과거라거나, 종합적으로 생각해서 코스트를 감수해야 할 부분에서는 감수하고 있다.

타인의 평가 따위에 휘둘리지 않는다. 그딴 것은 전부 부질없다.

아무래도 그런 점이 결과적으로, 인정 욕구 몬스터인 사사라의 심금을 울린 것 같았다.

……지금이 기회일까?

지금이라면, 아까 생각했던 이야기를 꺼내서 권유하는 것도 가능하지 않을까.

"저기, 토모사카. 기왕이면 하나 더 부탁해도 될까?"

"어, 뭔데뭔데? 뭐든 말해봐. 므흐흐흐."

내가 의지하려 한다는 점 때문에 사사라는 기분이 좋아 보였다. 하지만 성격이 이래서야 나쁜 남자에게 간단히 걸려들 것 같아서 걱정된다.

"예를 들어서, 어디까지나 예를 들어서 말이지? 스마트폰 게임 애플리케이션을 핀스타의 여성 팬에게 알리기 위한 광고 활동 같은 것에 협력해달라……고 하면, 어쩔 거야?"

"스마트폰 게임? 『쩜쩜』 같은 거?"

그 말 할 줄 알았다니깐. 여고생의 입에서 나오는 스마트폰 애플리케이션의 필두. 어뮤즈먼트 시설의 인기 마스코트 캐릭터를 빈틈 사이에 끼워 넣는 게임이며, 여성 사이에서 매우 인기 있다.

여고생한테 스마트폰 애플리케이션 게임 이야기를 하면 무조건 그 녀석을 언급한다니깐. 뭐, 그 게임 자체는 엄청 재미있으니까 인기 있는 게 당연하지만 말이야.

"아, 그게 아냐. 예를 들자면, 네 동생이 빠져 있는 『검은 새끼 염소가 우는 밤에』 같은 거 말이지."

"아, 그 진성 오타쿠 취향의 게임?"

"…………."

"흐음~, 광고 같은 걸 할 리가 없잖아. 무리무리~."

"……그럴 줄 알았어요~."

역시 무리인가. 나에 대한 호감도가 다소 호전됐다고는 해도, 인싸와 아싸는 물과 기름이다. 오타쿠에 대한 편견이 사라지지 않은 사사라에게 협력을 받는 건 현실적이지 않을 것 같다.

게다가 『검은 염소』에 어떤 요소 및 기획을 추가해야 사사라의 팔로워에게 호평을 받을 수 있을지도 아직 모르잖아. 무턱대고 지금 상태의 『검은 염소』를 핀스타를 하는 여성층에게 알린다고 해서, 팬이 늘어날 것 같지도 않다.

"이상한 걸 물어서 미안해. 방금 말은 잊어줘."

"오케이오케이. 그럼 가족이 돌아올 때가 됐으니까, 빨리 돌아가. 문화제 당일까지 피부 관리, 농땡이 치우면 안 돼."

"응. 땡큐."

마지막으로 감사 인사를 건넨 후, 나는 토모사카 사사라의 집을 나섰다.

미소녀가 되기 위한 첫걸음. 『검은 염소』를 널리 알리기 위한 작전. 여러 가지를 동시에 진행하면서 기분 좋을 정도의 효율성을 체감한 나는 기분 좋게 집으로 향했다.

그리고 뇌리에 떠오른 생각은 하나 더 있다.

그렇게 싫어하던 나와, 괜찮은 면을 하나 찾았다는 이유만으로 금방 친해지는 진정한 의미의 인싸력. 토모사카 사사라의 그 성질은 내가 생각하는 이로하의 절친 이미지에 딱 들어맞았다.

견원지간 같은 두 사람이 가까워지게 할 방법은 생각나지 않지만, 그래도 이로하에게 사사라가 자신의 본성을 드러낼 수 있는 상대가 되어준다면…… 오늘 이곳에 와서 알게 된 사실은, 일석이조가 아니라 일석삼조의 효과를 발휘할 것이다.

"……이로하 녀석, 우리 집에 왔으려나."

옥상에서 말다툼을 했으니, 어쩌면 문화제까지는 나와 얼굴을 마주하지 않을지도 모른다.

그래도 만약 만난다면, 사사라 이야기를 슬며시 해보는

것도 괜찮을 것 같았다.

그런 마음을 품으며, 나는 서둘러 자택으로 향했다.

"오~, 아키~. 어서 와~."

"이번에는 오토이 씨냐. ……네 연기는 여전히 퀄리티가 좋구나."

결론부터 말하자면, 이로하는 와 있었다. 그것도 내 방에 있었다.

추욱~하고 온몸의 힘을 뺀 채, 침대에 칠칠—치 못하게 드러누운 이로하는 머리에 쓴 헤드폰으로 음악을 들으며 만화를 보고 있었다.

폭음 수준으로 크게 소리를 켜두는 짜증 무브를 봉인하고 소리에 집중하고 있는 모습을 보면, 오토이 씨 연기의 완성도는 상당했다.

"왔구나. 선전 포고를 한 직후니까, 안 올 줄 알았어."

"……혹시 민폐인 거야~?"

"아냐. 오히려—."

있는 그대로의 모습은 아니지만, 나는 이로하의 얼굴을 보고 불가사의하게도 안도했다.

하지만 그런 내 마음을 전하기는 싫었기에, 꾹 참았다.

"—나한테 폐 끼치는 걸 신경 쓴다면 그건 네 캐릭터에서 벗어나잖아. 어느 쪽이든 간에 네 마음대로 해."

"응. ……뭐~, 이 방에 안 오면 만화와 음악을 못 즐기거든~."

"하루를 게을리하면 그걸 만회하는데 사흘이 걸린다는 말도 있지. 좋은 마음가짐인걸."

뭐, 내가 부재중일 때 침입하지는 말아줬으면 하지만 말이다.

아무튼 결정적으로 사이가 틀어지지는 않았다는 생각에, 나는 어깨에 들어간 힘을 빼면서 교복 넥타이를 느슨하게 했다. 의자에 학생용 가방을 내려둔 후, 사사라에게 받은 화장품을 꺼내서 작업용 책상에 줄지어놨다.

그러자, 침대 방향에서 「어~?」 하는 목소리가 들려왔다.

"아키~, 그건 어디서 난 거야~?"

"어. 좋은 질문이야. 실은 미소녀로 변신하기 위해 스킨케어 공부를 하고 왔거든. 너는 알아? 피부 손질은 아침과 밤에 다른 방식으로 해야 하는데—."

"호오~. 꽤 본격적인걸~. 뭐~, 아무래도 상관없지만~."

아무래도 상관없는 거냐.

내 안의 오타쿠가 새로 입수한 지식을 선보이고 싶다며 울부짖고 있었기에, 상대방의 무관심한 태도에 실망하고 말았다.

그래도 오토이 씨라면 분명 이런 텐션이었을 테니, 캐릭터 해석 면에서는 일치하지만 말이야.

*

『아키가 또 새로운 여자애와 꽁냥꽁냥해.』

『알아. 너…… 아니, 너희가 무슨 말을 하고 싶은 건지 안다고. 하지만 목적을 위해서는 어쩔 수 없어. 어쩔 수 없단 말이야…….』

## 007 제7화 …… 친구 여동생이 나한테만 메이드

사사라의 협력을 얻은 후, 문화제까지의 약 일주일 동안…….

나는 이제까지 인생에서 쌓아둔 미의식을 전부 방출하려는 각오로 철저하게 아름다움을 추구하며 노력했다.

가르침을 받은 대로, 아침저녁의 스킨케어를 거르지 않았다.

사사라의 핀스타를 팔로우했고, 스토리 기능으로 이야기된 내용을 익혔다.

탈모 크림을 인터넷으로 구입해서 다리털도 제거했다(엄청 아팠다).

식사에는 스무디도 도입했다.

머리부터 발끝까지, 여고생이 점점 온몸에 충만해 가는 것을 실감한 나는 말로 형용할 수 없는 충실감을 느꼈다.

모을 대로 모은 여고생.

용솟음치는 여고생.

모든 여고생을 문화제 당일에 해방하기 위해, 나는 꾸준히 단련했다.

승리를 확실하게 만들기 위해, 복선도 깔았다.

물론 나는 자신의 남자 마음 장악 스킬을 믿지만, 완벽하게 목적을 달성하기 위해 실행위원인 오토이 씨에게 뇌물

(과자)을 바쳐서 **어떤 수**를 써뒀다.

참고로 이것은 부정행위가 아니다. 나는 어디까지나 요청을 했을 뿐, 내가 승리하도록 유리하게 작용하는 수가 아니기에 부정행위라고 할 수 없다.

그게 뭔지는 미스 콘테스트가 시작되면 알 수 있으니, 지금은 설명을 자제하겠다.

그리고, 드디어 찾아왔다.

희비교차. 나와 이로하의 의지가 걸린, 이 세상에서 가장 어이없는…… 그래도 절대로 양보할 수 없는, 승부의 날이—.

축제 분위기를 띄우는 밝은 음악이 학교 안의 스피커에서 흘러나왔다. 여름의 향기가 희미하게 남아 있는 공기 속에서, 학생들은 푸른 하늘을 수놓고 있는 각양각색의 풍선 아래를 걸으며 즐겁게 담소를 나누고 있었다.

코자이 고등학교의 교복을 입은 이들만이 아니라, 다른 학교 교복을 입은 이들도 드문드문 보였다.

게다가 어른이나 아이들 데리고 온 손님도 있었기에, 이 지역에 미치는 『금륜제』의 영향력이 얼마나 막강한지 실감할 수 있었다.

—우리 학교 문화제, 이렇게 주목을 받았구나.

정보로는 알고 있었지만, 피부로 그 열량을 느끼는 건 처음이었다. 작년에는 존재감 제로라는 점을 이용해 학급 행사에 참가하지 않았고, 인적 없는 부실관 뒤편에서 교칙으로 못 가지고 오게 되어 있는 노트북 컴퓨터를 무릎 위에 올려놓고 딸깍딸깍 타이핑을 해댔다.

청춘? 그딴 것보다 『검은 염소』 작업이 중요해! 가 모토였던 나는…… 아니, 지금도 최우선이지만 지금보다 더 꼬여 있었던 당시의 나는…… 눈앞의 일에 하염없이 몰두했다.

그래서 보지 못했던 풍경. 느끼지 못했던 열기. 이 체감은 실제로 접하지 않으면 느끼지 못하는 것이며, 카나리아가 말했던 쓸데없는 청춘을 통해 예술의 폭과 깊이를 늘릴 수 있다는 말을 충분히 실감할 수 있었다.

"아키, 아키."

"……응?"

함께 교내를 돌아보던 오즈가 말을 걸어오자, 나는 멈춰 섰다.

옆에 있는 줄 알았던 오즈는 어찌 된 건지 몇 걸음 뒤편에 있었으며, 옆에 있는 교실을 손가락으로 가리키고 있었다.

"지나쳤어. 오토이 씨의 교실은 여기야."

"아~, 미안해. 딴생각을 했거든."

"너무하네. 데이트 중이니까 나를 좀 봐줘야 하는 거 아냐?"

"데이트를 희망한다면 아까 너를 헌팅하려던 사람을 따라가지 그랬어."

"아키는 알아? IQ가 20 넘게 차이 나는 상대와는 대화가 성립하지 않아."

"헌팅녀를 바보 취급하지 마……. 연애 감정은 IQ를 침팬지 이하로 만든다는 연구 결과도 있으니까, 나쁜 건 머리가 아니라 연애 감정 그 자체일 거야."

"아하. 철학적인걸."

그리고 IQ 차이 문제라면, 누구보다도 내가 가장 잘 안다고.

그 때문에 오즈를 사회에 적응하게 만드는 게 무지 힘들거든.

아, 하지만…….

"요즘 너를 마음에 들어 하는 미인 학생회장은 어때? 그 사람이라면 너와 IQ가 그렇게 차이 나지는 않을 거야."

"마음에 들어 하기는 무슨, 컴퓨터 관련 잡일을 부탁받는 사이일 뿐이야. 데이트를 할 사이도 아니고, 문화제 때는 실행위원회와 마찬가지로 학생회도 할일이 많을 거잖아."

"아~. 그것도 그래."

뭐, 아무튼 오토이 씨의 교실 앞에 도착했다.

아무래도 테마는 『점집』 같았고, 입구에는 육망성이 그려진 천막이 걸려 있었다.

전체적으로 이그조틱하고, 이모셔널하며, 스피리츄얼한 느낌이다.

안에 들어가 보니, 그것은 그야말로 다른 세계였다.

교실 안은 교묘하게 칸막이와 암막으로 구분되어 있으며, 완전한 암흑이 연출되고 있었다.

랜턴……은 위험하기 때문인지, 랜턴 같아 보이는 스탠드 라이트가 쓰였다. 실내의 다른 손님의 얼굴은 보이지 않았고, 안내인인 학생도 후드를 깊이 눌러쓰고 있어서 가까이 붙어 있는데도 성별만 겨우 구분됐다.

"어서 오세요, 길 잃은 손님. 점집은, 당신을 행복한 운명으로 인도한답니다. ……오늘은 어떤 고민을 가지고 계신지요?"

안내인인 여학생인 실감 나는 분위기를 자아내며 그렇게 말했다.

오오, 분위기가 끝내주는걸. 학생의 연기도 숙련되어 있고, 실내에 흐르는 은은한 음악도 적절한 분위기를 자아내고 있다.

역시 오토이 씨가 있어서 그런지, 그런 쪽 연출은 확실하네.

"오토이 씨를 만나러 왔는데요."

"어머나…… 참 괴로운 인생을 살고 계시군요……."

어찌 된 건지 동정받았다.

그 반응의 의미는 전혀 이해하지 못한 챈 눈만 깜빡이고 있자, 뒤편에 있는 오즈가 뭔가를 읽었다.

"『상냥한 조언도, 깊은 동정도 필요 없다. 아무런 반응을 보이지 않아도 되니, 그냥 맞장구나 쳐주며 이야기를 들어주기만 할 뿐』 코스. 담당, 오토이. ……라고 되어 있네."

"아하. 확실히 괴로운 인생을 사는 사람을 위한 코스인 걸……."

하지만 오토이 씨가 그런 코스를 맞고 있는 이유라면 예상이 됐다. 아마 편하기 때문이리라. 한 귀로 흘리면서 이야기를 멍하니 들어주며, 적당히 맞장구만 쳐주는 모습이 눈앞에 어른거렸다.

그리고 성가시게도, 가장 중요한 부분에 절묘하게 반응하며 깊이 있고 유익한 한마디를 해주겠지.

최강의 나태함과 최고의 효율성을 겸비한 사람이라니깐.

"그럼, 이쪽으로 오시지요……."

안내인의 말에 따라, 칸막이로 구분된 공간을 나아갔다. 도중에 암막 틈 사이로 내부의 모습이 보였는데, 본격적으로 점을 치는 모습이 눈에 들어왔다.

그리고…….

"여기랍니다. ……길 잃은 아이를 모셔 왔습니다, 예언자 오토이."

"오~, 수고 많았노라~."

암막을 걷으며 느낌 있는 어조로 그렇게 말한 안내인과 달리, 안에 있는 의자에 앉은 채 축 늘어져 있던 오토이 씨는 건성으로 손을 흔들었다.

"…………. 세계관을 지켜주세요, 예언자 오토이."

"뭐~, 자잘한 건 신경 쓰지 마~. ……어라, 아키잖아~. 이야~, 오즈도 왔구나~."

"…………. 그럼 뒷일을 부탁드립니다."

"오케이~. 수고~."

오토이 씨는 밖으로 나가는 안내인에게 대충 그렇게 말했다. 그런 마이페이스한 모습을 본 나와 오즈는 쓴웃음을 머금으며 그녀의 앞에 앉았다.

"놀러 왔어요."

"그렇구나~. 뭐~, 아무래도 상관없지만 말이야~."

"이건 간식이에요."

"오~, 뭘 좀 아는걸~. 역시 아키야~."

"돌아다니다 보니, 오토이 씨가 흥미를 느낄 것 같은 가게를 발견했거든요. 과자 가게 집 애가 자기 집 상품을 특별히 위탁 판매하는 가게라던가요."

"알아~. 실제로 먹어보고 판매 허가를 내준 사람이 바로 나거든~."

"흐음. 그런 일을 했구나?"

오즈는 놀란 것처럼 눈을 치켜떴다.

아, 맞다. 오즈는 오토이 씨가 실행위원이었다는 걸 모르는구나. 미스터 콘테스트 등록도 같은 반 여자애들이 멋대로 했다고 하니, 실행위원의 거점에 가보지 않았을 거다.

그래서 나는 보충 설명을 조금 해줬다.

"오토이 씨는 문화제 실행위원이었거든. 가게 판매물의 허가를 내주는 것도 맡은 일 중 하나였나 봐."

"뭐, 가장 큰 일은 음향 관련이었지만 말이야~. 겸사겸사 그런 것도 했어~."

"아하, 문화제 전반의 BGM은 오토이 양이 손댄 거구나. 어쩐지, 복도 어디에서도 소리 끊김이 신경 쓰이지 않고, 불쾌한 느낌이 들지 않는 음향이었거든. 그리고 가게의 종류에 맞춰 주변의 볼륨을 손보기도 했겠네. 예를 들어 이 점집은 실내의 조용한 분위기를 망치지 않도록, 근처 복도의 스피커 음량을 일부러 낮춘 거지?"

"그런 자잘한 걸 살피며 돌아다닌 거냐~. 좀 순수하게 문화제를 즐겨~."

"나한테는 그것도 오락이거든."

"뭐~, 그것도 그렇겠지~."

으음~, 이 천재 놈들. 나는 두 사람의 대화를 들으며 마음속으로 딴죽을 날렸다.

그냥 걸으면서 행사장의 음향 상태를 감지해서 기술 레벨에서 분석하는 오즈도 변태 같지만, 일류 테마파크 같은 연출을 문화제에 적용하는 오토이 씨의 센스와 능력도 대단했다.

"그건 그렇고, 잘 어울리네요."

"응~? ……아~, 이거 말이구나~."

내가 오토이 씨의 두건에 달린 검은색 베일을 쳐다보자,

그녀는 그것을 살짝 들어 보였다.

품이 낙낙한 의상을 입고, 목에는 찹쌀떡 크기의 커다란 보석(딱 봐도 가짜)이 달린 목걸이가 걸려 있었다.

판타지 세계, 어둑어둑한 뒷골목에서 용사의 앞날을 암시하는 수상한 점술사. 그것을 완벽히 재현하고 있다.

그 모습은 오토이 씨의 비현실적인 인상과 딱 맞아떨어지고 있었다.

"너무 신경을 써서 깜짝 놀랐어요. 작년에는 신경을 꺼서 몰랐는데, 고등학교 문화제는 레벨이 높네요."

"뭐~, 그래~. 이 학교는 원래 신경을 많이 쓰는 편이거든~. 그래도 올해는 특히 더 심해."

"어, 그런가요?"

"그래~. 무엇보다도 아키 탓이지만~."

"네?"

나는 그 뜻밖의 말을 듣고 얼이 나갔다.

아니, 그렇잖아. 올해는 미스 콘테스트에 참가한다는 정신 나간 짓을 벌였지만, 작년에는 존재감이 없었다고. 문화제 전체의 분위기에 관여할 여지 자체가 없었다.

어떻게 된 건지 몰라 얼이 나가 있을 때, 오토이 씨는 손가락으로 허공에 원을 그리며 말했다.

"전에, 연극부를 도왔지~?"

"돕긴 했는데, 그것과 관련이 있나요?"

"연극부의 퀄리티가 폭발적으로 상승한 덕분에, 보러 온 학생 중 몇 명이 크리에이티브 욕구에 자극을 받은 것 같아~."

"아…… 그렇게 된 거군요."

"본선에 진출한 후에 보인 카게이시 네의 노력도 그렇지만, 역시 코히나타와 아키의 모습에 감동한 녀석들이 많았던 것 같다니깐~."

"이로하와…… 저요? 뭐, 대타로 무대에 서긴 했는데……."

예선 당일, 오던 도중 트러블에 휘말려 제시간에 도착하지 못하게 된 미도리를 대신해 주인공 역을 맡았던 것은 아직도 기억 속에 생생히 남아 있다.

내 주제에 맞지 않는 짓이었다. 지금 떠올려보면 부끄럽기 그지없는 기억이다.

평균 수준의 연기는 선보였을지도 모르지만, 배우로서 찬란히 빛난 이로하의 상대역으로서는 부족하기 그지없었다.

그렇게, 생각했지만…….

"코히나타가 그렇게까지 빛났기 때문에, 많은 애들이 영향을 받았어. 그리고, 그 빛을 끌어낸 건 다름 아닌 너야~. 코히나타를 가장 빛나게 만들 수 있는 건, 너뿐인 거지~. 나도 어울리지 않게, 질투 비슷한 감정을 느꼈다니까~."

"저뿐인, 건가요. 제가 아니라 다른 배우라도 그 정도는…… 지금은 성장한 미도리 부장이라든가요."

"코히나타 말인데~. 요즘 여러 여자애를 연기하고 있지~?"

"어? 이야기가 확 샜네요. 뭐, 그게 너무 심해서 이상해 보일 지경이지만요."

**"그때는, 누구를 연기한 걸까?"**

"누구? 자기 역할, 아닐까요?"

그때…… 라는 건 연극부 공연일. 그 무대 위에서를 말하는 거지?

"글쎄~. 나도 잘은 모르겠지만, 역할을 연기하는 것만이 연기가 아니다, 라는 말 들어본 적 없어~?"

"텔레비전에서 유명한 배우가 그런 말을 했던 것도 같아. 아, 끼어들어서 미안해."

오토이 씨의 질문에 답한 이는 오즈였다.

"아냐, 괜찮아. ……흥미가 있으니까, 들려줘."

"명조연으로 유명한 사람이었어. 아마…… 연기란 역할을 연기하는 것이 아니라, 역할을 통해 자기 안의 모르는 자신의 측면을 끌어내는 것이다…… 라고 했을 거야."

"바로 그거야~. 으음, 오즈는……."

"괜찮아. 이로하에 관한 거라면, 이미 알고 있어."

오토이 씨의 시선에 담긴 의미를 눈치챈 나는 고개를 끄덕였다.

"오케이~, 그럼 말할게~. 코히나타는 팔색조 목소리를 지닌, 엄청난 연기자지만~, 한 걸음 더 도약하기 위한 과제도 있다고 생각해~. 자기 자신을 너무 드러내지 않는다고나 할까~."

"뭐, 그건 그래요."

그 녀석은 많은 이들을 신경 쓰며, 다양한 가면을 쓰고 있다.

그리고 새로운 가면을 써서, 나를 대할 때 보여주는 그 자연스러운 모습을…… 짜증스러운 모습을 누구에게도 보여주지 않으려 했다.

그래서 연기 면에서 보자면, 이로하는 완벽하게 타인이 되기에 그중 누구도 진짜 이로하가 아니었다.

—코쿠류인 쿠게츠 때를, 제외하고 말이다.

그래서 그 녀석의 가면을 벗겨내고, 맨 얼굴을 드러내기 위한 첫 길음을 내딛게 하고 싶어서…… 내 프로듀스를 진행시키고 싶어서, 미스 콘테스트에서의 대립이라는 바보 같은 짓을 벌인 것이다.

하지만 일전의 연극부 무대에서도, 그 녀석은 본성을 드러내고 있었다……는 건가……?

"그 역할의 어디서 이로하다움이……?"

"그걸 눈치채지 못하는 게 참 아키답다니깐~. 뭐, 안 가르쳐줄 거야~."

"어……."

"나도 오토이 양의 의견에 동의해."

"오즈도 눈치챈 거야? 뭐야? 대체 무슨 소리를 하는 건데?"

"가르쳐줘도 되겠지만, 그건 스스로 깨닫지 않으면 의미가 없을 것 같거든. 뭐, 어렴풋이 눈치를 채고 있는 것 같고 말이지.”

“…………….”

두 사람이 말하고 싶은 건, 즉, 그건가.

그 연극에서의 히로인은— 이로하는, 주인공에게 애틋한 마음을 품고 있었다. 만약 그게 허구의 주인공이 아니라, 나를 향한 것이었다면…….

……………. 뭐 그딴 과대망상이 다 있어. 이로하가 동정이라며 나를 놀리는 것과 동급의 발상이잖아.

물론 만에 하나, 이로하가 진짜로 나를 좋아한다는 가능성이 쥐꼬리만큼은 존재할지도 모른다는 생각이 안 드는 건 아니라고는 할 수 없을지도 모르지만…… 아, 큰일이다. 생각이 정리되지 않아서 그런지 말이 너무 두서없다.

“아하하. 꽤 괜찮게 오버히트 중이네. 컴퓨터라면 팬이 마구마구 도는 상태인가?”

“뭐~, 사소한 건 제쳐두고~. 일단 아키는 프로듀서 시점을 내려놓고, 평범한 남자애로서 코히나타를 대해봐~.”

“하지만, 그 녀석과는 약속을 했어. 프로듀서로서—.”

“오케이~ 오케이~. 귀찮으니까 네 미래를 점쳐줄게~. 자, 손 내밀어봐~.”

“어? ……잠깐?!”

느닷없이 점술사 설정을 떠올린 오토이 씨는 내 손을 움켜잡았다.

체온이 낮은 편인 그녀의 손은 차가웠고, 그 감촉은 인형처럼 매끄러우면서 살짝 딱딱했다. 사사라와는 대조적인걸. 그런 생각이 머릿속을 스쳤는데, 요즘 여자애와 스킨십을 하는 일이 많지 않아? 그런 평범한 남자애 같은 생각도 했다.

"그럼 점칠게~."

손금을 보는 걸까? 그렇게 생각한 순간, 손 위에 묵직한 무언가가 놓였다.

어찌 된 건지, 내 손에 수정구슬이 놓였다.

"으음. 으으음~. 보인다~."

"수정구슬 점이냐! 왜 일부러 내 손 위에 올려놓은 거야?!"

"들여다보는 게 귀찮거든~. 눈높이까지 들어줘~."

"게으름에도 정도라는 게 있는데……."

"오~. 보인다, 보여."

"HAHAHA. 혈액 클렌징급으로 신빙성이 끝내주네요."

메마른 헛웃음을 흘리며 빈정거리는 나를 개의치 않으며, 오토이 씨는 수정구슬에 비쳐 보이는 눈을 약간 가늘게 뜨면서 의미심장하게 으음~ 하고 신음을 흘렸다.

"행복을 거머쥐고 싶다면…… 1학년…… 아~, 몇 번이었더라. 아무튼 코히나타의 반에 놀러 가~ 라고 나왔어. 마침 미스 콘테스트의 준비를 시작하기 전의 이 시간에, 그 애가 당번을 하는 것 같거든~."

“점술사가 사심을 가지고 내놓은 결론이 확정된 점에 의미가 있을까요?”

“불만 있어~? 녹음 장소와 엔지니어를 따로 구할 수 있다면 클레임도 받아줄게~.”

“죄송해요, 봐주세요, 뭐든 시키는 대로 할게요!”

사람이 애걸복걸하게 만드는 게 특기라니깐. 아니, 오토이 씨는 딴죽조차 허락하지 않는 최강 캐릭터야.

그런 우리의 대화를 옆에서 듣고 있던 오즈가 더는 못 참겠다는 듯이 웃음을 터뜨렸다.

“아하하. 역시 아키도 오토이 양 앞에서는 고개를 못 드는구나.”

“그래서 괴로워…….”

“뭐, 나도 권하도록 할까. 이로하한테 가 봐. ……이로하의 반은 메이드 카페를 한 댔지? 아키와 와주기를 기다리고 있지 않으려나.”

“그래……. 그럼 오즈도—.”

“오빠가 오면 극도의 수치심 탓에 골로 가지 않을까? 이 상황에서도 눈치 없는 소리 할 거야?”

“……뭐, 그것도 그래.”

이로하가 나를 따른다는 건, 물론 자각하고 있다.

하지만 그것이 이 녀석들 말처럼 연애 감정에서 비롯된 것인지는 알 수 없다. 그리고 그것을 입증하는 것에 따른 위험

부담도…… 지금의 나는 짊어질 수 없고, 설령 진짜로 그럴지라도 이로하는 내가 나서기를 바라지 않을…… 거라고, 생각한다.

나와 같은 꿈을 품고 있다면, 그것만은 틀림없을…… 거라고 믿고 싶다.

하지만…….

자기를 따르는 후배가 문화제에서 하는 가게에 얼굴을 비추는 건, 진실이 어떨지라도 문제 되는 행동은 아닐 것이다.

"다녀올게."

"그래~. 잘 다녀와~."

"다녀 와. **후야제 댄스 때 보자.**"

"응? 너, 이렇게 자신감 넘치는 캐릭터였어? 뭐, 실제로 우승 후보겠지만 말이야."

"글쎄, 어째서일까~?"

오즈의 말이 마음에 걸려서 되물었지만, 그는 가볍게 어깨를 으쓱할 뿐이었다.

위화감의 실이 뇌 구석을 휘감는 감각을 느끼면서도, 미스콘테스트 준비에 착수할 때까지 남은 시간은 얼마 안 된다.

"뭔가를 꾸미고 있는 것 같기는 한데…… 뭐, 됐어. 어쨌든 나는 반드시 이기고 올라갈 거야. 후야제, 각오하고 있으라고!"

나는 그렇게 말한 후, 오즈와 오토이 씨를 남겨둔 채 빠른 걸음으로 점집을 나섰다.

스마트폰으로 시간을 확인했다.

괜찮다. 아직 미스 콘테스트 준비를 시작할 때까지 시간이 있다. 그것은 미스 콘테스트 참가자인 내가 가장 잘 안다.

솔직히 말해 이로하의 메이드 카페에서 어떤 표정으로 접객을 받으면 될지 모르겠다.

그 녀석이 품고 있는 호의의 정체도, 내 마음의 정체도 잘 모르겠다.

그런 상태에서 무슨 말을 하면 좋을지 솔직히 모르겠지만…….

……귀여운 후배가, 쓸쓸해하게 둘 수는 없다고.

*

목적지인 교실의 위치는 정확하게 파악하고 있다. 이로하 공인 스토커였던 덕분이다.

교실로 이어지는 길은 내 가르침(의도한 것은 아니지만)에 따라, 간판과 벽보로 철저하게 안내되고 있었다.

덕분에 길을 헤매지 않고 올 수 있었다.

내가 가면, 이로하는 어떤 식으로 접객을 해줄까.

클래스메이트가 보고 있으니 청초한 영국 메이드 풍의 완벽한 연기를 선보일까?

아니면 남들에게 들키지 않도록 조심하며, 몰래 짜증 메이드 스타일을 보여줄까.

아니면 최근의 지인 연기 모드일지도 모른다.

마시로 느낌의 매몰찬 메이드, 스미레(교사 버전) 느낌의 연상 사디스틱 메이드, 오토이 씨 느낌의 나른 메이드, 아니면 카나리아 리스펙트의 아이돌 메이드…… 우리 주위에는 특징적이고 개성적인 녀석들이 많아서, 어느 패턴도 꽤 신선하고 재미있는 메이드 스타일을 감상할 수 있을 것 같았다.

어쩌면 『검은 염소』의 신 캐릭터를 써먹는 것도 괜찮을지 모른다.

그런 생각을 하면서, 본격 영국 가페라고 적힌 간판 옆을 지난 나는 교실 안으로 들어갔다.

교실 절반을 객석으로 채우고, 남은 절반을 암막으로 가린 주방(커피메이커와 전자레인지가 놓여 있을 것이다)으로 꾸민 공간이었다.

내가 찾는 인물, 이로하는 입구에 서서 손님이 다가오자마자…….

**"다녀오셨습니까, 주인님."**

**"하필이면 연극 모드의 미도리 부장이냐……."**

절망적인 수준의 교과서 읽는 목소리로 접객을 했다.

전부터 어렴풋이 느끼긴 했는데, 이로하의 캐릭터 이해도는 좀 너무하네!

지옥의 특훈을 거치면서 미도리의 연기력은 꽤 봐줄 만한 수준이 되어서, 지금은 이런 교과서 읽기는 안 하게 됐다. 뭐, 기억에 똑똑히 남아 있는 부분을 재현하는 걸 테니 어쩔 수 없나.

"뭐야, 오오보시. 무슨 볼일 있어?"

은색 쟁반을 옆구리에 낀 이로하는 미도리 특유의 뾰로통한 태도로 그렇게 말했다.

목소리에도 억양이 되돌아왔다.

아무래도 메이드 연기를 하는 미도리를 연기할 때는 교과서 읽는 말투지만, 메이드 연기를 하지 않는 미도리를 연기할 때는 평소의 부장이 되는 것 같았다. 되게 복잡하네.

"본격 영국 카페가 어떤 곳인지 궁금해서 말이야."

"그래? 그럼 자리로 안내할 건데, 규칙을 지키며 얌전히 커피를 마셔. 알았지? 실수로라도, 메이드에게 흑심을 품거나 하면 안 돼!"

"당연하지. ……미도리 연기의 완성도가 상당한걸."

그야말로 미도리가 입에 담을 법한 대사였다.

이로하와 미도리. 표면적으로는 두 사람의 성격은 전혀 비슷하지 않지만, 둘 다 연기를 좋아하기에 뿌리가 되는 부분에는 비슷한 구석이 있는 걸지도 모른다.

원래는 엔터테인먼트와 연기에 흥미가 많지만, 그것을 겉으로 드러내지 않으려고 숨겨온 이로하. 그리고 미도리는…… 미도리는 뭐지? 아, 그래. 실은 성지식이 풍부한 변태지만 우등생이라는 점인가. 뭐, 푼수끼가 좀 있어보이지만 말이야.

그런 생각을 하는 사이, 미도리—가 아니라, 이로하가 나를 창가 좌석으로 안내했다.

이로하에게 접객을 받는 주위 남성 손님들이 부럽다는 듯이 쳐다보고 있었다.

교실에서도 항상 주목을 받는 이 친구 여동생은 메이드가 되어도 엄청 인기인 것 같았다.

가게 곳곳에서 날아오는 시선을 한 몸에 받는 이로하의 복장은 이 가게 콘셉트인 본격적인 영국 메이드 의상이다.

발목까지 가리는 긴 치맛자락에, 어깨와 배 부분은 흰색 앞치마에 감싸여 있고, 그 안에 입은 검은색 원피스가 가슴 언저리에서 드러나고 있었다. 볼륨감 있는 가슴이 앞 단추를 압박하고 있으며, 청초한 인상 속에도 가슴 뛰게 하는 색기가…… 헉! 이러면 안 되지.

아무튼 남성 손님들의 눈길을 끄는 게 납득이 됐다.

"이 자리에 앉으세요."

"아, 그래. 땡큐."

나는 이로하가 뒤로 당겨준 의자에 앉았다.

이로하는 주인의 곁을 지키는 메이드처럼 내 옆에 서며 청초한 분위기를 자아냈다.

“내, 내가 이 자리 담당이니까, 주문이나 요청할 게 있으면 뭐든 다 말해. 야, 야한 짓 말고는 뭐든 괜찮아.”

“그런 주석은 안 붙여도 돼.”

야한 게 선택지에 들어가는 가게라면 위험천만하잖아.

“그런데 자리별로 담당자가 있구나.”

“응. 기본적으로 입구에서 안내를 맡은 메이드가 그대로 담당하게 되어 있어. 요청한다면 특정 메이드를 붙여주기도 하는데, 그건 아는 사람이 왔을 때 한정이야. 기본적으로 아가씨 지명 제도 같은 개념은 없어.”

“비유 표현도 미도리 부장 그 자체네……. 그런데, 용케 네가 비어 있었네. 인기가 많으니까 다른 자리를 담당하고 있어도 이상할 게 없잖아.”

나는 문뜩 머릿속에 떠오른 소박한 의문을 입에 담았다.

그러자 이로하의 얼굴이 새빨갛게 달아오르더니, 몸을 힘차게 앞으로 쑥 내밀었다.

“뭐……?! 아아, 아냐! 딱히 선배— 오오보시가 올까 해서, 비워둔 게 아니거든?!”

“으, 응. 뭐, 일부러 나를 위해 비워둬봤자 메리트가 없지.”

그건 그렇고, 정말 완성도가 높다. 진짜로 미도리 그 자체다.

얼굴은 매일 내 방에서 보는 친구 여동생— 이로하지만, 표정은 미도리 그 자체였다. 그 탓에, 한순간 여기에 미도리가 있다는 착각마저 들 정도였다.

아까 대사도 미도리가 충분히 말할 법한—.

……어?

……어어?

어라, 위화감이 느껴지는걸. 이로하 녀석은 아까 나를 「선배」라고 부르려고 했잖아.

방금 그 츤데레 대사는 미도리를 연기하기 때문에 나온 걸까?

아니면, 이로하 자신이 한 말을 허둥지둥 미도리의 말로 조율한 걸까?

……어느 쪽이든 상관없다고 생각하면서도…….

그것이 어느 쪽이냐에 따라, 이로하의 마음에 한층 더 깊이 들어갈 수 있을 것 같은 예감도 들었다.

그런 내 생각을 방해하려는 듯, 내 눈앞에는 턱 하는 소리를 내며 고급스러운 가죽 메뉴 책자가 놓였다.

"자, 주문해. 추천 메뉴는 브라질산 커피콩을 이용한 드립 커피와, 오므라이스…… 아, 오므라이스라고 해도 메, 메이드의 애정을 담아 모에모에큥! 같은 건, 아, 안 해줘."

"그런 건 기대한 적 없어. ……일단 추천 메뉴 두 개를 부탁해."

……뭐, 됐나. 신경쓰이는 부분이 있지만, 지금은 이로하의 접객이나 즐기자.

좋은 선배로서, 후배의 노력을 지켜봐 줘야겠지.

알겠습니다, 하고 말하며 공손히 고개를 숙이며 예를 표한 이로하는 암막 뒤편으로 들어갔다.

그 뒷모습을 보면서, 문득 일말의 아쉬움을 느꼈다.

이로하, 메이드. 이 조합으로 평범한 우등생을 연기하고 있다는 사실이 아쉬움을 자아냈다. 내가 보고 싶었던 것은 이게 아니라는 느낌이 들었다. ……미도리는 평범한 우등생이 아니란 딴죽을 받을지도 모르지만, 지금의 논점은 그게 아니다.

역시, 원래 이로하의 메이드 버전을 보고 싶은걸.

그리고 잠시 후, 전자레인지로 만든 오므라이스(그래도 접시가 고급품이라 맛있어 보인다)와 커피가 놓인 쟁반을 든 이로하가 돌아왔다.

참고로 영국 카페인데 홍차가 아니라 커피를 내주는 거냐는 딴죽이 머릿속을 한순간 스쳤지만, 영국인 중에는 커피를 즐기는 사람도 많다고 들은 데다 학교 문화제에서 그런 사소한 부분을 지적하는 것도 지성이 모자란 티를 내는 것 같아 입을 다물었다.

"드세요."

이로하는 그렇게 말하며, 내 눈앞에 찻잔을 뒀다.

김이 모락모락 나는 검은 액체를 바라보며, 나는 이로하를 올려다보았다.

"저기, 하나 더 주문해도 돼?"

"벌써 다음 주문이야? 괜찮지만, 괜히 음식을 많이 주문해서 남기는 건 매너 위반이야."

"걱정하지 마. 내가 부탁하고 싶은 건 식사도, 커피도 아니거든."

"뭐?"

오므라이스를 테이블에 놓으려던 이로하가 움직임을 멈추며 어리둥절한 표정을 지었다.

"다른 손님에게 들키지 않을 정도라도 되니까…… 미도리 흉내 말고, 원래의 네 모습으로 접객해주지 않겠어?"

"……윽."

"뻔뻔한 소리라는 건 알아. 너의 원래 모습이 걸린 미스 콘테스트를 앞두고 있으면서 이딴 생각을 하는 내가 한심하긴 해. ……하지만 이 가게는 후배의 노력이 이뤄낸 성과잖아. 선배로서, 이것만은 평소의 우리 모습으로 체험하고 싶어."

나는 솔직한 마음을 있는 그대로 입에 담았다.

이로하는 볼을 붉히더니, 눈을 치켜뜨며 미도리의 표정으로 화내려 했다.

하지만 곧 하아~ 하고 가늘게 한숨을 내쉬었다.

"선배를 저를 너무 좋아하는 거 아니에요?"

"뭐, 좋아하고 말고를 떠나 귀여운 후배이긴 하잖아. ……인정하는 건 싫지만 말이지."

"흐음~. 그렇게까지 말한다면, 조금은 어울려드릴게요."

입술을 삐죽 내밀며 그렇게 말한 이로하는 다른 클래스메이트의 시선을 확인하는 건지 주위를 둘러보았다.

그리고 지금 아무도 쳐다보지 않는다는 걸 확인한 순간, 입가를 짜증스럽게 씨익 하고 일그러뜨리면서…….

"정말, 욕심 많은 주인님이라 곤란하다니까요☆"

"……아!"

이거다, 하고 생각했다.

내 신경을 곤두서게 만드는 듯한, 골수까지 울컥하게 만드는 저 짜증스러운 미소!

요즘 들어 못 봤던, 이로하가 지닌 본연의 매력적인 표정!

그리움에 젖어 들며 온몸을 떨고 있는 나에게 얼굴을 들이민 이로하는, 손에 쥔 스푼으로 오므라이스를 뜨더니 뜨거운 김이 피어오르고 있는 반숙 달걀에 덮인 그것을 내 입 쪽으로 내밀었다.

냉동식품인데 왜 이렇게 맛있어 보이는 거지. 뭐, 요즘 냉동식품은 예전 이미지로는 상상이 어려울 만큼 맛이 개선되어 참 맛있지만 말이다.

"자, 아~ 해보세요. 주, 인, 님☆ ……하~지~만~. 순순히 제가 먹여주는 걸 먹는다는 건, 패배를 받아들인다는 의미거든요? 저한테 보살핌을 받기나 하는, 한심~한 남자애로 전락한다는 의미거든요?"

"다시 해."

"엥?"

"치근덕이 너무 노골적이야. 좀 더 자연스럽게! 평소 느낌으로!"

"너무 무리한 요구 아니에요?!"

……확실히 무리한 요구라고 나도 생각한다.

시추에이션이 이미 부자연스러운데 태도만 자연스럽다는 건 무리한 이야기다.

"그런 건 집 안에서만 하면 안 될까요?"

"뭐, 그래. 그럼 집 밖에서의 치근덕으로 부탁해."

"네~ 네~. 정말~, 선배는 참 제멋대로라니까요. 자~. 에잇."

"우읍?! 잠깐, 아뜨뜨?!"

이로하가 닫힌 내 입술 틈새로 스푼을 밀어 넣자, 나는 무심코 몸을 뒤편으로 젖혔다.

입술이 케첩으로 범벅이 된 게 느껴졌다.

"봐요~. 순순히 『아~』를 안 하니까, 입가가 피에로처럼 됐잖아요~. 노란색 비옷 입은 남자애를 노리며 하수구에서 스탠바이할 거예요?"

"시대를 초월해 화제가 되고 있는 호러 영화의 스포일러 좀 하지 마. ……자, 이제 됐지?"

나는 눈을 감으며, 입술을 퉁명스럽게 내밀었다.

참 부끄러운 행동이었으며, 시각을 차단한 것은 악수였을지도 모른다고 곧 후회했다.

지금은 쳐다보는 사람이 없지만, 같은 공간 안에 다른 손님과 학생이 있다.

시각을 차단하면서 청각에 집중하게 되자 주위의 대화와 술렁임이 더 선명하게 들리면서 존재감이 강해졌고, 들키는 건 아닌가 싶은 두려움이 증폭됐다.

그런데도, 이로하의 얼굴은 보이지 않았다.

이 녀석이 지금 어떤 표정으로 나를 보며 웃고 있을지 상상하니…… 응, 꽤 귀여운걸.

어둠 속에서, 이로하의 짜증 페이스를 상상하고 있을 때…….

—쑤욱!!

"우읍?!"

입 안에 오므라이스가 쑥 들어왔다.

인정사정없이 입안에 밀려들어온 그것을 허둥지둥 씹어먹었다. 요즘 냉동식품은 부드러우면서도 탱글탱글한 게 참 맛있는걸, 같은 음식 평가 같은 걸 할 여유는 없었다. 곁에 있던 물잔을 들고 물을 들이켜자, 입안의 음식이 순식간에 위장 안으로 들어갔다.

"하아, 하아…… 너, 뭐 하는 거야……?!"

"상냥하게 먹여줄 거라고 생각했어요? 제 마음은 존중하지 않으며 미스 콘테스트에서 대립하기로 해놓고, 진심으로 이 순간만큼은 짜증꽁냥할 수 있을 거라고 생각했어요? ……유감이네요! 저도 진짜로 열받았다고요. 바보~ 바보~."

"으윽…… 대꾸할 말이 없어……."

"진짜로 반성하세요! 흥흥! 멋대로 남의 마음을 휘둘러놓고…… 은근슬쩍 제가 기뻐할 소리를 늘어놓는 건, 약아빠졌잖아요."

"어? 방금 뭐라고 했어?"

후반부의 말은 너무 작아서 들리지 않았다.

"방금 그 대꾸는 너무 전형적이지 않아요?! 이로하 님은 실망했어요."

"되물었을 뿐인데, 왜 디스하는 거야?! 한 번 더 말해주면 되잖아!"

"싫~어~요! 죽어도 다시 말해주지 않을 거예요!"

"반응을 보아하니, 중요한 정보를 늘어놓은 게 분명하네. 수많은 게임과 만화를 접해온 게임 프로듀서를 얕보지 마. 그런 곳에 치명적인 엇갈림을 부르는 성가신 계기 같은 게 박혀 있다고!"

"말~ 안~해~요~. 선배 같은 건 성가신 일에 휘말려서 괴로움에 몸부림치라고요!"

"인마…… 러브코미디 주인공은 정석적이니 귀머거리니 같은 비판을 듣지만, 남에게 들리지 않게 중얼거리거나 다시 말해주지 않는 히로인에게도 책임이 있거든?!"

"아~, 그렇게 여자애에게 책임 전가를 하는 건가요~. 어~엄~ 청~ 꼴사납네요! ……여자 마음 정도는 알아달란 말이에요."

"또 안 들리는 목소리로 중얼거렸잖아!"

"귀의 감도를 3000배로 만든 후에 다시 오면 되겠네요!"

가는 말이 고와야 오는 말이 곱다. 그러니 폭언이 날아오면, 폭언으로 응수하고 만다.

이곳에서는 다투고 싶지 않았다.

역시 전쟁 중인 두 국가 사이의 일시 휴전이 쉬이 가능할 리가 없지…….

뭐, 그래도 이렇게 다툴 때가 이로하답다고나 할까.

다른 사람을 연기하는 모습이 아니라, 원래의 이로하와 이렇게 이야기를 나눈다는 사실 자체에 나는 마음 한편으로 안도했다.

술렁…… 술렁…… 술렁…….

하지만 목소리가 너무 컸는지, 서서히 주위의 시선이 우리에게 몰렸다.

나로서는 이로하의 치근덕을 남들이 목격하는 것을 대환영하지만—.

"입가에 케첩이 묻었답니다, 주인님♪(청초)"

알 고 있 었 다.

그래. 남들이 보는 데서는 짜증스러운 모습을 감추겠지.

"자, 닦아드릴게요."

"……고, 고마워."

이로하가 종이 냅킨으로 내 입술을 닦아주는 동안, 나는 가만히 있었다.

"저 남자, 너무 부러워……."

"청초한 메이드가 입술을 닦아주잖아. 저건 실질적으로 식사 후의 잔심(殘心)이야. 그야말로 무도의 심득과 서양 문화의 융합. 동서양 절충의 극치인걸."

"빅토리아 메이드 이로하 양이라, 아르누보의 재림을 통한 모더니즘이네."

선망의 목소리가, 계속 이어졌다.

남성 손님들의 목소리가 아까보다 선명하게 들렸다.

청초 이로하를 높이 평가하기는. 하나 같이 뭘 모른다니깐. 지금의 이로하는 변신을 3회 남겨둔 상태인데!

이로하의 귀에도 그들의 목소리가 전해진 건지, 남들에게는 보이지 않도록 위치를 신경 쓰면서 도전적인 표정을 지었다.

"어때요, 선배. 청초한 저는 엄청 인기 있지 않나요?"

"짜증스럽다면 그 백 배는 인기 있을 거야."

"그래도, 선배 따위에게 질 것 같지는 않거든요?!"

"뭐, 됐어. 그 청초한 가면을 두 시간 후에 벗겨주지. 각오나 해."

"앗, 그렇게 걸리지 않아요."

"어?"

"지금 바로 벗을 거예요. 아직도 시도해보고 싶은 게 남았거든요. 그~러~니~까~—."

스읍 하고 숨을 들이마시고, 내쉬더니…….

철컥. 눈동자 홍채가 스위치를 돌린 것처럼 크기가 변하더니, 이로하는 자신의 몸에 빙의시키면서 입을 열었다.

**"—시킬 일이 있으시면 불러 주십시오, 주인님."**
"그걸로 되돌아가는 거냐."

좋게 말하면 원점 회귀, 나쁘게 말하면 도로아미타불.
카게이시 미도리 IN 이로하의 교과서 말투 연기에 등골이 쏙 빠져버린 것처럼 힘이 쭉 빠진 나는 전의를 유지한 채 미스 콘테스트에 나갈 수 있을지 일만의 불안을 느끼며 커피를 홀짝였다.

*

특별 교실관 4층. 구룡성채 같은 책상 바리케이드……가 있던 입구에는, 책상이 정리 정돈 및 복도 구석으로 옮겨지면서 잘 청소가 된 복도가 드러났다.
공간이 차단된 건 아니지만 아래층과 분위기가 너무 달라서 문화제가 열린 지금도 다른 차원 같은 정적에 감싸여 있었다.
이로하의 교과서 말투 접객에 힘이 다 빠진 후, 나는 미스 콘테스트 준비를 위해 드레스룸으로 이동해야만 했다.

장소는— 놀랍게도, 연극부 부실이다.

미스 콘테스트 참가자는 나 말고 전원이 여자이기에 같은 대기실을 쓸 수 없어서, 문화제 실행위원인 미도리가 직접 수배가 전용 드레스룸이 바로 여기다.

"안녕. ……아, 먼저 왔구나."

"앗! 빨리 왔네. 시간에 맞춰 와서 다행이야."

연극부실에는 손님이 와있었다.

그것도 한 명이 아니라 두 명이다. 나한테 대꾸를 한 미도리가 방금까지 즐겁게 이야기를 나누던 상대는, 몸에 딱 붙는 정장으로 섹시한 몸매를 드러내고 있는 우리 학교 굴지의 가면 쿨 뷰티였다.

바로 카게이시 스미레였다.

"왔구나, 오오보시 군."

"어째서 여기에 선생님이 있는 거죠?"

"만화 제목 같은 의문이네."

"어, 만화? 언니, 만화 같은 대중적 오락에 한눈팔면 안 된다고—."

"요즘 학생한테 몰수한 만화의 제목이 그런 느낌이라서 작금의 유행이라 판단했을 뿐, 절대로 살짝 에로틱한 전개를 손쉽게 즐길 수 있는 좋은 콘텐츠란 동기로 전자 서적 전권을 구매한 건 아냐."

말이 엄청 빠르네.

"아~, 그렇구나~. 하긴, 언니가 만화 같은 걸 볼 리가 없잖아."

"응. 그래. 나는 일편단심 교육자인걸."

"맞아. 교직원도 문화제에 참가해서 즐겨도 되는데, 언니는 드레스룸 허가를 내줬을 뿐만 아니라 감독까지 맡아줬어. 언니가 너무 일만 하는 것 같아 걱정돼. 좀 쉬는 게 어떨까?"

"후후. 미도리는 상냥하네. 그래…… 일이 일단락되고 나면 장기 휴가를 가지는 것도 괜찮을지도 모르겠어."

멋진 말을 늘어놓고 있지만, 이 사람은 최근에 그랜판7 리메이크에 빠져 지냈어.

그리고 여기에 온 것도, 감독을 핑계 삼아 불순한 목적이 있을 게 뻔해.

"선생님, 잠시 저 좀 봐요."

나는 스미레의 어깨에 손을 얹으며 미도리와 거리를 벌렸다.

미도리가 약간 삐친 표정을 지었지만, 나는 개의치 않으며 스미레와 귓속말을 했다.

"……미도리 부장한테는 아직 진실을 커밍아웃하지 않은 거야? 할아버지한테는 무라사키 시키부 선생님이라는 걸 들켰으니까, 같은 학교에 있는 가까운 친동생한테는 빨리 털어놓는 편이 좋을 거라고."

"무, 무리야! 미도리는 나를 엄청 리스펙트하고 있거든?!

게다가 외골수 같은 면도 있으니까, 이상과 현실의 차이를 버티지 못해 무슨 짓을 벌일지…… 부들부들."

"시한폭탄이나 다름없다고 생각하는데……."

나한테도 부메랑이 되어 되돌아올 안건이기 때문에, 세게 나가지 못하는 게 문제다.

제삼자의 시점에서는 얼마든지 합리적인 조언을 해줄 수 있는데 말이야.

"그리고 일편단심 교육자는 무슨. 내 여장에 흥미가 있는 것뿐이잖아."

"딩동댕!"

"대놓고 인정하지 마, 바보야."

"아얏. 미도리한테 안 보이도록 교묘하게 옆구리 좀 찌르지 마."

"옆구리가 아니라 경문(京門) 혈이야."

"혈의 정식 명칭 같은 건 아무래도 상관없어! 잠깐만, 효과가 너무 좋아, 느낄 것 같아! 그만해! 미도리한테 언니의 한심한 모습을 보여줄 순 없어……!"

금방이라도 다리가 풀려버릴 것처럼 부들부들 떨면서도, 스미레는 입술을 깨물며 강철의 가면을 유지했다.

그런 우리의 뒤편에서, 미도리의 미심쩍은 목소리가 들려왔다.

"거기 두 사람, 너무 붙어 있는 거 아냐?! 그리고 방금

『항문』이란 단어가 들린 것 같은데, 서, 서, 설마, 음란한 짓을 한 건……!"

"그런 말 안 했어. 경문이야, 경문. 풍기문란 그 자체인 너의 귀와 뇌를 갈아 끼우는 게 어때?"

나는 딴죽을 날리면서 자연스럽게 스미레한테서 떨어졌다.

"금방 폭주하는 버릇을 고치는 편이 좋지 않을까? 피로가 풀리는 혈을 눌러줬을 뿐이거든."

"아, 앗, 그랬구나. 미안해. 피로가 풀리는 혈을 눌러줬을 뿐이구나."

"그래. 음란한 의도가 있을 리 없잖아. 이건 지극히 일상적인 행위야."

"그래. 피로가 풀리는 혈을 눌러주는 건, 지극히 일상적인…… 어, 아냐아냐아냐! 말도 안 되는 억지 주장 펼치지 좀 말아줄래?! 나는 안 속아! 학교에서 대뜸 혈 마사지를 시작하는 건, 야외 플레이나 다름없거든?!"

"이퀄은 말도 안 된다고 생각하는데…… 하다못해 근삿값으로 해줘."

"아, 그래. 두 가지의 공통항목을 억지로 엮어서 동일시하는 건, 똑똑한 생각이 아니…… 자, 잠깐만! 이건 아냐. 영문 모를 이 아슬아슬한 교섭은 대체 뭐야? 지금 논점은 그게 아니거든?!"

"확실히 논점에서는 벗어났을지도 몰라. 하지만 거꾸로 생각해봐. 만약 그게 논점이라면, 인류는 왜 세계 평화를 실현하지 못하는 걸까?"

"어려운 명제네. 애초에 세계평화란 개념의 정의…… 하아아아아아아아아아, 정마아아아아아아아알!! 지금 할 이야기는 그게 아니잖아아아아아아아아아아아?! 억지로 화제를 돌리지 마!! 머리가 이상해질 것 같거든?!"

마치 세뇌 마법에 걸린 것처럼, 미도리는 머리를 감싸 쥐며 괴로워했다.

머리 회전이 너무 빨라서 억지스러운 화제 전환에도 따라올 수 있기에 거꾸로 고뇌하는 건가. 불쌍한걸.

불쌍하다고는 생각하지만, 나와 스미레의 관계에 대한 의혹이 흐지부지될 때까지는 무한 루프를 이어갈 수밖에 없으니 각오해. 인정사정 봐주지 않을 거야.

"……너희들, 뭐 하는 거야?"

그 목소리를 듣고 고개를 돌려보니, 토모사카 사사라가 어이없다는 표정으로 서 있었다. 교실 한복판에서 괴로워하는 미도리를 미심쩍은 듯이 쳐다보고 있었기에, 나는 엄지를 치켜들며 대답했다.

"미도리 부장을 가지고 노는 중이야."

"흐으음……?"

아, 진짜로 식겁한 것 같다.

고도의 비유 표현이었는데, 연애 청춘에 정신이 팔린 비

(非) 오타쿠 일반인의 독해 능력은 침팬지보다 못하다고 하니까 아마 이해 못 했을 가능성이 있다.

“카게이시 미도리 선배 맞지? 2학년 전교 1등에 문화제 실행위원장인 대단한 사람인 줄 알았는데, 그냥 괴짜잖아.”

“으윽.”

말로 된 화살이 미도리의 정수리를 꿰뚫었다.

대꾸할 말이 없다. 지당하기 그지없는 말이었다.

“그것보다 이 층 입구는 너무 더럽지 않아? 소문으로는 들었지만, 무슨 생각으로 학교 측에서 저렇게 내버려 두는 거야?”

“대뜸 상식인 시점에서 이야기하지 좀 마.”

이제까지 내가 마음속으로 날렸던 딴죽을 인정사정없이 입 밖으로 토해대는 거냐.

그 소박한 의문을 몇 번이나 삼켰던 나이기에, 그 성역에 흙 묻은 발로 들어서는 이 녀석에게 잔소리를 해야만 한다. 딴죽은 내 역할이니까, 너는 평소처럼 개그에나 전념하라고.

“그것보다 너, 코히나타 이로하와 그 새하얀 사람 말고도 여자가 더 있었구나…….”

“여자? 에이, 미도리 부장은 그런 게 아냐.”

“뭐어~? 흐음~?”

“뭐, 뭐뭐뭐, 뭐야?! 왜 이 타이밍에 나를 뚫어지게 쳐다보는 건데?!”

"저 남자, 좋아하지?"

"여, 여여여여, 영문을 모르겠네. 무무무무, 무슨 근거로……."

"『여』와 『무』를 연발하는 게 증거야."

"히익!"

"뭐~, 그냥 내 착각일지도 모르지만 말이야. 적어도 나쁜 마음은 없어 보이네. ……화려한 느낌은 아니지만, 카게이시 선배는 귀여운 편이잖아. 역시 이 남자는 평범남 주제에 이성한테 참 인기가 좋아……."

"아까부터 되게 무례하네……. 미도리 부장도 너의 그 말도 안 되는 소리를 듣고 곤란해하고 있으니까, 그쯤 해둬."

"뭐~? 말도 안 되는 소리? 아앙~? 너야말로 말도 안 되거든? 이건 딱 봐도 LOVE잖아. 다른 요청자도 없는데 특례로 미스 콘테스트 참가를 인정해주고, 일부러 전용 드레스룸까지 확보해준데다, 이렇게 동석도 했어. 이런데도 좋아하는 게 아니라는 게 말도 안 되거든? 이 상황에서 사랑받고 있다는 걸 눈치 못 채다니, 대체 얼마나 둔감—."

"거기까지만 해, 토모사카 양."

이유는 모르겠지만, 스미레는 어마어마한 박력을 뿜으며 사사라를 노려보았다.

그 험악한 표정을 본 바람에 마음속의 약한 면이 얼굴에 드러난 것처럼, 사사라는 허둥거렸다.

"어…… 아, 아, 니에요. 이건 비방이 아니라, 사실을 지적했을 뿐……?!"

"어느 쪽이든 상관없어. 그저, 마시로— 어험. 친구를 위해서도, 더는 라이벌이 늘어나게 둘 순 없어."

"어? 그게 무슨……? 라이벌이라니, 역시 이 남자는 엄청 인기—."

"눈앞의 호기심에 정신이 팔려서 본래 목적을 잃는 건 삼류야. 당신은 이 교실에 뭘 하러 왔는지 잊었어?"

"어, 앗~! 맞다! 노닥거릴 때가 아니었지. 내 준비도 해야 하니까, 지금 바로 화장을 시작할게."

스미레가 궤도 수정을 도모하자, 사사라가 바로 걸려들었다.

머리 회전이 너무 빨라서 이야기를 돌리려 한다는 사실에 끝까지 저항하던 미도리와 다르게, 참 단순한 녀석이다.

하지만 그것은 나쁜 일이 아니며, 사사라의 저런 순수함은 장점이기도 했다.

전 과목 100점 만점이란 말도 안 되는 일을 실현하는 킹 오브 우등생에 비하면, 아무리 전교 2등일지라도 평범한 사람에 지나지 않는다. 그녀가 상식적인 반응을 보이는 건 어쩔 수 없는 일일지도 모른다.

그래도 나한테 아무런 감정도 없는 미도리가 나와의 관계를 의심받게 해서 미안하달까, 그걸로 놀림을 당하면 여러모로 성가실 것 같았다. 땡큐, 시키부.

연극부실은 이것저것 잘 구비되어 있었다. 적당한 크기의 거울과 의자, 그리고 바퀴가 달린 사이드 테이블도 있었다.

일류급은 아니지만, 고등학생 레벨에서는 차고 남을 정도의 설비였다.

게다가 내 얼굴을 손봐주는 사람은 화장의 달인이다.

명필은 붓을 가리지 않는다고 하니, 이 정도 환경에서라면 일류 수준의 솜씨를 발휘하는 건 식은 죽 먹기일 것이다.

"흐음, 농땡이 안 부리고 매일 스킨케어를 했구나. 대단하네."

"알 수 있는 거야?"

"당근이지. 만져만 봐도 딱 알아~. 내가 아무리 알려줘도 작심삼일~인 애는 여자애 중에도 많거든~. 레알 대박이네."

"뭐, 내 장점은 뭐든 꾸준히 하는 것뿐이야."

"아하하, 웃기네. 네가 무슨 수행승이야~?"

절묘한 것 같지만 실은 전혀 절묘하지 않은 평범한 비유를 입에 담은 사사라가 여러 화장품을 내 얼굴에 발랐다.

잡담 중인데도 솜씨가 좋았다. 당연하다면 당연한 거겠지만, 비유는 서툴러도 화장은 뛰어났다.

그 후에 내 옷을 억지로 벗기더니, 미스 콘테스트용 의상을 입혔다. 그 후에는 몇 분 동안 화장 마무리 작업에 착수했다.

중간까지는 거울 속의 내가 점점 변화하는 모습을 확인할 수 있었다.

하지만 어느새 나는 눈을 감으며 잠에 빠져든 것 같았다.
"자, 다 됐어. 눈을 뜨고 거울을 봐. 자기 얼굴에 반하지는 말고~."
"앗, 어어……. 아니……?!"
사사라의 목소리에 정신을 차리며 시키는 대로 눈을 뜬 나는, 마주치고 말았다.
압도적인, 미소녀와.

"이게…… 나의 새로운 모습……?"

거울 속에 단아하게 있는 이는, 한낮의 정령. 호수에서 노닥이고 있는 미의 여신. 깊은 숲속의 덧없는 미녀.
마키가이 나마코 선생님이라면 심해를 우아하게 헤엄치는 클리오네라고 표현하지 않을까.
원래 흑발인 내 머리카락과 자연스럽게 조화를 이루고 있는 흑발 롱헤어 가발.
칠흑과 청색, 보라색 같은 차가운 느낌의 색깔로 이뤄진 드레스는 서양 마녀 같은 느낌을 자아냈다.
복장과 헤어스타일은 그래도 넘어갈 수 있다. 이런 것들은 퀄리티가 좋은 녀석을 준비하기만 하면 되니 말이다.
하지만 얼굴. 얼굴은 장난 아니다. 몸도 마찬가지다.
턱의 윤곽이 사라지고, 눈썹이 그려졌으며, 코는 오뚝한

데다, 눈의 형태도 테이프를 이용해 정돈됐다.

게다가 그런 처치가 이뤄졌단 사실은 완성된 얼굴만 봐서는 알 수 없을 지경이었다.

내가 무슨 말을 하고 싶은 거냐면, 어마어마한 미소녀가 됐다는 거다.

"정말…… 장난 아니네……."

"오, 오오오오오오오보보보보보보시가. 여, 여여여여여여자자자자자자자자자애애애애애애."

사사라는 실수했다는 듯한 목소리. 미도리의 최대 출력 진동음을 연상케 하는 반응.

그런 오버 리액션을 보이는 것도 무리는 아니다.

아름다운 건 얼굴만이 아니다.

어깨 폭과 근육을 어디 두고 온 거지? 하며 고개를 갸웃거리고 말 정도로 호리호리한 실루엣.

그리고 패드로 만든 것이지만 가슴의 볼륨도 상당했다.

그러면서도 노출도 제로인, 청초 오브 청초.

팔과 가슴과 다리조차 가리는 복장이 남자들에게 망상의 여지를 주고 있었다.

……실은 그런 효과를 계산한 게 아니라, 몸의 라인을 숨길 복장을 고르다 보니 결과적으로 이렇게 된 거지만 말이야.

남자들을 속이고, 손바닥 위에서 가지고 놀기 위해선 관계자 이외에게는 남자라는 사실을 들켜선 안 된다.

물론 올해 미스 콘테스트에서 수영복 심사가 폐지됐다는 건 사전에 조사해뒀다.

실행위원회를 이끄는 미도리의, 야한 건 좋지 않다고 생각해요! 라는 풍기를 사랑하는 그 한 마디가 나에게 유리하게 작용할 줄이야.

일부 남학생은 실망했겠지만, 미도리 이외의 여성위원의 표(오토이 씨만은 아무래도 상관없다는 쪽에 투표한 것 같지만)와 반대하면 성희롱이 될 분위기라 대놓고 반대 의견을 표명하지 못했다. 결국 사실상의 강행 채결이 된 셈이지만, 이제 와서 다시 거론할 가치가 없는 하찮은 일에 지나지 않는다.

"오오보시! 한 장! 딱 한 장만이라도 좋으니까 사진 좀 찍을게! 인터넷에는 절대 안 올릴 거야!"

"괜찮기는 한데…… 그건 나중에 아마추어물로 팔아치우는 녀석이 늘어놓는 대사잖아."

스마트폰을 쥔 미도리가 하악하악 하고 거친 숨을 내쉬면서 사진 촬영을 요청했다.

눈에 핏발이 선 그 모습은 솔직히 섬뜩했다. 이 순간, 성적인 눈길을 받고 불쾌해하는 여자애의 심정을 처음으로 체험한 걸지도 모른다.

"하아하아. 오오보시의 여장, 진짜 최고야……. 이게 아름다움의 폭력이구나……."

"되게 호들갑스럽네……. 뭐, 객관적으로 보더라도 상당한 미소녀이긴 해."

미도리는 찰칵찰칵 소리를 내며 사진 촬영을 해댔다. 한 장만 찍는다는 건 대체 무슨 소리였을까.

흥분한 미도리와 달리, 사사라는 침묵에 잠긴 채 새파랗게 질린 얼굴로 중얼거리고 있었다.

"큰일났네, 너무 의욕 냈어…… 위험해, 나보다 귀여워……."

"고마워, 토모사카. 덕분에 이로하를 쓰러뜨릴 수 있겠어. ……물론, 너도 말이지."

"크윽……!"

적인데도 불구하고 전력을 다해 나를 미소녀로 만들어준 이 장인에게 감사의 인사를 건넸다.

불평을 듣지 않을 만큼만 대충해주는 것도 가능했을 것이다.

하지만 그러지 않은 건, 그녀가 『아름다움』에 대한 압도적인 긍지를 지녔기 때문이다.

패션으로, 사진으로, 화장 기술로. 여자애의 모범으로서 SNS에 군림하는 여왕은, 그 긍지 때문에 최선을 다해 자기 소임을 다했다.

토모사카 사사라는 일반인이자, 오타쿠의 적에 가까운 가치관을 지닌 파티 피플 타입이지만…….

그와 동시에, 일류 크리에이터다.

"기어오르지 마! 좀 청초하고 미스터리어스한 매력을 갖췄다고 나한테 이길 수 있을 거라 착각하면 곤란하거든?! 나도 이제부터 최종 조정에 들어갈 거야! 절대, 절대절대, 저어어얼대! 안 질 거야~!"

사사라는 나를 손가락으로 가리키면서 그런 말을 늘어놓더니, 그대로 연극부실을 뛰쳐나갔다.

저런 모습이 참 어울리는 녀석이란 생각이 들었다.

어디 사는 채소 왕자 같은 양식미를 갖춘 매력적인 여자애다…… 그런 농담은 제쳐두기로 할까.

재가 이로하와 친구 사이가 된다면 정말 좋겠다는 생각이 들었다. 이번에 인연을 맺었으니, 다음에 기회를 노려볼까.

……어라? 그러고 보니 화장이 끝난 후로 스미레가 계속 조용한걸.

여장을 마친 나는 그야말로 미소녀다.

이성을 잃고 오타쿠 짐승이 되면서, 무라사키 시키부 선생님 모드로 빠져들어도 이상할 게 없다. 어쩌면 미도리 앞이라서 필사적으로 시키부로 변하는 것을 참고 있는 걸까.

나는 그렇게 생각하며 스미레 쪽을 쳐다보았다.

그러자, 《맹독의 여왕》 카게이시 스미레는 미간을 찌푸리며 표정을 한껏 굳히고 있었다.

"…………."

"스미레 선생님?"

"…………."

"저기요?"

"…………."

말을 걸어도 대답이 없었다. 표정도, 손가락 하나도, 꿈쩍하지 않았다.

이, 이거…… 혹시…….

"선 채로…… 기절했어……?!"

*

『미도리 부장은 피의 저주에 필사적으로 저항하며 우등생을 유지하고 있지만, 그 본질은 밝힘증 아저씨구나.』

『오즈, 그만해. 더 했다간 불쌍하니까 그쯤 해둬.』

## 008 제8화 …… 가짜 연인이 나한테만 미남

가을 느낌이 물씬 나는 산들바람에 검은 장발이 휘날리며……

학교 안뜰을 유유히 걷고 있는, 과묵하고 가련한 미녀가 한 명 있었다.

예술가가 남긴 한 장의 그림 같은 광경, 그 중심인물은 바로— 나.

곳곳에서 술렁거리는 소리가 들려왔다.

"어이, 저 미소녀는 뭐야?! 저런 애가 우리 학교에 있었어?!"

"드레스를 입은 걸 보면 미스 콘테스트 출전자일까? 미스 콘테스트는 외부인이 참가할 수 없게 되어 있잖아."

"그럼 우리 학교 학생인 거네. 맙소사. 저렇게 귀여운 애가 있었구나……."

걸어 다닐 뿐인데, 수군대는 목소리가 끝도 없이 들려왔다.

계, 획, 대, 로, 야.

나는 마음속으로 히죽거렸다.

겉모습을 귀엽게 꾸민 것은 물론이고, 걸음, 몸가짐, 표정. 그 모든 것이 남성 유저의 마음을 자극하기 위해 계산된 창작물(크리에이션)!

물론 이 세상에서 나만 이런 게 가능한 것은 아니다.

나와 마찬가지로 짙게, 오랫동안 손님의 욕망과 마주해왔다면 누구든 할 수 있을 것이다.

아무튼 나는 현재, 남자들의 마음을 거머쥐었다. 시선을 모으는 데는 성공했다.

미스 콘테스트 행사장으로 향하면서 시험 삼아 안뜰을 걸어본 것은 정답이었다.

즉, 예행연습이다. 건물 복도에서 내려다볼 수 있고, 한적한 장소에서 쉬고 있는 사람들의 눈길도 있는 이 장소라면 대중의 눈길에 평가받을 수 있다.

후후후. 콘테스트가 기다려지는걸.

그런 생각을 하며, 안뜰을 빠져나가려던 순간—.

술렁……. 남자들의 술렁거림 속에 새된 목소리가 섞여들었다.

여러 여자애들의, 꺄아~! 하는 날카로운 목소리였다.

……이상한걸. 원래 나를 아는 미도리나 스미레가 내 여장 모습에 과잉 반응을 하는 건 이해가 된다. 하지만 아무것도 모르는 여자애의 눈에 나는 그저 지나가는 미녀에 지나지 않는다. 저런 새된 보이스를 토할 이유가 없다.

고개를 갸웃거리며 고개를 들어보니…… 새하얀 장미가, 피어 있었다. 물론 비유적 의미다.

"아, 안녕, 아키. 멋진 모습인걸."

“……!”

한 손을 들어 보이며 스스럼없이 말을 걸어온 이는, 동화 속 왕자님 같은 옷을 입은 새하얀 머리카락의 미소년— 아니, 남장을 한 미소녀다.

한 번도 본 적이 없는 모습이지만, 그 목소리는 질릴 만큼 들었기 때문에 잘 안다.

츠키노모리 마시로. 내 사촌이자, 옆자리 클래스메이트이며, 가짜 연인이다.

그런 그녀가 어찌 된 영문인지 미남이 되어 눈앞에 서 있었다.

……그건 그렇고 마시로는 용케 이 미소녀가 나라고 단정 지었네. 역시 오랫동안 알고 지낸 나에 대한 후각 같은 것이 발달한 걸까?

“저, 저기 말이야. 아키가 여장을 하고 미스 콘테스트에 나간다니까, 마시로도, 남장을 하고 미스터 콘테스트에 나가기로 했어. 우리 둘 다 우승하면, 후야제 때 같이 춤출 수 있잖아.”

마시로는 배시시 웃었다.

아하, 그렇게 된 거구나. 그건 그렇고, 그 행동력에는 감탄을 금할 수가 없다.

“놀라게 해주려고 오늘까지 입 다물고 있었어. 어, 때?”

“…………”

"어, 어라? 아키…… 맞지? 왜 아무 말도 안 하는 거야?"

"……(부들부들)."

마시로가 불안 섞인 눈길로 나를 올려다보자, 나는 입 앞에 × 표시를 만들면서 아무 말 없이 고개를 좌우로 저었다.

지금은 무리, 라는 의미다.

겉모습은 완벽하게 미소녀로 변신했지만, 결국은 껍데기에 바꾼 것에 지나지 않는다. 만져보기만 해도, 옷을 벗기만 해도, 목소리를 듣기만 해도 정체가 들통난다. 까발려졌다간 치명적인 약점이 몇 개나 있는 불완전한 미소녀인 것이다.

어디서 누가 듣고 있을지 모르는 이 상황에서, 남성 보이스를 낼 수는 없다.

……말을 못 한다면 미스 콘테스트에서 불리하지 않냐고?

아무 문제 없다.

내 통계에 따르면, 수컷이란 생물 중 8할은 무뚝뚝한 미스터리어스 미소녀를 좋아한다.

그러니 침묵을 강요받고 있는 나의 이 족쇄는 절대적인 이점으로 기능할 것이다!

딴죽은 거부하겠다. 내 안에서는 이게 진실이거든. 어디까지나 내 안에서는 말이지.

하지만 콘테스트 때까지 남자라는 게 들키고 싶지 않은 사태라는 점에는 변함없다. 다행스럽게도 마시로는 내 사정을 이해하고 있는지, 고개를 끄덕였다.

"그럼, 말할 필요 없어. 감상만 제스처로 알려줄래?"

"……(끄덕)."

"카나리아 씨에게 준비해준 복장인데…… 어때?"

마시로는 거울 앞에 선 것처럼 자신의 온몸이 잘 보이는 포즈를 취했다.

1700년대 후반 프랑스 귀족 같은 코트와 조끼. 하반신에 걸친 기장이 긴 퀼로트는 고귀한 분위기를 자아내고 있었다. 게다가 최근 들어 묘한 페로몬을 풀풀 풍겨서 그런지, 남장을 했는데도 요염했다. ……유혹 성능에 올인한 것 같은 이 뇌수 파괴 왕자는 대체 뭐야…….

"어성스러운 몸매가 드러나지 않도록, 가슴 부분도 꼭 졸랐어."

졸라야 할 정도로 그 부분이 자기주장을 했었나?

반사적으로 그런 생각을 했지만, 말하지는 않았다. 섬세하지 못한 생각이기는 하지만, 마음의 자유 정도는 허락될 것이다.

"아키, 지금 무례한 생각 했지?"

허락되지 않았다.

"……! (절레절레! 절레절레!)"

아냐. 용서해줘. 겁먹은 강아지처럼 아무 말 없이 고개를 저으면서 용서를 빌었다.

얼마 전의 마시로라면 「죽어, 바보 쓰레기」 같은 독설을 퍼부어댔겠지만, 여름방학의 벽을 넘어선 마시로는 그러지 않았다.

"정말……. 아키는 나쁜 **아기 고양이**라니깐."

"……잠깐……!"

무심코 말을 하고 말았다.

어쩔 수 없다. 이번만큼은 나한테 잘못이 없다. 안 그래? 잘생긴 배틀 만화에서 새롭게 등장한 강적이 순식간에 품속으로 파고드는 장면처럼, 남장 마시로가 내 코앞까지 순식간에 쇄도했으니 말이다.

아주 짤막한 한 마디라 마시로 말고는 아무도 듣지 못한 것이 불행 중 다행이었다.

당황하며 뒷걸음질 치는 나를 연결 복도의 기둥 쪽으로 몰아넣은 마시로가 벽쿵 아닌 기둥쿵을 하며 심술궂은 미소를 머금었다.

"후후. 여자가 된 아키는 귀엽네. 왠지 반응도, 진짜 여자애 같아."

"……!(그만해. 미남 면상으로 그런 소리 하니 괜히 기분이 이상해지려고 해)"

"항의하는 눈길도 굴복하지 않는 여기사 같아서 정말 좋아. ……평소와 다른, 새로운 모습을 보기만 해도 가슴이 뛰는 건…… 그 상대가, 좋아하는 사람이라서일까."

"…………."

너무나도 솔직한 감정이었다.

숨김없는 말로 이런 공세를 받으니, 나도 좋든 싫든 심장이 뛰었다.

게다가, 마시로의 그런 사고방식은…….

"왠지, 이런 것도 좋네."

"뭐?"

접근을 한 상태였기에, 나는 마시로의 귀에만 들릴 목소리로 말했다.

마시로의 생각이, 진심으로 부럽다고 여겼기에…….

"사랑은 맹목적, 시야는 협소. 사고가 정지된 무한 긍정. 실령 그런 말을 듣더라도, 어떤 모습이건 좋아하는 사람을 좋아하는 사람으로서, 있는 그대로 받아들인다. 그것은 최고의 상냥함일 거야. ……이런 말은 너한테 실례일지도 모르지만, 나는 할 수 없었던 발상이라서 정말 감탄했어."

나는 이로하가 이로하인 채로 있을 수 있는 환경을 만들어주고 싶어 하지만, 동시에 정반대되는 질문이 자신에게 던져지고 있다는 사실을 이제야 깨달았다.

즉, **이로하에게서 짜증스러움이 사라진다면, 나는 이로하를 좋아하지 않을 것인가?** 라는 명제다. ……앗, 여기서 말하는 「좋아한다」는 것은 친구 혹은 후배로서라는 의미다.

만약 나 말고도 이로하의 짜증귀염에 매력을 느낀 녀석이 있다면, 꼭 알려줬으면 한다.

너는 이로하를, 이로하라는 존재를 있는 그대로 받아들일 수 있어? 모습이 바뀌더라도, 그녀라는 존재를 있는 그대로 긍정할 수 있어?

그 질문에 YES라고 답할 수 없다면, 나는 결국 이로하의 어머니와— 아마치 오토하와 똑같다.

이로하의 행동에 뭔가를 기대하며, 변하는 것을 방해하려 하니까 말이다.

그래서 마시로의 말이 가슴 깊이 박혔다. 설령 내가 어떤 모습이 되더라도, 평소 성격과 다른 측면을 보이더라도, 좋아하기에 받아주려 하는 마시로의 감성은 내 일방적인 아집을 폭로했다.

……뭐, 이제 와서 치켜든 주먹을 그냥 내릴 수는 없지만 말이야!

미스 콘테스트가 끝나면, 그 녀석과 다시 이야기를 나눠 보자.

이로하가 이로하인 채로 짜증스러움을 드러내는 길이 아니라, 새로운 가면을 얻는 길을 선택한다면…… 그때, 나는 어떻게 할까. 그녀와 마주하고, 생각해봐야만 한다.

"땡큐, 마시로. ……너, 미남이구나."

"헤헤. 그래. 마시로는 미남이야. OZ— 코히나타한테도 이겨서, 아키와 댄스, 추고 말겠어."

"응. ……후야제 때 보자."

"응. ……기대하고 있을게."

마시로는 마지막으로 미소 지은 후, 나에게서 떨어졌다.

뒤돌아서며 손을 흔든 후, 바람에 자신의 향기를 남기며 멀어져가는 그 모습은 마지막까지 몸도 마음도 미남 그 자체였다.

……미남을 보며 새된 환성을 지르는 여자애의 심정을 조금은 알 것도 같네.

겉모습이 미소녀로 바뀐 바람에 사고방식 또한 여자에 가까워지고 있다는 사실을 깨달은 나는 정신을 차리라는 듯이 내 볼을 손바닥으로 때렸다.

빨리 미션 컴플리트를 하자. 그렇게 생각하며 미스 콘테스트 행사장을 향해 걸음을 내디디려던, 바로 그때였다.

"아~! 코히나타 양의 선배 분!"

뒤편에서 들려온 그 목소리에, 나는 흠칫했다.

뒤를 돌아보니, 열려 있는 복도 창문 너머에서 인싸 같아 보이는 여자애가 손을 흔들어대고 있었다.

여름 방학 마지막 날, 이로하와 함께 여름 축제를 즐기던 여자애 집단에 속해 있던 이들 중 한 명이다. 꽤나 인상적인 여고생 언어(아마 조어)를 구사하던 애다.

이름은 모르겠지만. 편의상 당근푸딩 양이라고 부르자. 그런 입버릇이 있던 애였던 걸로 기억한다.

그것보다, 어째서 이 미소녀가 나라는 것을 눈치챈 것일까.

사사라도 그렇지만, 역시 외교적인 인싸 일족은 다양한 성적 지향의 사람과 친분을 쌓기 때문에 안목이 발달된 것일까. ……아니, 우연일지도 모른다.

무시할까도 했지만, 계속 부르게 둬서 주목을 모으는 게 더 위험하다. 지금은 태연한 표정으로 대처하는 편이 무난할 것이다.

코히나타 양의 선배 분, 이라는 정보만으로 오오보시 아키테루를 떠올릴 수 있는 학생은 많지 않을 테니 말이야. 나는 공기 취급당하는 걸로 정평이 나 있다고. 하하하. ……하하하(눈물).

창가로 가서, 낮은 목소리로 말했다.

"나는 지금 서둘러 미스 콘테스트 행사장에 가야해. 볼일이 없다면 이야기는 나중에—."

"있어, 있어. 있어에 가까운 있어야. 아니, 너무 많아서 마니마니 상태야!"

"으, 응. 그렇구나……. 무슨 일이야?"

무슨 말을 하는 건지 잘 모르겠지만, 절박한 분위기 같아서 일단 물어봤다.

그러자 이 당근푸딩 양은 눈을 치켜떴다.

"그게, 지금 레알 격렬 대박 코스라 영혼 탈출 지경이야."

"일본어로 부탁해. 그리고 슬슬 딴죽 한마디 하자면, 그런 여고생 언어는 없는 거 아냐?"

“아무튼, 큰일큰일났어!”

“아, 그건 알아. ……그런데, 뭐가 큰일났다는 거야?”

“코히나타 양이 뜬금 고스트 사라져서 안 보여!”

“그러니까 일본어로 말하라고 몇 번을 말해야— 이로하가 사라졌어?! ……어, 이쿠.”

한순간 놀랐지만, 굵은 남자 목소리가 내 입에서 나왔다는 걸 들키기 전에 재빨리 입을 다물었다.

그것보다, 잠깐만 있어 봐. 대체 뭐가 어떻게 된 거지?

“미스 콘테스트 참가자의 탈의실에…….”

“아냐아냐아냐스타샤.『곧 콘테스트 시간이네』하고 프렌이 리마했더니 즉시 거부하며 초단위 도주 여유였거든. 이거 에스케100 아냐?”

친구(프렌드)가 재확인(리마인드)했더니 그 순간에 참가를 거부하는 듯한 태도를 취하며 도망쳤으니까 도망(이스케이프) 확률 100퍼센트, 라는 말인가. 오호라.

여고생 언어, 아니 당근푸딩 양 언어의 리스닝에 익숙해진 나는 겨우겨우 의미를 이해했다.

그러니까 미스 콘테스트 준비를 위해 친구 앞에서 사라진 것이 아니라, 미스 콘테스트에서 도망치기 위해 사라진 것 같다는 건가.

아까 이로하의 반에 얼굴을 비췄을 때만 해도 의욕이 넘치는 것처럼 보였는데 말이야.

이 짧은 시간에 심경의 변화라도 있었던 걸까?

아니면 트러블이 발생할 걸까?

"일단 우리가 코히나타 양 수색할 테니까, 선배 분도 발견하면 연락 플리즈!"

"응. 너희도 찾으면 알려줘."

"당근푸딩!"

몇 번이나 들었던 입버릇을 남긴 후, 이로하의 클래스메이트는 사라졌다.

그 모습을 지켜본 후, 나는 거칠게 머리를 긁적—이려다, 가발과 화장을 떠올리고 손을 멈추며 이런 말만 토했다.

"하아…… 이로하 녀석, 대체 뭐하는 거야……."

나는 투덜거리면서 달리기 시작했다.

……젠장. 나는 왜 하필 이럴 때, 이렇게 하늘거리는 옷과 익숙하지 않은 구두를 신고 있는 걸까.

*

미스 콘테스트는 오후 세 시부터 시작된다.

교실 안을 차례차례 살펴볼 때마다 올려다본 시계의 바늘은, 서서히 타임 리미트를 향해 다가서고 있었다.

스마트폰의 화면을 봤다. 이로하에게 보낸 LIME 메시지. 스토커란 소리를 들어도 할 말 없을 만큼 연달아 보낸 메시지에는 읽음 표시가 전혀 떠 있지 않았다.

전화도 시도해봤지만, 당연히 상대방은 받지 않았다.

"그 녀석, 대체 어디 간 거야."

나는 소리 내서 투덜거렸다.

미소녀의 입에서 흘러나온 남자 목소리를 남이 들으면 어쩔 거냐고? 그딴 건 내가 알 바 아냐.

그것은 미스 콘테스트에서 이기기 위한 최적의 전략일 뿐이며, 미스 콘테스트에서 이기고 싶은 건 이로하에게 내 아집을 강요하기 위해서다.

승부를 가릴 상대가 없다면, 이딴 미소녀한테는 아무런 가치도 없다.

……그건 그렇고, 나는 툭하면 뛰고 있네.

요즘 들어, 사라진 녀석을 찾으러 뛰어다니는 일이 잦은 느낌이 들었다.

파티 참가를 계속 거부하는 마시로를 방과 후에 쫓아다녔고, 쇼핑센터에서 영화관으로 도망친 마시로를 찾아다녔다. 그리고 여름 축제 때는 흩어진 마시로를…… 어, 생각해보니 전부 마시로였잖아.

이로하가 사라진 것은 처음이다. 이로하를 찾는 일은 거의 없었다.

그것은 그 녀석이 마시로와 다르게 강하기 때문일까? 아니면 약한 면을 드러내지 않기 때문일까?

만약 이 실종이, 이로하의 약한 부분이 겉으로 드러난 결과라면…….

버팀목이 되어줄 수 있는 건, 나뿐이다.

이로하의 가슴속 깊은 곳에 있는 마음을 헤아려주며, 그녀의 등을 밀어줄 수 있는 존재…….

가볍게 사귀는 『친구』라면 몰라도 있는 그대로의 자신을 드러낼 수 있는 『절친』이 없는 이로하에게, 그런 사람은 한 살 위의 선배인 나뿐이다.

네가 대히트 애니메이션 영화의 주인공이냐 같은 딴죽을 나 자신한테 날리고 싶은 심정으로 교내를 뛰어다니며, 가슴 속에서 샘솟는 영웅주의적 감성에 질색했다.

하아, 참 콧대가 높아졌는걸. 무슨 주인공 같은 소리를 하는 거냐고, 오오보시 아키테루.

존재조차 애매모호한 공기남 주제에, 이로하를 구하는 러브코미디 주인공이라도 됐다는 착각에 빠진 거냐.

이건 이야기가 아니다. 엄연한 현실이다.

이야기의 종반이라면 이대로 이로하와 합류해 어떤 식의 드라마를 거친 후, 해피 엔딩……을 맞이하겠지만, 현실은 그렇게 재미있게 굴러가지 않는다.

그렇기에— 결말은, 너무나도 허무했다.

스마트폰이 부르르, 하고 진동하더니…….

《이로하》 대박ㅋㅋㅋ 많네요ㅋㅋㅋ 저를 얼마나 좋아하는 거예요ㅋㅋㅋ

쌓일 대로 쌓인 모든 메시지에 읽음 표시가 붙더니, 이로하는 ㅋ로 점철된 메시지와 함께 푸풉~ 하고 짜증 나게 웃는 토맛티군의 이모티콘를 올렸다.

“뭐 하자는 거야!”

나는 발끈하면서 분노 이모티콘을 연타했다.

그리고 거칠게 스마트폰을 호주머니에 넣은 후, 흥 하고 코웃음을 쳤다.

……그래. 특별한 트러블이 그렇게 쉽게 일어날 리 없지.

이것은 현실이다. 정리 정돈된 질서가 존재하는 이야기가 아닌 것이다.

혼돈도 있고, 불합리도 있다.

주인공이 아니니까, 내가 자기 손으로 모든 문제를 해결하며 컨트롤한다는 건 말도 안 된다.

이로하는 이로하의 인생을, 이로하의 이야기를 살아가고 있다.

당근푸딩 양일까, 아니면 다른 인간인가. 누구인지는 모르겠지만, 코히나타 이로하라는 주인공에게 어떤 식으로 플러스가 되는 영향을 끼쳤고, 그 결과로 그 녀석은 긍정적인 해답을 얻었으리라.

"나 혼자만이 아니다, 는 건가."

일말의 쓸쓸함을 느끼면서도, 마음속에 떠오른 것은 솔직한 심정이었다.

—이로하가 괜찮은 것 같아서, 정말 다행이다.

《AKI》 무사하면 됐어. 미스 콘테스트에서 박살을 내줄 거니까, 꼬리 말고 도망치지나 말라고!

《이로하》 선배야말로 목이나 씻고 기다려요! 절대 선배 생각대로 안 될 거라고요!

*

『—이렇게 아무런 파란도 없이 이벤트가 진행됐는데, 이야기적으로 본다면 올바르지 못한 거겠지? 오즈.』

『안심해, 아키. 신은 네 시점이 아니라, 모든 것을 꼼꼼히 살펴보고 계시거든.』

『즉……?』

『이로하에게 무슨 일이 일어났는지, 이 다음에 묘사될 거란 소리야.』

## interlude 막 간 ..... 이로하와 사사라

인적 없는 도서실 구석, 모퉁이. 책장과 책장 사이에 존재하는 공간에 몸을 밀어 넣자, 삼림 한복판에서 목욕하는 느낌에 휩싸였다.

습기를 머금은 낡은 종이의 향기가 거칠어진 마음을 진정시켜주는 느낌이 들면서, 나는 굳어버린 어깨에서 힘이 빠져나가는 것을 느꼈다.

문화제의 소란이 멀게 느껴지면서, 마치 아무런 상관도 없는 머나먼 세계에서 들려오는 소리처럼 느껴졌다.

이 도서실은 금륜제가 열리는 동안, 학교 관계자와 학생 이외의 출입이 금지되어 있다.

불특정 다수의 타인을 초대하면 서적 도난 및 분실 문제가 일어날 수 있다는 판단에 따라, 이곳은 닫혀 있었다.

거꾸로 보자면, 여기만큼 숨기 좋은 장소도 없다.

미스 콘테스트 시간이 다가오고 있다— 그렇게 생각한 순간, 가슴 속에서 무리라는 두 글자가 떠오르면서 가만있을 수 없게 된 나는 이곳까지 오고 말았다.

도서실은 의외로 나와 인연이 있는 장소다.

집안에서 엔터테인먼트와 단절됐던 나는, 책을 가지고 있지 않다. 읽고 싶은 책이 있으면 항상 도서실에 와서 남들의 눈길이 닿지 않는 가장 구석에서 조용히 읽곤 했다. 우등생 모드를 연기하는 와중의 독서 풍경을 누군가가 본 건지, 어느새 도서실 명물이나 도시전설 같은 취급을 받게 됐을 때는 웃었다.

아무튼 이곳은 나에게 있어 제3의 집이라 해도 될 만큼 마음이 편안해지는 장소였다.

오늘은 문지기 격인 도서위원 분도 없다. 사서 분도 부재중이다.

나 말고는 아무도 없는 이곳에서, 정적에 휩싸여 있을 때—.

드르륵 하며 입구 문이 열리는 소리가 들렸다.

"앗, 찾았다! 정말~, 귀찮게 좀 하지 마."

"……아!"

교실에 들어온 이는 클래스메이트인 토모사카 사사라였다.

불타오르는 듯한 오렌지색에, 프릴이 넉넉하게 달린 화려한 드레스를 입고 있었다.

무슨 일이 있어도 화제를 모으고 말겠다는 뜨거운 의지가 느껴지는, 핀스타빨을 받을 듯한 복장!

……뭐, 어떤 게 화제를 모을지는 모르지만요! 그녀한테 들었던 핀스타빨 이야기로, 예상했을 뿐이라고요!

"뭐 하는 거야, 코히나타 이로하. 의상도 안 갈아입었잖아. 미스 콘테스트 시간이 다 되어가거든?"

눈치 없고, 귀찮은 여자. 내가 본, 토모사카 사사라에 대한 솔직한 인상이다.

이 짜증 나는 여자는 성큼성큼 내 사적인 공간에 들어오더니, 근처에 놓인 의자를 당겨서 내 눈앞에 두며 털썩 앉았다.

마치 목마에 타듯 등받이에 가슴을 기댄 그 자세는 농담으로도 고상하다고는 부를 수 없으며, 다리까지 한껏 벌리고 있었기에 엄청 상스러워 보였다. 호화로운 드레스를 입고는 절대 취해선 안 될 자세다.

"갑자기 도망쳤다고 들었는데, 내가 이해할 수 있게 설명해봐! 너와의 대결을 기대하고 있었는데, 진짜 배신당한 기분이거든?"

멋대로 기대했다가 멋대로 배신당한 사람한테, 왜 불평을 들어야 하는 거야?

그렇게 생각하며 입을 열려던 순간, 사사라는 으응? 하며 미간을 찌푸리며 고개를 갸웃거렸다.

"—어, 잠깐만. 멋대로 기대했다가 멋대로 배신당한 건 내 책임인가……. 어라? 즉, 코히나타를 탓하는 건 옳지 않은 짓……."

……갑자기 자기반성을 하기 시작했다.

의기양양하게 시비를 걸었으면서 말이다. 정말 이 애는 뭘까.

대뜸 자기 잘못을 눈치채고 수정하려 하는 자세는 높이 사지만, 그럼 처음부터 시비를 걸지 말아줬으면 좋겠네.

"어쨌든 강적인 나한테 겁먹었다는 걸 자아아알~ 이해했지만, 그래도 적 앞에서 도망치는 건 용납 못 해! 정정당당히, 승부하란 말이야!"

"……무리……야……."

가녀린 목소리를 쥐어 짜내는 게 한계다. 왜냐하면, 자연스럽게 그런 목소리가 나와버리는걸. 어쩔 수 없잖아?

왜냐하면, 왜냐하면, 왜냐하면왜냐하면왜냐하면—.

"미스 콘테스트처럼 짐승들의 구경거리가 되는 이벤트에 어떻게 나가냔 말이야! 파렴치해!"

"…………뭐?"

토모사카 사사라의 눈동자가 콩알만 해졌다.

알아. 알거든? 나, 지금 이상하지? 엄청 이상하지?

하지만 멈출 수가 없어. 파렴치에 대한 이 혐오감, 동족혐오이기에 절대 인정해선 안 된다는 이 혼의 외침에 따르게 되고 말아.

왜냐하면, 나는 지금 연기를 하고 있는걸. 『역할』에 빙의되고 말았는걸.

누구냐고? 그야 뻔하잖아.

이렇게 철저하게 안티 파렴치를 관철하는 사람이라면 내 인간관계 스톡 안에 딱 한 명뿐이야.

아니, 아까도 그 『역할』을 유지하고 있었으니까 누구인지는 바로 짐작이 될 거야.

**그래요. 미도리 부장님이에요.**

심층 심리의 밑바닥에 잠들어 있는 냉정한 저— 아, 그러니까 이런 넋두리를 늘어놓고 있는 저예요— 그러니까, 저는 솔직히 말해 큰일났네~ 하고 생각했어요. 미도리 부장이란 『역할』에 너무 몰두한 바람에 떨쳐낼 수가 없는 탓에, **화장 지우기**를 마치기도 전에 미스 콘테스트 시간이 되고 말았어요.

미도리 부장님이 미스 콘테스트에 나가란 말을 들으면, 어떻게 될 것 같아요?

딩동댕. 얼굴 홍당무 상태에서 도주 확률 100퍼센트~☆

미도리 부장한테서 벗어나지 못하면 미스 콘테스트에 나갈 수 있는 멘탈로 되돌아가지 못할 거야. 위기네.

"무슨 소리를 하는 거야, 코히나타. 전에는 그렇게 의욕이 넘쳤잖아."

"무리인 건 무리야……. 시선 능욕을 당할 게 뻔해."

"능욕…… 바보…… 무슨 소리를 하는 거야?! 원래 너를 떠올리란 말이야, 코히나타 이로하!!"

"아우아우~."

토모사카 사사라가 내 어깨를 잡고 앞뒤로 흔들어댔다.

뇌가 적당히 쉐이크된 덕분에, 뇌의 주름 표면에 들러붙어 있던 미도리 부장 성분이 떨어져 나간 걸까.

나는 퍼뜩 정신을 차리며 고개를 들었다.

토모사카 사사라의 얼굴이 뜻밖에도 눈앞에 있었기에, 그녀의 완벽하게 화장되어 동글동글한 눈과 가까운 거리에서 시선을 마주했다. 상대방도 멋쩍은 건지, 몸을 떼며 눈을 돌렸다.

"미안해……. 덕분에, 원래대로 되돌아왔어."

"무슨 소리야. 악령이 들러붙기라도 했던 것 같네."

"비슷한 거야. 아하하."

연기를 통해 타인의 인격을 자기한테 덧씌웠다, 같은 말을 하면 비웃음을 살 뿐이리라.

그래서 나는 우등생다운 미소로 얼버무렸다.

"흐음. 나는 네가 그 선배와 싸운 줄 알았어."

"그 선배라니…… 오오보시 선배 말이야?"

"응. 자초지종은 모르지만, 코히나타와 싸우고 싶어서 미스 콘테스트에 참가한다며?"

"아…… 응. 그런 것 같아. 영문을 모르겠지? 아하하."

"……저기 말이야. 그거, 좀 때려치우면 안 돼?"

그녀는 명백하게 기분 나빠했다.

이 여자는 항상 이렇다. 나는 가능한 한 날을 세우지 않으며 무난하게 대처하려고 하는데, 내가 무슨 말을 하든, 무슨 짓을 하든 언짢아하며 따졌다.

솔직히 말해, 정말 성가셨다. 같은 반 애들처럼 내가 붙임성 있게 행동해주기만 해도 된다면 편할 것이다. 그룹 안에 들어가서 괜히 다툼을 일으키지 않는다면, 누구 하나 기분 나빠 하지 않아도 된다— 그런 심플한 거리를 유지하는 게 편하고, 모두가 행복해진다.

"그거, 가 뭔데?"

나는 약간 강한 어조로 말했다. 그녀의 공격성에 휘말리기도 했고, 어쩌면 내가 눈치 못 챈 사이에 마시로 선배나 선배와의 관계 때문에 괜히 스트레스를 받은 걸지도 모른다.

"마침 지금 여기에는 아무도 없네. 이 참에 전부터 쭈욱~ 하고 싶었던 말을 하겠는데 말이야."

주위를 둘러보며 도서실에 도서위원도, 사서 분도 없다는 것을 확인한 후…….

토모사카 사사라는 말했다.

"그 헤실헤실거리는 붙임성 좋은 미소, 전부 가짜지?"

"……윽?! 너, 너무해. 왜 그런 소리를 하는 거야?"

"잡아떼도 소용없어. 나, 봤거든. —네가 남자한테 치근덕대는 걸 말이야."

"뭐……."

어디서?! 무심코 온몸이 딱딱하게 굳어버리고 말았다.

차분하게 생각해보니 학교에서도 남들 눈을 피해 선배한

테 치근덕거린 적이 있고, 학교 밖에서는 본성을 드러낸 편이다. 그러니 봤더라도 이상할 게 없지만…….

"나 말이지? 뭐든 1등이 못 되면 직성이 안 풀려. 공부도, 운동도, 인기도, SNS의 팔로워 수도 그래. 중학생 때부터 그래서, 입시에서 1등을 못해서— 입학식 수석 인사를 못 해서, 속이 부글부글 끓었다니깐."

"……왜 그렇게 1등에 집착하는 거야?"

"왜냐고? 흥, 뻔하잖아."

토모사카 사사라는 코웃음을 치며 말했다.

나는 숨을 삼켰다.

이렇게까지 집착하는 데는 그럴 만한 처절한 과거가 있지 않을까. 예를 들어 1등을 못 하면 집에서 구박을 당한다던가. 여러 작품에서 흔히 볼 수 있는 그런 것 말이다.

그런 상상을 하고 있을 때, 토모사카 사사라는 엄지로 자기 가슴을 가리키더니, 의기양양한 표정을 지었다.

"뭐든 간에 기왕이면 1등이 좋잖아!"

"……뭐?"

"안 들렸어? 뭐든 간에 기왕이면—."

"드, 들었어. 그러니까, 어, 그게 다야? 1등에 집착하게 된 계기 같은 중대한 과거를 이야기해주는 거 아냐?"

"뭐~?"

이 녀석이 무슨 소리를 하는 거야, 라는 눈길로 그녀는 나를 쳐다보았다.

그건 내가 하고 싶은 말이거든? 별다른 이유나 의미도 없이, 그냥 1등이 하고 싶은 거야?

"고등학교 야구 선수가 왜 고시엔에서 1등을 하고 싶어 할 것 같아? 기왕이면 1등을 하면 기쁘기 때문 아니겠어? 그것과 마찬가지인데, 뭐 이상해?"

"아…… 아~ 으음~ 그렇게 들으니 이상하지, 않은 것 같네?"

"그 기분 나쁜 오타쿠 선배에게 영향을 받아서 그런지, 만화를 너무 봤네. 현실은 그런 것과 달라. 내가 그러고 싶으니 한다, 기분 좋으니 한다. 1등이 좋으니 기왕이면 1등이 되고 싶다. 그걸로 충분하잖아."

"만화나 소설에 대한 편견이 너무 심한 거 아냐? 이야기 속의 주인공 중에도 1등이 되고 싶어서 1등을 추구하는 캐릭터도 있어."

……아, 그래. 내가 말하고 느낀 건데, 그런 캐릭터도 꽤 많단 말이지.

나는 해적왕이 되고 싶어, 라거나. 나는 아버지를 만나고 싶어, 라거나.

나는 그 사람의 연인이 되고 싶어, 라거나.

그거에 대해 「왜?」라는 의문을 표하며 파헤치는 경우도 있지만, 더는 분해할 수 없는 순수한 마음인 경우도 있다. 뭐든 간에 인수분해가 가능한 게 아니라는 사실은, 캐릭터를 연기하며 다양한 장면에서 실감했다.

"뭐~ 아무튼 말이지. 그래서 입학식 날부터 너를 의식한 거야. 그리고 입학식이 끝난 후에 말을 걸어보자 싶어서 쫓아가 보니, 너는 체육관 뒤편에 있지 뭐야."

"아…… 그때구나……."

어느 순간을 목격당한 건지 눈치챘다. 나는 당시의 일을 똑똑히 기억하고 있었다.

클래스메이트는 모르지만, 나는 중학생 때만 해도 성적이 특출나게 좋은 편은 아니었다.

선배가 진학고에 갔으니까, 쫓아가기 위해 전력을 다해 공부했을 뿐이다. 선배에게 공부를 배우고, 선배가 1년 전에 걸었던 길을 따라 쫓아가며, 선배의 경험을 바탕으로 선배의 사고방식에 입각해 효율적으로 공부를 한 덕분에, 급성장했다.

뭐, 너무 잘 풀린 덕분에 수석까지 됐지만 말이다.

너무 기쁜 나머지, 선배보다 좋은 성적으로 입학했어요, 우쭐~! 하고 건물 뒤편에서 마구 자랑했다.

……솔직히 말하자면 이제까지보다 선배와 더 가깝게 지낼 수 있게 됐다는 사실에 마음이 들뜬 나머지, 빨리 선배에게 치근덕거리고 싶어서 그런 짓을 벌이고 말았어.

확실히 그때는 내 학교생활에서 가장 가드가 허술한 타이밍이었다. 본격적으로 가면을 쓰기 전의 그 방심한 순간을,

토모사카 사사라가 목격한 것 같았다.

“상대방 남자애의 얼굴은 특징이 거의 없어서, 전혀 기억에 남아 있지 않지만—.”

와우~, 선배가 내추럴하게 디스당하고 있네요. 기운 내요.

“—하지만, 그 남자에게 활기차게 치근덕거리는 네 모습이 너무 눈부셔서, 분한데도 솔직히 매력적이라고 생각했어. ……분한데도 말이야!”

“토모사카 양…….”

“그런데! 그런데 말이야! 모처럼 같은 반이 됐는데, 너는 그때 같은 표정을 보여주지도 않고, 뻔뻔한 우등생 표정만 보여주니까 솔직히 울컥했다니깐. 네 정체를 남한테 폭로할 수도 없으니까, 속이 엄청나게 부글거렸어!”

“의외로 생각 있는 타입이구나.”

“당연하잖아. 대체 나를 뭐로 본 거야?”

“음. 남동생에게 애인 역할을 시키면서까지 남친 있는 척 하려고 한 위험한 녀석.”

“잊어버려~!”

울음을 터뜨리며, 나를 손으로 때려댔다.

어라? 이 애, 혹시 재미있는 애일까? 못 말리는 애이기도 하지만 말이야.

“풉…… 푸푸풉.”

“아! 이것 봐! 지금 웃었지?! 나를 비웃은 거지?!”

"어이쿠. 미안미안. 무심코—."

무심코 선배를 골릴 때와 같은 미소를 흘리고 만 나는 허둥지둥 궤도 수정을 했다.

그러자 토모사카 사사라는 눈을 치켜뜨면서…….

"할 수 있잖아! 바로 그 표정이야. 그걸 보여주면 돼~!"

"어?"

"네 본성을 아는 내가 보기에, 교실에서의 네 가식적인 미소는 징그러울 정도라 솔직히 아쉬웠어. 이렇게 귀여우니까, 그냥 솔직하게 웃으면 되지 않냔 말이야."

"아……."

선배의 말을 떠올렸다. 순수하게 치근덕거려도 되는, 마음을 열 수 있는 친구를 나에게 만들어주고 싶다. 선배는 그런 식으로 말했다.

매력적인 나의 그 본모습을 더욱 널리, 그리고 당당히 보여주고 싶다는 프로듀서로서의 아집으로 가득 찬 의견에는 질려버렸지만 말이다.

조금만, 해볼까.

"뭐예요, 정말 징그럽네요. 입학식 때부터 쭉 저를 의식해왔다니, 대체 얼마나 저를 좋아하는 거냐고요."

"뭐? 징그럽지 않거든~? ……어, 드디어 본성을 드러냈구나!"

"뭐, 다른 애들한테 퍼트리고 다닌 것 같지도 않고, 이미 봤다니까 됐다 싶거든요. 반 애들 앞에서는 앞으로도 우등생인 척할 테니까, 입 다물고 있어 주세요. ……약속을 어겨도 되지만, 만약 그러면 남동생한테 남친 행세를 시켰다는 걸 확 소문내버릴 거예요."

"혀, 혀혀혀, 협박 같은 안 해도 안 퍼트릴 거거든?! 너도 비밀 정보 취급에 주의하란 말이야!"

"아핫☆ 허둥대는 게, 참 귀여워라~♪"

"이, 이 녀석……! 상상한 것보다 100배는 짜증나네?!"

짜증난다. 그 단어를 선배처럼 진짜로 마음이 넓은 사람 이외에게 그 말을 듣는 건, 공포 그 자체나 다름없을 줄 알았다.

서로의 약점을 쥐고 있기 때문일까? 아니면 이런 녀석에게라면 미움을 받아도 괜찮다고 생각하는 걸까? 잘은 모르겠지만, 토모사카 사사라에게 짜증난다는 말을 들어도, 그다지 개의치 않는 내가 존재했다.

그리고 마음을 짓누르는 추가 아주 약간 치워지면서, 조금은 마음이 가벼워진 느낌이 들었다.

……아~. 역시 선배는 대단해. 단 한 사람에게 본심을 드러내기만 해도, 이렇게 마음이 편해진다는 것을 알고 있었던 걸까.

그래도 선배와 마시로 선배를 떠올리면 여전히 마음이 무겁게 내려앉아 있었기에, 완전히 몸이 가벼워지지는 않았지만 말이야.

"앗, 벌써 시간이 이렇게 됐네. 토모사카 양과 노닥거릴 시간 없어."

"노닥거린다고 말하지 마~! ……어, 진짜로 시간이 간당간당하네~?! 나도 지각하게 생겼잖아, 이 바보야~!"

"서두르자! 자, 어물어물하지 마~."

"왜 내 탓인 것처럼 말하는데?! 어, 기다려! 드레스 자락이 길어서 뛰기 어렵…… 우왓~?!"

도서실을 함께 허둥지둥 나서려던 토모사카 사사라가 발을 헛디디며 휘청거렸다. 우스꽝스러운 댄스를 추는 그 꼬락서니를 보고, 손가락질을 하며 깔깔깔 웃었다.

"아하하! 뛰는 모습이 뭐 그래~? 이상해~☆"

겨우 그게 다인데, 가슴 속에서 즐거운 기분이 샘솟으면서 자연스레 발걸음이 가벼워진 느낌이 들었다.

"저기, 코히나타."

미스 콘테스트의 준비실로 뛰어가는 와중에, 토모사카 사사라는 호흡 중간중간 질문을 던졌다.

"입학실 날에 치근덕거린 남자— 여름 축제날에 같이 있었던, 오오보시 아키테루란 선배 맞지?"

"……그런데, 그게 왜?"

약간 망설였지만, 순순히 인정하기로 했다. 어차피 우등생의 가면을 벗겨졌으니까, 선배에 관한 것을 숨겨봤자 의미

없다.

"실은 그 녀석이 미스 콘테스트에 참가할 수 있도록, 내가 조금 협력해줬어."

"엥? 어라, 둘 사이에 연결점이 있었어?"

"있거든?! 내 말 좀 들어봐. 내가 엄청 리스펙트하고 있는 사람이, 그 녀석과 친했어! 그리고 그 사람 경유로 여장 화장을 부탁받은 거야. 이런 우연이 있겠냐 싶더라니깐."

"선배의 지인…… 어라, 혹시 토모사카 양은 게임 회사 사장님과 원조교제 중이야?"

"그딴 짓 안 해! 나, 그딴 짓 할 이미지야?!"

틀린 것 같았다. 유감이다. 선배한테 들은 츠키노모리 마코토 사장의 이미지를 생각하면 충분히 가능할 것 같은데 말이다.

"출판사 편집자야. 담당 작품을 차례차례 중판시키고 있는 대단한 사람이지."

"아~, 카나리아 씨구나."

"카나……? 호시노 카나 씨거든? 혹시 별명이야?"

"호시노 카나? 으응?"

그 사람의 이름은 키라보시 카나리아였던 것으로 기억한다.

혹시 그건 예명이며, 본명은 호시노 카나인 걸까.

그런데 이 애는 오타쿠 취미에 안티적인데…… 카나리아 씨를 존경하는 걸 보면, 아마 그녀가 어떤 활동을 하는지 모르는 걸 거야.

환상을 깨부수고 멋져 보이는 것은 라이트노벨의 주인공뿐이니까, 똑똑하고 귀여운 이로하 님은 완, 전, 묵, 비를 관철할 생각입니다.

"뭐, 그건 제쳐놓고! 선배한테 화장을 해주고, 어땠는데?!"

나는 새된 목소리로 이야기를 억지로 원래 방향으로 되돌렸다.

"아, 맞다맞아. 그러다 깨달았는데— 그 사람, 엄청 괜찮은 남자더라."

"뭐어—."

"평범남에, 중증 오타쿠에, 스토커잖아. 처음에는 코히나타가 왜 마음에 들어 하는 건지 알 수가 없었거든?"

"선배도 토모사카 양한테 스토커란 소리를 듣고 싶진 않을 거라고 생각해."

"하지만 오늘 그 녀석의 피부를 만져보고 느낀 건데…… 그 녀석, 내가 가르쳐준 스킨케어를 매일 거르지 않고 꾸준히 했어."

"……. 흐음. 겨우 그걸로 다시 본 거야?"

"그래, 정말 대단해. 나는 핀스타나 강연에서 남에게 스킨케어를 자주 가르쳐주는데, 작심삼일로 끝나지 않고 실제로 해내는 사람은 정말 적어. 효과 없잖아! 거짓말쟁이! 하고 말하는 사람한테 이야기를 들어보니, 시킨 대로 전혀 안 했더라니깐. 그럴 때, 진짜 힘이 쫙 빠져. ―아~, 내 활동은 아무한테도 영향을 못 주는구나…… 싶으면서 말이야."

"아~, 맞아. 선배라면 절대 거르지 않을 거야~."

"그래! 완전 대박이야. 이제까지 접한 그 누구보다도 진지하게 이어가고 있어. 인정하려니 분하지만…… 마음에 전혀 안 드는 데다, 우쭐대기만 하는 녀석이라고 생각하지만…… 그 점에 있어선 완패야. 코히나타가 반하는 것도, 솔직히 말해 이해해."

"딱히, 반한 건……."

"아~, 무리무리. 다 들통났거든? 미안하지만, 나는 너에 대해 잘 알아."

"스토커는 진짜 무섭네…… 으음."

전부 들통나서 기분 나빠진 나는 삐친 것처럼 볼을 부풀렸다.

선배를 좋아한다는 이 감정. 오랫동안 누구에게도 밝히지 않고 소중히 간직해왔던 감정.

최근 들어 오토이 씨에게 겨우 털어놨지만, 그래도 스미레 쌤이나 마시로 선배에게는 이야기하지 못했다. ……오빠는, 아마 눈치챘을 것이다. 그 사람은 어마어마하게 날카로우니까 말이다.

"아~, 여름 축제 때 일을 신경 쓰는 거야? 미안했어. 그때는 오오보시 선배에 대해 잘 몰랐거든. 아무리 발끈했더라도 일방적으로 못난 남자 취급을 한 건, 내 잘못이야."

"……반성했어?"

"응, 했어."

"그래. 반성했다니까, 들려주도록 할까."

생각해보니, 토모사카 사사라 같은 위치의 인간이 나에게는 딱 적당할지도 모른다.

《5층 동맹》 밖에 있는 사람이니 말이다.

지켜야만 할 비밀이 많아서, 클래스메이트에게 선배에 관한 이야기를 할 수 없었다. 하지만 그녀에게는 괜찮을지도 모른다.

미움받아도 괜찮다고 여기는 상대는 편리하네. 함부로 대해도 죄책감이 전혀 느껴지지 않아.

"솔직하게 인정하자면, 정답이야. 나, 실은 선배를 좋아해."

"거봐~. 그럴 줄 알았다니깐~. 내 눈치, 완전 대박 아냐?!"

짜증나. ……뭐, 됐어!

"하지만 내 친구도 선배를 좋아하는 것 같거든. ……그래서 요즘 머릿속이 엉망진창인데다, 뭘 어쩌면 좋을지 모르겠어."

"요즘 이상했던 이유가 그거야? 길을 잃고 헤매는 느낌이었어."

"진짜로 나를 잘 살펴보나 보네. 징그러워."

"징그럽단 소리 하지 마!"

"사랑이 담긴 『징그러워』니까 개의치 마~."

태연한 어조로 그렇게 말한 후, 나는 다시 목소리를 진지한 톤으로 되돌렸다.

그리고 요즘 마음속에서 소용돌이치던 솔직한 감정을 말로 바꿔, 토해냈다.

"나는 선배를 연애라는 의미에서 좋아하는 게 아니라고 그 친구에게 말했어. 그래서 그 애는 나를 신경 쓰지 않고, 솔직하게 자신의 감정을 선배에게 털어놔. 정정당당하게 싸우고 있는 건 상대방이고, 나는 꼼수나 부리는 비겁자야. ……역시, 이제 와서 좋아한다고 말할 자격은 없겠지?"

"……뭐? 에이, 상관없잖아?"

"뭐?"

이 가벼운 반응은 뭘까. 확실히 나도 그녀를 함부로 대하기로 작정했지만, 그래도 이 대꾸는 너무 함부로 말하는 것 아닐까.

나는 진지하게 고민하고 있단 말이야!

"어, 불만 섞인 눈길로 노려보지 마! 나, 이상한 소리는 안 했잖아."

"했어. 그 친구도 소중하단 말이야. 그렇게 간단히 정리해 버릴 수 없거든?"

"뭐~?"

내 말을 들은 토모사카 사사라가 어이없다는 반응을 보였다.

"저기, 코히나타. 그건 불행해지는 마인드니까, 관두는 편이 좋아."

"멋대로 단정 짓지 마."

"내 말이 맞거든? 타인의 행복을 방해하지 않기 위해, 자기 행복을 포기하려는 거잖아. 그건 불행이 맞아."

"……친구의 행복을 빼앗으면서까지 행복해져봤자, 마음속에 응어리가 남을 거야."

"그런 소리를 하면서도 100퍼센트 진심 어린 축복도 못 해주지? 그래서 괴로운 거잖아."

"으……."

날카롭다. 이게 뭐야. 리얼충의 특기야? 아니면 스토커의 관찰안?

아무튼 그녀는 내 가슴속 깊은 곳을 정확하게 꿰뚫어 보고 있다.

"사람은 자기가 행복해지기 위해 사는 건데, 자기 행복을 거머쥐려고 안 하면 어떻게 하는데?"

"으윽……."

"그리고, 자기 행복을 축하해주지 않는 녀석과 계속 친구로 지낼 수 있겠어? 무리거든?"

"으으윽……."

"이해관계가 충돌한다면, 이제 무리인 거야. 자기가 불행해질 걸 알면서 참는 쪽이 바보 아냐?"

"아우아우~."

지당하기 그지없는 말이 차례차례 쏟아져 나왔다.

상대방의 감정 같은 건 무시하듯 성큼성큼 마음속으로 들어오더니, 자기 생각을 억지로 강요하고 있다.

짜증난다. 열받는다. 성가시다.

하지만…….

"정정당당하게 맞부딪친 끝에 친구를 잃게 된다면 거기까지인 거야. 아니, 이 경우에는 **친구를 관둬주는 것도 그 친구를 위한 일 아닐까?**"

하지만, 그렇기 때문에 그녀의 말이 가슴에 스며들었다.

"같은 사람을 좋아하게 된 시점에서, 한쪽이 무리하면 다른 쪽이 불행해져. 그렇다면 억지로 친구 관계를 이어갈수록 서로가 불행해지는 거야. 진짜로 그 친구를 생각한다면, 친구를 관두는 걸 각오하는 편이 더 상냥하지 않을까 싶네."

"심오하네…… 좀 다시 봤어."

"후, 후후. 헤헤헤. 그렇지~? 역시 내가 넘버원이라니깐~."

"어딘가의 잘난 사람이 한 말을 그대로 인용한 것 같은 명언이네. 카나— 호시노 씨가 한 말 아냐?"

"그렇긴 한데, 뭐 문제 있어?! 우에에에에엥!"

울상을 지으면서 뻗대지 좀 마.

발끈과 울상의 합체 기술은 의외로 보기 힘들긴 해. 희소가치가 있어.

하지만 어엿한 어른이 한 말이기에, 토모사카 사사라의 방금 대사는 본질을 찌르고 있다.

내가 나아가야만 하는 길이 어렴풋이 보인 것 같았다.

"저기, 토모사카 양. ……아~, 귀찮으니까 앞으로는 그냥 사사라라고 불러도 돼?"

"……정말? 응, 응! 좋아! 나도 이름으로 부를게! 이로하!"

"순응이 너무 빠른 거 아냐? ……사사라, 고마워. 유명 편집자가 한 말을 그대로 따온 표절 명언을 듣고, 엄청 용기를 얻었어."

"대사에 조롱이 너무 섞여 있는 거 아냐?!! 악의 넘치는 수식어를 붙일 필요는 없었잖아!"

"남이 한 말이라도 괜찮잖아. 빌려온 건 사실인걸. ……그렇게 빌려온 말로 내 등을 밀어준 건, 정말 고마워."

"오……! 뭐야뭐야, 이로하. 그럼, 너……."

"응. 결심했어."

결의를 다지며 고개를 끄덕인 순간, 절묘한 타이밍에 미스 콘테스트 준비실의 입구가 눈에 들어왔다.

문화제의 열띤 분위기와 약간 동떨어져 있는, 학교 관계자와 학생만이 이용할 수 있는 뒷마당 격의 역할이 주어진 교실들.

그중 하나, 미스 콘테스트용 탈의실이란 간판이 걸린 교실 앞에서 멈춰 섰다.

"마시로 선배와, 싸울 거야. ―그건, 선배가 가르쳐준 것이기도 하거든."

어머니의 마음을 헤아리느라, 자유를 빼앗겼다면.

환경을 주겠다. 그러니, 날아올라라.

인생은 한 번뿐이니, 가지고 있는 재능을 최대한 활용해서 나아가고 싶은 길을 나아가면 된다.

타인을 생각해 참느라, 행복에서 멀어지는― 그런 비합리적이고, 행복을 거머쥐기 위한 효율을 무시한 전개를, 나는 절대 인정 못 한다.

그렇게 말하며, 내 손을 잡아끌어 빛이 닿는 길로 인도해준 선배.

그것은 연기 재능에 관해 말한 것이다.

연애 감정에 관해서는 눈곱만큼도 언급하지 않았는데 내가 이렇게 성가신 감정을 품게 될 줄은, 당시의 선배도 생각조차 못 했을 것이다.

그래도 결심했다. 이제, 절대 도망치지 않겠다.

"흐음, 괜찮네. 지금의 네 표정은 꽤 마음에 들어."

"아. 나는 변태 스토커와 사귀는 취미 같은 건 없거든?"

"사랑 고백 아니거든?! 그리고 대놓고 바로 걷어차지 말아줄래?!"

"아하하. 괜찮은 사진 GET~☆ 핀스타 시작하면 이 사진을 처음으로 투고해야지."

"어느새 찍은 거야?! 초상권! 초상권!"

찰칵 소리와 함께 스마트폰에 찍힌 사사라의— 친구의 사진을 보고, 나는 히히히 하고 웃었다.

놀림을 당한 게 불만인 건지, 그녀를 분노를 금할 길이 없다는 듯이…….

"하아. 남이 순수하게 사랑의 응원을 해주니까, 이 짜증녀는 정말~."

"폭로하면 벌줄 거야☆"

"쳇. 뭐~ 좋아~. 자, 빨리 옷이나 갈아입어. ……친구라고 해서, 미스 콘테스트에서 져줄 생각은 없거든?"

"바, 라, 는, 바, 야~☆"

톡톡 튀는 목소리로 그렇게 대답한 나는 교실 문을 열고 안으로 들어갔다.

하지만 곧 뒤를 돌아보았다.

"이런저런 소리를 하긴 했지만, 정말 도움이 됐어! 네가 내 사랑을 응원해주는 것만으로도 마음이 든든해."

아군을 늘리는 건 비겁한 짓일지도 모른다.

하지만 비겁해도 상관없다.

이것은 결투다.

가만히 있다간, 빼앗기고, 살해당해, 땅을 뒹굴게 된다.

살아남고 싶다면, 싸울 수밖에 없다.

마지막에 웃기 위해. 나는 내 행복으로 이어지는 길을, 힘차게 달려 나가기로 했다.

# 009 제9화 …… 내 친구가 나한테만 여동생

교정에 임시로 만들어진 특설 스테이지.

학교에서 부른 업자의 지시에 따라 학생들이 직접 철골과 목재를 조립해 만든 그것은, 미술부원의 전위적인 미적 감각와 실행위원(정확히는 오토이 씨)의 절묘한 음향 설비 배치가 더해지면서 본격적인 야외 라이브 행사장 못지않은 퀄리티를 자랑했다.

관객석에서 샘솟고 있는 열기는 스테이지 안쪽의 두꺼운 장막을 뚫더니, 무대 뒤편에서 대기 중인 나에게도 전해졌다. 손바닥에 자연스럽게 밴 땀을 움켜쥐며, 나는 마른 숨을 삼켰다.

긴장했냐고? 그렇기도 했다.

하지만 가장 큰 이유는, 이로하가 아직도 모습을 드러내지 않았다는 것이다. LIME을 통해 문제가 해결됐다는 듯한 연락을 받기는 했는데…….

『오래 기다렸습니다. 깨끗하고 올바르며 건전한 미스 콘테스트! 곧 시작됩니다!』

무대 쪽에서는 마이크로 확성된 미도리의 목소리가 들려왔다.

풍기의 화신인 미도리가 미스 콘테스트를 통괄한다는 게 이상한 이야기 같지만, 성적으로 문란해지는 것을 질색하는 그녀이기에 도가 넘는 기획이 치러지지 않도록 직접 컨트롤을 하자는 천재적 발상을 했으리라.

덕분에 수영복 심사처럼 과하게 피부를 노출시키는 기획은 폐지됐다.

예의범절과 건전한 어필만으로 승부를 벌이게 됐으니…… 옷을 벗을 수 없는 나로선 바라마지 않는 룰이었다.

이제 관계자만 모으면 마음 놓고 승부에 임할 수 있지만…… 이로하 녀석은 진짜 어디를 돌아다니고 있는 거야. 혹시 다른 트러블에 휘말린 건 아닌가 싶어, 보이지 않는 불안에 내 가슴이 **주물러졌다.**

……응? 「주물러졌다」는 무슨 소리야. 「술렁거렸다」가 맞잖아.

"흠흠. 흠흠흠. 패드라 살짝 딱딱하기는 하지만, 감촉이 괜찮네요☆"

"……인마. 인사 대신 등 뒤에서 이러는 거냐? 다른 사람한테 이랬다간 대형 사고거든?"

"선배의 뒷모습을 헷갈릴 리가 없잖아요."

실제로 가슴이 주물러졌다.

어느새 등 뒤에 선 이로하가 내 몸 앞으로 팔을 두르더니,

꼭 끌어안는 느낌으로 가슴을 움켜잡은 것이다.

어깨 너머로 고개를 내민 이로하가 흘리는 웃음소리가 내 귀를 간지럽혔다.

"아하하☆ 선배, 진짜로 미소녀가 됐네요~. 웃겨 죽겠어요!"

"나는 이길 작정이거든."

"확실히 상당한 미소녀이기는 해도, 귀엽고 인기도 끝내주는 우등생인 이로하 님에게는 절대 못 이길걸요? 선배 마음대로는 절대 안 돼요☆"

"흥. 바라는 바야. 내 의지를 보여주겠어. ……그건 그렇고, 좀 늦었네."

"옷 갈아입느라요. 훗훗훗. 제 청초함에 전율하기나 하세요."

등에 가해지던 이로하의 체중이 사라졌다.

"……윽?!"

말 그대로, 전율했다.

뒤를 돌아보니, 미스 콘테스트용 복장을 걸친 이로하가 눈에 들어왔다.

어깨가 드러나는 V넥 머메이드 드레스.

커다란 가슴과 잘록한 허리를 강조하는 드레스였다. 히죽거리는 입가에는 어린애 같은 앳된 느낌이 남아 있는데, 온몸으로 어른의 색기를 뿜는 것은 너무 비겁했다.

명예로운 상을 받는 일류 연극배우 같은, 압도적인 아우라를 두르고 있는 것처럼 느껴졌다.

"……의외로 잘 어울리네."

"그렇죠~?! 이로하 님은 청초하거든요~. 이런 복장도 잘 어울린다니까요~!"

"하지만 인정 못 해. 너의 그 청초함은 나의 미스터리어스 미소녀한테 굴복하게 될 거야."

"만만찮은 상대 같긴 하네요☆ 몸도 마음도 여자애로 완성된 선배는 솔직히 말해 강적이지만, 저한테도 질 수 없는 이유가 있어요."

시선과 시선이 격돌했다. 보이지 않는 불똥이 튀면서, 우리는 정신적으로 힘겨루기를 벌였다.

"만약 제가 이긴다면—."

이로하는 갑자기 진지한 목소리를 냈다.

"딱 한 번만, 비웃거나 얼버무리지 않고, 제 이야기를 들어주지 않겠어요?"

그것은, 승리 조건의 확인이다.

승부를 벌이기 전에, 상을 정하는 것이다.

"그래. 뭐든 들어주겠어. 반대로 내가 이긴다면— 딱 하나만, 내 명령에 따라줘. 아, 미풍양속에 어긋나는 내용은 아니니까 안심해도 돼."

"동인지의 도입부에 딱 맞는 조건이네요. 뭐, 제가 질 리 없으니까 괜찮지만요☆"

"승부 성립, 이구나."

“네. 이래놓고 나중에, 역시 안 돼! 같은 소리를 하지는 말라고요.”

“남자는 두말하지 않아. ……지금은 여자지만 말이야.”

『자, 그럼 참가하신 공주님 여러분께서 등장하시겠습니다! —나오시죠!』

미도리의 대대적인 아나운스에 이어 IQ를 적당히 저하시키는 CUTE하고 LOVE한 아이돌 곡이 들려왔다.

행사장의 환성은 그 음량을 최대한 증폭시켰고, 가을 하늘의 한기를 순식간에 끓어오르게 할 정도의 열기가 분출됐다.

나와 이로하. 우리 둘은 자신만만하게 웃으며, 여자 간의 결투가 벌어질 무대로 향했다.

이제 다른 참가자는 눈에 들어오지 않았다.

일대일로 정정당당히 싸워, 승부를 내자.

“두 사람 다 까맣게 잊었나 본데, 일단 나도 라이벌이거든?!”

……미안해, 토모사카. 진짜로 깜빡했어.

*

『자, 시작했습니다! 미스 코자이 콘테스트! 우리 학교의 정점에서 반짝이는 별이 되는 건, 어느 여학생일까요?! 그 운명을 결정짓는 건, 이 자리에 있는 여러분. 네, 바로 여러분입니다! 사회는 저, 금륜제 실행위원장 겸 미스 콘테스트 관리위원회 위원장인 카게이시 미도리와—.』

『오~. 텐션이 하늘을 찌르는걸~, 카게이시~.』

『—오토이 양이 맡겠습니다!』

『최애를 1등으로 만들고 싶다면, 나한테 고급 과자를 바쳐~.』

『대놓고 뇌물을 요구하면 어떻게 해! 아, 몰래도 안 되거든?!』

행사장이 폭소에 휩싸였다.

미도리와 오토이 씨는 토크 스킬이 뛰어나진 않지만 평범하게 나누는 대화 자체가 참 재미있기에, 이 자리에 모인 남자 손님에게 반응이 좋았다. 저 두 사람도 미스 콘테스트에 나간다면 상위권에 진입할 인재니까, 당연한 걸지도 모른다.

『룰은 잔혹하기 그지없는 승자 진출전 방식입니다. 총 다섯 번의 어필 타임을 가질 것이며, 제1어필에서 이기고 올라가는 건 상위 절반. 그리고 다음에도 절반이 남으며— 제4어필에서 두 명으로 줄인 후, 제5어필에서 인정 없는 일대일 대결이 펼쳐집니다!』

『후야제 전에 끝내야 하니까~, 참가자 전원이 다섯 번 어필을 하는 건 무리거든~. 대충대충 걸러버릴 거야~.』

『운영 측의 속사정을 폭로하지 마!』

『그런 고로~, 우선 첫 어필 타임, 시작할게~.』

『으으~, 페이스를 거머쥘 수가 없네……! 아, 아무튼 제1어필을 시작하겠습니다! 처음은 가볍게 자기소개로 긴장을 풀도록 하죠!』

『첫 인상은 참 중요해~.』

『각자에게 주어진 시간은 30초. 원하는 방법으로 자기 자신을 표현해 주세요!』

삐~! 하고 피리 소리가 들리더니, 참가 번호 순서로 참가자들이 자기소개를 했다.

나와 이로하, 사사라 말고도, 이름도 얼굴도 모르는 학생이 십여 명 있었다. 상당한 숫자의 여자애가 참가한 것 같았다.

내 차례는 후반부라서 다른 학생들의 어필을 곰곰히 관찰했는데, 다들 무난무난했다. 너무 아양을 떨거나, 섹시한 척하려다 실수하는 등, 남자인 내 시점에서 보자면「진짜 모르네……! 몰라도 한참 모른다고……!」싶은 상황이 이어졌다.

분위기가 바뀐 건, 토모사카 사사라의 차례 때였다.

"헬로~! 다들 잘 지냈어? 뭐~ 나는 귀엽고 유명인이잖아? 나를 모르는 녀석은 없을 테니, 자기소개 안 해도 될 거야. 안 그래~?"

사사라가 그렇게 말하면서 관객석을 향해 마이크를 내밀자—.

"몰라~!", "너는 누구냐, 토모사카!", "거들먹거리지 말고 자기소개나 해, 짜샤!"

매도에 가까운 말들이 들려왔다.

"뭐어~?! 1학년의 토모사카 사사라거든~?! 그리고 방금 내 이름 말한 녀석 있었지?! 알잖아! 알면서 그러는 거잖아!"

그 순간…… 행사장 전체에서 폭소가 터져 나왔다.

흥분한 이들의 타입을 관찰해보니…… 주로 인싸들이었다. 머리 모양과 옷차림을 통해 판별할 수 있었다.

놀림을 웃음으로 변환할 수 있는 이들이다. 상대를 잘못 골라서 했다간 집단 괴롭힘이라는 명칭으로 불릴 수도 있는 위험한 웃음이다.

하지만 사사라의 경우, 집단 안에서 인기인으로 받아들여지는 상황에서의 자학 유도다.

그래서 부정적인 느낌은 없었고, 그 유머는 사람들의 기억에 정착하기 쉽다.

우연……이 아니다. 이 반응은 그녀가 의도적으로 끌어낸 것이다.

그 증거로, 30초간의 자기소개를 마치고 대기 장소로 돌아온 사사라는 해냈다는 미소를 머금고 있었다.

……꽤 하는걸, 토모사카 사사라.

귀여운 외모와 의상 센스에는 꽤 자신이 있을 것이다. 하지만 그것만으로는 잘난 척하는 느낌이 강해서 반감을 살 수도 있을 테니, 자학 개그를 섞어서 인간미를 자아냈다.

무시무시한 점은 그저 연출됐을 뿐인 인간미만이 아니라, 사사라 본인이 친구들 사이에 있을 때의 평소 포지션을 그대로 드러냈다는 점이다.

사람은 있는 그대로의 자신을 솔직히 드러냈을 때, 타인의 호감을 산다. 순수한 모습을 드러내면 반감을 사거나 대놓고 싫어하는 인간도 나타나겠지만, 거꾸로 호감을 살 가능성도 커진다.

미움받지 않기 위해 무난함을 어필하기만 해서는, 누구에게도 미움을 받지 않는 대신에 누구에게도 진심 어린 호감을 사지 못한다.

그 원칙을, 토모사카 사사라는 완벽하게 파악하고 있었다.

그리고 그것은 이론적으로 안 것이 아니다. SNS를 매일 갱신하며 많은 이들의 반응을 접한 경험에서 우러난 야생의 감이다.

확실히 그녀는 미스 콘테스트에서 우승을 차지하고도 남을 실력을 갖췄다. 이로하의 라이벌을 자처할 만한걸.

……하지만, 토모사카. 그 방식으로는, 넘어설 수 없어.

진정한 강자. 절대 제왕은, 해치울 수 없다.

"안녕하세요, 여러분. 1학년인 코히나타 이로하예요."

이로하는 자기 차례가 되자, 무대 앞으로 나서면서 관객석을 향해…….

청초하고 가련한 미소를 지었다.

그저, 그것만으로…….

우오오오오오오오오오오오오오오오오오오오오오오…………!

어마어마한 환성이, 터져 나왔다.

"뭣……."

예상 밖의 반응인 건지, 사사라는 눈을 치켜뜨며 경악했다.

"잔혹하지만, 이게 현실이야."

"……윽! 너, 무슨 말이 하고 싶은 거야."

내가 옆에 있는 사사라에게 낮은 목소리로 그렇게 말하자, 그녀는 언짢은 투로 대꾸했다.

"미스 콘테스트는 선거와 비슷해. 당일의 어필도 중요하지만, 결국 평소 인기에 좌우되지."

이로하는 1학년 전교 1등이다. 성적 순위표에서 가장 위에 있는 이름은 눈에 띄며, 입학식과 방학식 때 전교생 앞에 서기도 했다. 당연히 평범한 학생들보다 훨씬 얼굴과 이름이 알려져 있다.

게다가 저렇게 귀여운 것이다. 고백하는 남학생이 끊이지 않는 그 인기는 2학년, 3학년 같은 다른 학년에게도 전파되어 있으며, 남학생 전원에게는 「넘버원은 코히나타 이로하」라는, 확고한 개념이 무의식적으로 새겨져 있다.

코히나타 이로하에게 잔재주는 필요 없다. 제왕은 계략을 꾸밀 필요 없이, 그저 왕도를 나아가기만 하면 된다.

즉…….

"—웬만한 귀여움이나 재미로는, 저 녀석의 아성을 무너뜨릴 수 없어."

"큭……. 알고는 있었지만, 역시 강적이네……."

"응, 맞아. 정말, 성가신 상대야."

"잠깐만, 그러는 넌 어쩔 건데. 이로하한테 이길 작정이라며?"

"당연하지. ……뭐, 잘 봐."

미스 콘테스트를 향한 마음을 있는 그대로, 그리고 진지하게……. 팬의 마음을 거머쥐는 목소리로 무난하게 이야기를 마치면서 끝까지 큰 환성을 받는 데 성공한 이로하는 30초가 지나자, 꾸벅 고개를 숙인 후에 돌아왔다.

"씨익……."

그리고 관객석에도 돌아서자마자, 나와 사사라에게만 보이도록 승리를 확신한 혼신의 우쭐 표정을 선보였다.

"크으으으으으으으! 이로하 녀서어어어어억!"

"…………."

사사라는 입술을 깨물며 분통을 터뜨렸지만, 나는 태연한 표정으로 이로하의 도발을 흘려넘겼다.

문제 될 건 없다. 이로하의 인기는 애초부터 계산에 들어 있었다.

『그럼 다음은 참가 번호 14번. —익명을 희망한 참가자입니다. 등록명 아키 양, 등장해주세요!』

미도리의 목소리에 맞춰, 나는 무대 앞으로 나섰다.

그러자, 술렁……. 행사장 안에서 기묘한 술렁거림이 생겨났다.

"저 애, 누구야?", "우리 학교 학생, 맞지?", "본 적 없는데…… 그래도 끝내주는 미인 아냐?", "익명 희망이라는 걸 보면, 숨어있던 미소녀?!", "우리 반 SNS에 정보 안 올라왔어?! 정체가 진짜 궁금해!"

느닷없이 나타난, 정체불명의 미소녀.

그 존재는 남자들의 호기심을 자극했고, 화제가 화제를 불렀으며, 소문은 순식간에 퍼져나갔다.

오케이, 여기까지는 계산대로야.

이 학교 여학생이 참가한다는 선입관이 존재하는 상태에서 처음 보는 미소녀가 등장하면, 흥미는 당연히 그 정체로 향할 것이다.

이제까지 누구도 인지하지 못했던 미녀, 그러니까 평소에는 수수하고 눈에 띄지 않던 여자애가 실은 미소녀였던 것은 아닐까? 같은 반 미남이나 운동부 에이스가 점찍지 않은 게 아닐까? 그럼 자기한테도 기회가 있지 않을까?

물론 그 기대는 덧없는 꿈이며, 단상의 미소녀와 자기가 맺어지는 미래가 얼마나 희박한지도 충분히 이해하고 있다. 애초에 미스 콘테스트란 순수하게 여자애의 매력을 평가하는 숭고한 자리이며, 연애 감정 같은 것과는 동떨어져 있다—는 구실이 지극히 자기 변호적이라는 것은 잘 알고 있으며, 그래도 기대를 품을 수밖에 없는 것이 남자의 마음이다.

스타트는 완벽하다.

하지만 내 작전은 이걸로 끝이 아니다.

『그럼 30초간의 자기소개 타임을 가지겠습니다. 아키 양, 부탁드려요!!』

내 정체를 아는 미도리가 흥분한 어조로 그렇게 말하자, 나는 아무 말 없이 고개를 끄덕였다.

그리고, 그대로 1초…… 2초…….

10초…… 20초…….

나는 빙긋 웃으며 손을 흔들거나 약간 포즈를 바꾸기만 할 뿐, 한마디도 하지 않으며 이 어필 타임을 시궁창에 버렸다.

이 비합리적인 행동에 행사장 안은 더욱 혼란에 빠졌다. 목소리를 들으면 정체를 알 수 있을 거라 생각하며 귀를 쫑긋 세우고 있던 남자들의 굶주림을 가속시켰고, 딱히 흥미가 없던 관객들 또한 어필 타임에 침묵을 지킨다는 참신함에 끌리고 말았다.

게다가 그냥 가만히 서 있기만 한 것은 아니다.

긍정과 부정 사이. 어둡지 않고, 그렇다고 밝지도 않은 미소. 속세를 벗어난 듯한 분위기의, 불가사의한 비현실감이 감도는 표정.

게임과 만화에서 주인공과 만나는, 이야기의 중요한 열쇠를 쥐고 있는 덧없는 인상의 미소녀가 있지?

범상치 않은 어둠을 품은, 그리고 도와주고 싶어지게 만드는 연약함을 은연중에 내비치는 히로인.

미스터리어스한 무표정, 침묵계 소녀의 궁극형!

나는 여장을 한 나 자신이라는 아바타를 통해, 그것을 완전 재현한 것이다!

V한 튜버와 달리, 현실의 무대에서 음성변조기를 쓰지 않고 목소리를 냈다간 남자라는 게 바로 들통날 거란 점을 거꾸로 이용한 것이다.

당연히 얼굴 각도와 가슴을 강조하는 앵글 등, 모든 면이 완벽하게 계산되어 있다.

이것은 《5층 동맹》의 수장으로서, 『검은 새끼 염소가 우는 밤에』의 운영을 진지하게 해오면서 얻은 나의 재산이다. 하루하루의 수치와 유저의 코멘트와 마주한 끝에 획득한, **귀여움의 재현력**!

이 정도라면 별것도 아닌 암컷들에게 질 리가 없는 것이다.

결국—.

이곳에 있는 남자들에게 미스터리어스한 호기심과 히로인력을 심어주면서…….

내 침묵의 30초는 종료됐다.

"역시…… 선배는, 강하군요."

"저런 방법도 있어……?! 크으윽…… 분하지만, 관객석의 반응을 보니……. 남자들의 마음을 완벽하게 장악했어……. 인정할 수밖에, 없겠네……!"

압도당한 관객들의 술렁거림을 등 너머로 들으며 원래 자리로 돌아가던 도중, 시선이 마주친 이로하와 사사라를 향해 씨익 웃어준 나는 두 사람에게만 전해지도록 입술만 움직여 이렇게 말했다.

이, 기, 는, 건, 나, 야.

*

제1어필을 마친 미스 콘테스트는 제2, 제3, 제4어필로 순조롭게 진행됐다.

하늘이 노을빛에 물들기 시작하면서, 특설 스테이지의 조명이 켜졌다. 낮과는 다른 분위기가 얼굴을 보이면서, 최후의 결전에 어울리는 분위기가 자아내졌다.

최종 보스전은 석양 아래에서. 클리셰인지는 모르겠지만,

노을 진 최종전은 오타쿠의 낭만이라고 나는 믿고 있다.

『자, 드디어 맞이한 제5어필, 여왕이 결정되는 최종 결전! 여기까지 살아남은 건— 우승 후보 필두, 최강 미소녀 코히나타 이로하 양! 그리고 정체불명의 미스터리어스 미소녀, 아키 양! 과연 승리의 여신은 누구에게 미소 지을까요!』

사전 예상대로, 마지막은 나와 이로하의 일대일로 치러지게 됐다.

참고로 사사라는 제4어필에서 탈락했지만, 우리의 일과는 별 상관없으니 괜히 언급할 필요는 없을 것이다. 푸대접해서 미안해, 토모사카.

『두 분은 이제까지 다양한 주제를 클리어하며, 압도적인 미소녀력을 선보여주셨습니다만…… 마지막 또한 여자애의 매력을 마음껏 보여주실 수 있는 내용입니다!』

우오오오! 하고 관객석의 흥분이 최고조에 이르렀다.

미도리도 사회에 익숙해진 건지, 꽤 능숙해졌다. 인싸 이벤트는 거북해하는 것 같았지만, 우등생에 머리도 좋아서 그런지 뭘 시켜도 금방 터득하는 것 같았다.

"드디어 결승전이구나, 이로하."

"순식간이네요. 진짜 별의별 방법으로 표를 따낼 줄은 몰랐어요. 선배는 적으로 돌리니 성가시기 그지없다니까요."

"너도 그래. 용케도 청초한 귀여움과 기초 스펙만으로 라이벌을 압도했는걸."

“쌓아온 역사가 다르니까요. 신용과 실적을 겸비한 청초함이에요. 아무리 선배라도, 정면승부로 저한테 이길 수 있으려나요~?”

“……어려울지도 몰라.”

“어라. 웬일로 약한 소리를 하는 거예요? 아까 전의 자신만만한 태도는 어디 가버린 건데요?”

“확실히 너는 강해. 나보다 백 배는 귀여워. 솔직히 말해, 정면 돌파로 이기는 건 어려울 거야. 하지만—”

망설임 없는 눈길로 이로하를 꿰뚫듯이 응시하며…….

나쁜 짓을 꾸미는 사기꾼처럼, 머리싸움 만화의 주인공처럼 모략가 느낌이 물씬 나는 미소를 머금은 후…….

나는, 이렇게 말했다.

“—네 가면을 벗기는 거라면, 가능해.”

『좋든 싫든 이것으로 라스트! 마지막 주제는! **짜증귀염**, 어어어어피——일!!』

“뭐어어어어어어어어?!”

이로하의 입에서 엄청난 소리가 터져 나왔다.

만화적 표현에 비유하자면 눈알이 튀어나올 정도로 놀란 것 같았다.

『짜증귀염이라는 말이 존재하는 것만으로도 알 수 있듯,

요즘에는 자기한테 심술을 부리거나 치근덕거리는 여자애를 좋아하는 남자도 많다고 해요! 금륜제는 최첨단을 달리는 문화제, 미스 콘테스트 또한 트렌드에 따라 새로운 시대의 가치 기준에 대응할 수 있도록 노력해야 한다고 생각해요!』

『뭐~, 까놓고 말해 이 주제는 과자에 매수되어서— 우읍! 우읍우읍.』

『오토이 양은 슬슬 비밀 엄수 의무라는 걸 이해해주지 않을래?』

콩트 같은 미도리와 오토이 씨의 대화를 영원토록 듣고 싶다는 욕구가 치밀어 올랐지만, 그건 본론이 아니니 제쳐 두기로 했다.

"이 핀포인트 직격탄급 주제는 뭐죠?! 뭐 이런 짜고 치는 주제가……."

"글쎄? 어떻게 된 걸려나~?"

"아…… 선배가 꾸민 거죠?!"

나는 악당다운 미소도 답했다.

미스 콘테스트 진행 측에 오토이 씨가 포함된 건 나한테 행운이었다. 물론 나는 내 미소녀 레벨을 믿으며, 청초 이로하에게도 지지 않을 자신이 있다. 하지만 최단 시간에 목적에 도달할 방법이 생각났으니 어쩔 수 없다.

즉, 이것은 짜증 본성 커밍아웃의 예행연습이다.

연기와 마찬가지다. 아무리 엉덩이 가벼운 암캐 연기를 하더라도 배우 본인의 정조 관념에 문제가 있다고 여겨지지는 않으며, 약물 중독자를 연기한다고 해서 진짜로 약쟁이가 되지는…… 아~, 일부 예외가 존재하기는 하지만 그건 일단 눈감아달라고.

내가 하고 싶은 말이 뭐냐면, 미스 콘테스트의 주제로 짜증귀염이 나온다면, 이로하가 짜증스러운 면을 드러낼지라도 바로 본성 폭로! 같은 전개는 되지 않을 것이다.

청초한 이미지를 유지해온 이로하의 노력을 망치지 않으면서, 관객석에 있는 녀석들에게 그녀의 짜증스러운 측면을 보여줄 수 있다.

그에 대한 반응— 의외로 나쁘지 않은걸, 이란 분위기. 그것을 접한다면, 이로하가 가면을 벗기 위한 심리적 허들도 조금은 낮아지지 않을까.

자, 무대는 갖춰졌다.

"네 짜증스러운 면을 보여주실까, 이로하!"

"으, 으으으~……!"

궁지에 몰린 이로하는 입술을 깨물었다. 분한지 신음을 흘리는 모습이 참 귀여웠다.

관객석도 결승을 앞두고 그 열기가 치솟고 있었다.

"마지막은 짜증귀염이구나.", "짜증귀염이 뭐야?", "그거야, 그거. 짜증나지만 귀여운 거.", "어~, 코히나타 양한테는 안 어울리지 않아?", "미스터리어스 미소녀인 아키 양한테도 어울리지 않을 것 같네.", "나, 짜증나는 애는 별로인데 말이야."

그런 소곤거림이 내 귀에 전해졌다. 마지막 말 한 녀석, 옥상으로 따라와. 짜증귀염의 매력을 주먹으로 가르쳐주마.

반응은 다양하지만, 이로하와 나의 신선한 모습을 볼 수 있을지도 모른다며 기대하는 쪽이 다수인 것 같았다.

눈에 보이지 않는 환영 분위기가 긴장감으로 변하며 피부를 자극했다.

이로하는 입술을 깨물더니, 팔을 부들부들 떨었다.

자, 어떤 짜증스러운 얼굴을 보여줄 거지?! 내가 앞으로 몸을 쑥 내밀며 그녀가 어떻게 나올지를 기대하고 있을 때…….

"……겠어요."

『어? 코히나타 양, 방금 뭐라고 했죠?』

사회를 맡은 미도리에게 힘없는 발걸음으로 다가간 이로하가 작은 목소리로 귓속말을 했다.

알아듣지 못한 듯한 미도리가 되묻자, 이로하는 다른 이들에게도 들릴 목소리로 이렇게 말했다.

**"기권하겠어요."**

『에엥?』, 『호오~.』, "뭐……."

너무나도 뜻밖인 이로하의 선언을 듣고, 사회자 두 명의 목소리와 내 동요가 포개졌다.

『어? 어? 이미 결승인데?! 결승전에서 기권한다는 이야기는 들어본 적 없어. 왜왜, 왜 기권하려는 거야?! 혹시 성희롱당하는 느낌을 받았어? 내내, 내가 여자애의 존엄을 짓밟는 기획을 통과시킨 거야?』

“아, 그런 게 아니에요. 그저 그 주제는 제 종교상의 이유로 할 수가 없어요. 우승은 선배— 아키 양으로 오케이예요! 그럼 가볼게요!”

『앗, 코히나타 양?!』

이로하는 제지하는 미도리의 목소리를 들은 척도 하지 않으며 기요미즈데라의 무대— 아니, 미스 콘테스트의 무대에서 멋지게 뛰어내리더니, 머메이드 드레스 자락을 살며시 들어 올리면서 그대로 도망쳤다.

거기까지 걸린 시간은 겨우 몇 초에 지나지 않았다.

결승에 남은 우승 후보가 느닷없이 도주한다는 이 괴상한 사태에 관객석은 소란스러워졌다. 기대하고 있던 제5어필이 이리 허무하게 끝나버렸단 사실에 남자들의 흥분이 방향성을 잃으면서, 열기만 계속 부풀어 오르고 있었다.

『아, 아무튼…… 코히나타 양의 기권으로, 영광스러운 미스 코자이는— 아키 양으로 결정됐습니다! 축하해, 아키 양. 당신이 넘버원이야!』

『축하해~.』

미도리가 될 대로 되라는 느낌으로 뛰어오더니, 내 손을 잡고 하늘 높이 치켜들었다.

그 뒤를 이어 오토이 씨가 대충 박수를 치자, 관객석에서도 당혹감 섞인 박수 소리가 흘러나왔다.

승리의 실감을 눈곱만큼도 동반하지 않은, 황당한 우승이었다. 나도 어떤 표정을 지으면 좋을지 몰라 미묘한 표정만 지을 수밖에 없었다.

아니, 그럴 만도 하잖아. 이로하 녀석이 이 상황에서 꽁지를 말고 도망칠 거라고는 생각도 못했어.

미스 콘테스트에 참가한 만큼, 끝까지 승부에 임할 거라고 멋대로 기대했다.

혹시 이건 주제를 조작한 나에게 내려진 벌일까?

그것보다, 이로하는 다른 학생 앞에서 본성을 드러내는 것이 그렇게 싫은 걸까……. 너의 짜증스러움은 참 귀엽고 매력적인데…….

나는 불완전 연소를 한 느낌에 사로잡혔다.

그리고 그런 마음에 사로잡혀 있는 건 나뿐만이 아니었다.

그렇다. 관객들도 마찬가지였다.

『어어, 어쩌지. 관객들의 눈빛에 불만이…….』

『으음~. 실행위원으로서, 책임을 질 수밖에 없겠네~.』

『오, 오토이 양…… 책임이라니, 혹시…….』

『일단 카게이시~. 너, 옷 좀 벗어~.』

우오오오오오오오오오오오오오오오오오오오오오오오오오오오오오오오…………!!

월드컵에서 골을 들어간 순간에 필적할 정도의 흥분이, 행사장을 가득 채웠다.

흥분으로 가득 찬 무수한 시선이 쏟아지자, 미도리는 얼굴이 홍당무처럼 되더니…….

『시…… 싫어어어어어어! 짐스으으으으으으으으으으으으응!!』

그 절규는, 마이크를 통해 학교 전체에 울려 퍼졌다.

결론부터 말하자면 미풍양속에 저촉되는 능욕으로 이어지는 에로 만화 전개는 벌어지지 않았고, 미도리는 당연히 무사했다.

예정보다 빨리 끝나서 빈 시간은 오토이 씨의 미도리 골리기에 투자됐고, 귀여운 여자애 둘의 토크와 미도리의 재미있는 반응은 관객들에게 큰 호평을 받았다.

결승이 취소되면서 발생한 불만을 가라앉힐 수 있을 만큼은 만족한 것 같았다.

—저 두 사람, 콩트 콤비를 짠다면 대성공을 거둘 것 같네…….

*

미스 콘테스트에서 우승하고 말았다.

후야제에서 미스터 콘테스트의 우승자와 춤춰야 해서 여장을 풀 수 없었기에, 나는 미스터리어스 흑발 미소녀 모습을 한 채 남들 눈길을 피해 교정을 걷고 있었다.

이로하가 짜증 귀염 연기를 거부한 충격이 아직 가시지 않은 탓에, 나는 발걸음이 무거웠다.

종교상의 이유라고까지 말한다면, 저렇게까지 싫어한다면, 그녀에게 진짜 모습을 드러낼 것을 강요할 수도 없다.

아니, 하면 안 된다는 것을 깨닫고 말았다.

그렇게까지 싫어할 줄은 몰랐다. 본성을 드러낼 수 있는 상대가 늘어나면 그 녀석도 살아가기 편할 것이다. 그렇게 생각해서 여러모로 머리를 썼는데, 이래서야 그저 오지랖이다. 자기만족이다. 이렇게 철저하게 거부한다면, 물러날 수밖에 없다.

물러설 순간을 놓친다면, 상대방을 괴롭히는 짓이 된다. 사랑이 깃들지 않은 강요에 지나지 않는 것이다.

하아…… 프로듀스는, 참 어렵네…….

스스로는 찾을 수 없는 매력을 찾아내서 널리 알리려 힘쓰는 것이 프로듀서가 추구해야 할 태도라고 생각한다. 하지만 때로는 무지각에서 비롯된 반발이 일어날 수도 있다.

끈기를 가지고 설득할 수밖에 없을지라도, 그 과정에서 신뢰 관계가 무너진다면 본말전도다.

아~, 으~, 어려워. 너무 어렵다고. 인간관계, 인간 심리, 되게 어렵잖아.

그런 고민을 하며 걷다 보니, 어느새 미스터 콘테스트 행사장 근처에 도착했다.

미스 콘테스트 행사장의 대각선 방향, 가장 먼 장소. 그곳에 설치된 또 하나의 특설 스테이지에서, 미스터 콘테스트가 벌어지고 있었다.

미스터 콘테스트도 이미 끝난 건지, 관객석에 드문드문 남아 있던 여성 손님들이 상기된 표정으로 감상을 말하고 있었다.

—오즈와 마시로는 어떻게 됐을까?

그런 생각을 한 나는 참가자들이 있을 무대 뒤편으로 향했다.

어쩌면 이미 돌아갔을지도 모른다고 생각했지만, 얼이 나간 채 접이식 철제 의자에 앉아있는 마시로와 시선이 마주쳤다.

"어…… 아키. 그쪽도, 끝났어?"

"응. 뜻밖의 사고가 벌어져서…… 우승하고 말았어."

"우와…… 진짜로 우승했구나. 대단해."

칭찬을 들으니 기분이 썩 나쁘지 않았다.

하지만 그렇게 말한 마시로는 어딘가 좀 이상했다. 입가에 머금은 미소도 어색했고, 기뻐하는 모습에서도 생기가 없었다.

"혹시, 진 거야?"

"마시로도 결승까지 올라가긴 했어. 양아치 같은 놈, 완전 밥맛 호스트 같은 놈, 인간 말종 같은 놈들을 마시로의 미남 파워로 전부 해치워버렸다니깐."

"그, 그래. 대단한걸."

하지만 그 양아치와 호스트도 성실하게 사는 사람들이니까, 너무 디스하지는 마.

"하지만 최후의 일대일 대결에서, 지고 말았어."

"그랬구나. 그럼, 우승은—."

"OZ. ……코히나타."

"오오. 오즈가 우승했구나. 하긴, 그 녀석의 미남 파워는 차원이 다르긴 해. 마시로는 아쉽겠지만, 그 녀석이 우승했다면 어쩔 수 없지."

"아냐."

"응? 뭐가?"

"마시로도 밀리진 않았어. 여자애들의 새된 목소리로 보면, 호각이었어. 하지만……."

미스터 콘테스트에서의 승부를 떠올린 건지, 마시로는 목소리가 부들부들 떨렸다.

조그마한 손에 힘을 넣더니, 주먹이 으스러질 정도로 말아 쥐며, 세상의 부조리를 한탄하듯…….

"왜 결승의 주제가 『수학 퍼즐 빨리 풀기』인 건데?! 그딴 걸로 마시로가 이길 수 있을 리 없잖아. 으으~, 약았어~."

"수학 퍼즐, 빨리 풀기……?"

그게 뭐야. **마치 오즈를 우승시키려고 작정한 듯한 주제잖아.**

설마 누군가가 의도적으로 개입한 걸까?

오즈를 우승시켜서 메리트를 얻는 인간, 예를 들자면 오즈와 후야제에서 댄스를 추고 싶은 미스 콘테스트 우승 후보라든가. ……말도 안 돼. 이로하는 브라콤이 아니고, 사사라도 오즈에게 흥미가 있지 않다.

그렇다면, 남은 결론은…….

"마시로, 수고했어! 우승을 코앞에서 놓쳐서 참 아쉽겠네~."

**"시키부, 네 짓이지?"**

갑자기 무대 뒤편의 장막을 걷으며 나타난 여교사, 카게이시 스미레. 그 기대에 찬 얼굴을 본 순간, 내 안의 FBI가 즉시 범인을 특정했다.

"어, 어, 뭐야?! 나, 지금 어떤 의혹을 받는 건데?!"

"나와 오즈의 후야제 댄스가 보고 싶어서, 미스터 콘테스트 결승 주제에 손을 썼지?"

"잠깐만, 말도 안 되는 억지 부리지 마. 교사로서 컨트롤하는 게 가능하긴 해도, 이번에는 실행위원에게 전부 맡겼거든?"

“그럼 왜 미스터 콘테스트 행사장에 있는 거야. 교사의 소임은 어떤 건데?”

“그야 물론 관객석에서 미남 파라다이스를 즐겼기 때문이지!”

“뻔뻔하게 나오지 말고, 그냥 순순히 인정하는 게 어때?”

“그~러~니~까~, 안 했다니까 그러네! ……그런 소리를 하는 걸 보면, 미스 콘테스트에서는 아키가 우승했나봐?”

“응. 그래.”

“오오오오오오오! 그럼 오즈×아키 완성?! 끼얏호오오오오오오오!”

“아니, 그러니까 네가…… 어어?”

스미레가 기뻐하는 모습에서는 작위적인 느낌이 전혀 들지 않았다. 그렇다면 이 녀석은 무죄이고, 오즈에게 유리한 주제였던 건 그저 우연에 불과한 걸까?

으음…… 영 납득이 안 된다. 이 말로 형용할 수 없는 위화감은 대체 뭘까.

*

시곗바늘은 내가 납득할 때까지 기다려주지 않으며, 담담히 흘러갔다.

붉게 타오르는 하늘이 남색으로 물들더니, 정적의 그림자가 세상에 드리워졌다.

면 옛날에 신이 인간에게 내려줬다는, 다들 건강 생각해서 빨리 자라는 메시지가 담긴 시스템.

하지만 세상의 상냥함을 모르는, 불효자 인류는 밤에 잠들지 않을 방법을 찾아냈다.

교정 한복판, 붉게 타오르는 캠프파이어 또한 인류의 장대한 반항기의 증거 중 하나다.

후야제가, 시작됐다.

오클라호마 뭐시기라는 활기찬 민요가 들려오자, 학생들의 들뜬 목소리가 사방에서 들려왔다.

이렇게 늦은 시간까지 시간 낭비를 하게 만드는 학교 행사라는 건 정말 낭비 덩어리이며, 효율을 따지자면 비효율 그 자체라는 생각이 들었다. 하지만 이 물거품 같은 한순간의 쾌락만을 행복이라 부른다면, 행복을 위한 최고 효율은 바로 이 행사를 전력으로 즐기는 것이리라.

뭐, 됐다. 어차피 할 수밖에 없다면 즐기기나 하자.

이로하와의 관계를 발전시키기 위해, 휘청거리면서도 전력을 다해 문화제에 임했다. 마지막 순간에 이로하가 도주한 바람에 영 개운치 않지만, 그래도 마지막에 여장을 한 채 남자 절친과 포크댄스를 추는 것도 청춘 느낌이 나서 재미있긴 했다.

스미레에게 즐길 거리를 제공해줄 뿐인 결과 같아서 열 받지만 말이다.

『그럼 여러분, 모닥불 앞을 주목해 주세요! 연례 행사인—미스 코자이와 미스터 코자이의, 로열 포크댄스 시간입니다!』

미도리의 사회에 맞춰, 나는 사뿐사뿐 앞으로 걸어 나갔다. 모닥불에서 가장 가까운 이 장소는 미스와 미스터의 특등석이라, 다른 학생들은 다가오지 않게 되어 있다.

학생들이 멀찍이서 쳐다보는 가운데, 특별한 두 사람이 특별한 댄스를 췄다.

이 로열 포크댄스를 같이 춘 두 사람은 커플이 될 확률이 높다는 소문이 있는데, 이렇게 로맨틱한 분위기 속에서 같이 춤춘 남녀라면 묘한 마법에 걸릴 만도 했다.

그래도 올해는 남자들끼리 춤을 추게 됐으니, 그 징크스에도 종지부가 찍히겠지만 말이다. 미안해, 전통.

저벅……하고 모래를 밟는 소리가 들리자, 나는 고개를 돌렸다.

황금색 머리카락을 지닌, 왕자님 같은 실루엣의 사람이 어둠 속에서 다가오고 있었다.

어둑어둑한 불빛만으로는 얼굴 형태와 세세한 부분까지는 보이지 않았지만, 오랫동안 어울려 다녔던 나는 바로 알아볼 수 있었다.

"우승 축하해, 오즈. 마시로라는 다크호스가 나타나긴 했지만, 그것만 아니면 네가 틀림없이 우승할 거라고 생각했어."

"고마워. 아키. ……하지만, 내가 이렇게 인기 있는 건 아키 덕분이야."

"네 실력과 노력 덕택이야. 뭐, 개운치 않은 결말이지만 즐겁게 춤추자. 아, 미리 말해두겠는데 말이야. 내가 귀엽다고 반하지는 마."

"아하하. 남자일 때는 자신감이 없었으면서, 여자가 되니 자신만만하네."

"객관적 사실로 판단하고 있을 뿐이야."

"흐음, 그래. 그럼 남자일 때는 자신감이 없는 아키에게, 객관적인 사실을 부여해주도록 할까."

"뭐?"

순식간에 다가온 왕자님이, 반강제로 내 손을 움켜잡았다.

그리고 확 끌어안으며 나를 향해 얼굴을 내민 이 녀석은 오즈의 목소리로 말했다.

**"선배는** 멋져요. 이런저런 보정이 들어가 있을지도 모르지만, 적어도 저는 정말 좋아해요."

"선……? 오즈, 무슨 소리를 하는 거야?"

어이. 어이어이어이. 설마. 아니, 설마, 아니지?!

내가 혼란에 빠진 가운데, 왕자님은 내 귓가에서 웃음을 흘렸다.

"언제부터 내가 코히나타 오즈마라고 착각했지?"

"뭐……라고……?"

처음에는 약간 허스키한 오즈의 목소리였지만, 튜닝을 맞추듯이 점점, 점점, 짜증스러운 웃음소리로 변화되어갔다.

그리고.

"오빠라고 생각했어요? 유감이네요! 이로하 님이에요☆"

"뭐엇?!"

뭐, 포옹을 당한 순간에 이 사태를 예상하긴 했지만 말이야.

그것도 그럴게, 가슴! 왕자님 스타일의 복장으로 숨길 수 없는 압도적인 볼륨감이 여장을 한 내 몸에 닿으면서, 여자로서의 격차라는 것을 깨닫게 해준다고.

"그것보다, 이런 허술한 변장도 간파 못 한 거예요? 오빠의 헤어스타일을 따라 하지도 않았고, 연극부에 부탁해서 그럴듯한 의상을 조달했을 뿐인데요~. 이야~, 선배가 단순해서 살았다니까요!"

"크…… 확실히, 듣고 보니 허술하긴 하네."

어둠에 익숙해진 눈으로 이로하를 살펴보니, 확실히 오즈와 딴판이었다.

그저 코히나타 이로하가 왕자님 의상을 입고 있을 뿐이다. 게다가 유심히 보니, 내가 연극무대 때 입었던 의상이었다.

캠프파이어의 불빛만으로는 어둑어둑해서 윤곽과 분위기만 가지고 뇌가 상대를 오즈로 판단했지만, 대낮이었다면 헷갈리지 않았을 것이다.

거리가 있어서 다른 사람들은 눈치채지 못한 것 같지만—.

© tomari

"네가 왜 댄스를……."

"요즘 들어 여러 사람을 연기해봤는데, 실은 도중에 문뜩 깨달았어요."

헤헷, 하고 이로하는 장난기 섞인 미소를 머금었다.

"선배의 사고방식을 깊이 파악해서, 선배를 연기해보고 싶지 뭐예요~."

"……참 괴짜라니깐."

"그야 이딴 선배한테도 사랑을 쏟아주는 상냥하고 귀여운 후배니까요☆"

"짜증나……."

"그리고, 눈치챘어요. 선배라면 이 미스 콘테스트에서 온갖 수를 다 써서라도, 자기가 원하는 결과를 이뤄낼 거라는 걸요~."

"……부정은 안 하겠어."

그래서 미스 콘테스트의 마지막 주제를 「짜증귀염」으로 설정했다.

"그~러~니~까~, 저도 손을 써봤어요☆ 오토이 대선뷔~ 땡큐~예요."

"너…… 그럼 미스터 콘테스트의 마지막 주제가, 오즈에게 유리한 내용이었던 건……."

"우승한 오빠로 변장해서, 선배와의 후야제 댄스권을 획득하기 위해서예요♪"

"맙소사……."

그러고 보니 미스 콘테스트가 시작되기 직전, 오즈가 한 말에서 위화감이 느껴지긴 했어.

『다녀 와. 후야제 댄스 때 보자.』

우승을 확신한 듯한 그 말투는 자신감 과다 캐릭터가 아닌 오즈에게 어울리지 않았기에, 어라? 하고 생각했다.

설마 이로하와 손을 잡고 뭔가를 꾸미고 있는 징후였을 줄이야…….

그건 그렇고, 대체 뭐가 이로하를 이렇게까지 하게 만든 걸까?

내가 설치한 짜증귀염 함정을 멋지게 피한 후, 나와의 후야제 댄스를 즐긴다. 이 일련의 행동에 어떤 의도가 숨겨져 있는지, 내 왜소한 뇌는 상상조차 하지 못했다.

바로 그때, BGM이 댄스의 시작을 알리는 소리로 바뀌었다.

"자, 멍하니 있지 말고 춤춰요! 걱정하지 마십시오, 공주님, 제가 리드해드리겠습니다♪"

"으, 응…… 저기, 뭐랄까, 뭐가 어떻게 된 건지……."

이로하의 리드에 따라, 나는 물 흐르듯 춤추기 시작했다.

마치 춤출 줄도 모르면서 무도회에 잠입한 신데렐라가 된 기분이다.

스텝을 밟는 법도, 호흡을 맞추는 법도 모르는 채, 그저 상대방의 움직임에 맞춰서 반사적으로 움직일 뿐이다.

"아핫☆ 얼이 나갔네요~. 이로하 님에게 한 방 제대로 먹어서 체면을 구긴 거예요? 괜찮잖아요~. 결과적으로 이렇게 귀여운 애와 춤추게 됐으니까요. ……앗, 지금은 선배도 귀엽죠! 정말! 흑발 롱헤어 가발 같은 걸 쓰기는~."

돈다, 돈다. 도르래처럼 입이 돈다.

"선배 마음대로 안 될 거라고 제가 말했었죠? 이제 똑똑히 깨달았나요?"

"그래……. 분하지만, 이번에는 완벽하게 먹었어."

"뉴후후. 승리의 미주(美酒)라는 걸까요~. 패배자가 된 선배의 얼굴이 너무 귀여워서, 공깃밥을 한 세 그릇은 먹을 수 있을 것 같아요."

"……너의 그 짜증스러움을, 조금만이라도 다른 애들에게 보여주면 되는데 말이지."

"싫~어~요~."

이로하는 입술을 삐죽 내밀며 웃음을 흘렸다.

"선배가 진짜 저를 매력적이라고 말해주는 건 기쁘지만, 저의 이 모습은 아무한테나 보여주는 싸구려 귀여움이 아니에요."

나는 눈치챘다.

항상 내 등을 끌어안던, 등 뒤에서 나에게 장난을 치던 이로하와, 지금, 나는 정면에서, 몸을 거의 제로 거리에서, 춤추고 있다.

당당히. 서로를 응시하며, 몸을 밀착시킨 채.

붉은 불꽃 때문일까? 이로하의 볼이 불꽃과 같은 색을 머금고 있었다. 아마 내 볼도 마찬가지일 것이다.

다른 학생들의 선망어린 목소리도, 오즈×아키로 착각한 BL 오타쿠의 새된 목소리도, 댄스를 꾸며주는 음악조차도 나와 그녀의 세계에서 사라졌다.

"선배뿐, 이에요."

이로하가 부끄러운 듯이 웃으며 건넨 그 말이, 내 귀 안쪽에 깊이, 강하게, 스며들자…….

두근, 하며 가슴이 뛰었다.

"작전은 꽤 일찌감치 짰지만, 실행할지 말지를 가지고 아슬아슬한 순간까지 고민했어요."

"……후야제 댄스 전에 오즈와 교대할 수 있도록, 미리 손을 써뒀다는 건가."

"네. 솔직히 말해서, 선배와 춤출 권리를 빼앗는다는 것은 마시로 선배를 상대로 새치기를 하는 악녀 짓거리니까요."

진짜 악녀가 듣는다면 웃음을 터뜨릴 듯한, 귀여운 수준의 장난기.

그것조차도 진심으로 걱정할 만큼, 이로하는 배려의 달인이다.

그래서…….

"**사사라** 덕분에, 결심이 섰어요. 아주 조금만 억지를 부리자. 악녀가 되자, 하고요."

이로하의 입에서 그 대사가 나온 것은, 작지만 큰 전진이었다.

어느새 이름으로 부르게 된 사사라의 존재.

확실히 그 녀석 같은 타입이 이로하에게 의외로 맞을지도 모른다고 생각하기는 했다. 그래도 내가 관측하지 않는 장소에서 어느새 두 사람이 친해진 것이라면, 내가 일부러 간섭할 필요는 없었다는 생각이 들어서 조금 쓸쓸했다.

……쓸쓸해? 내가 지금 무슨 소리를 하는 거야. 내 노력과 상관없이 성과가 나왔으니, 가장 효율적인 거잖아.

"마시로 선배가 선배를 좋아하더라도, 상관없어요. 저도 선배와 춤추고 싶은걸요. 마시로 선배만 하고 싶은 대로 하는 건 약았잖아요. 저도 이제 제 마음을 감추고 싶지 않아요!"

"너, 그건 마치 나를—."

"안 가르쳐줄 거예요♪"

"뭐?"

"선배를 향한 저의 이 마음의 정체가 뭔지, 궁금하죠? 연애? 우정? 아니면 후배의 독점욕? ……다양한 가능성이 있겠지만, 어느 게 정답인지는 선배의 상상에 맡길게요☆"

"어이어이, 그게 무슨 소리야……."

"그야 저는 미스 콘테스트에서 졌는걸요. 미스 콘테스트에서 이겼다면, 제 이야기를 진지하게 들어달라고 할 생각이었거든요? 하지만 지금 무슨 말을 해봤자 농담으로 치부하며 넘어갈 것 같아서요. 그러니 유감이지만 보류할래요."

이로하는 의미심장한 태도로 그렇게 말했다.

그건 또 무슨 소리야. 이 타이밍에 짜증스러움을 발휘하는 거냐.

발언 하나하나를 객관적으로 풀어본다면, 이로하는 나를 연애적인 의미에서 좋아하는 게 되지만…….

본인이 저렇게 함구한다면, 진실은 어둠에 묻히고 만다.

애초에 나는 연애를 할 수가 없으니, 고백을 받더라도 곤란할 뿐이지만 말이다.

하지만 십중팔구의 확률로 나를 좋아하는 게 아닐까 싶을 정도로 이로하의 감정이 어중간하게 드러나는 이 상황은, 이로하라는 존재가 내 마음을 꽁꽁 휘감는 결과로 이어졌다.

아이러니하게도 이것은 내가 미스 콘테스트에서 써먹었던 남자 마음을 휘어잡는 테크닉과 같은 종류였다. 우리 학교 학생 중 누군가가 틀림없다, 대체 누구일까? 라는 호기심을 통해 신경 쓰이는 존재로 각인시켜, 남자들의 머릿속을 휘어잡는 기술이다.

의도한 건지 무의식적으로 한 건지는 모르겠지만, 나는 친구 여동생이 쓴 완전히 같은 기술에 걸려들었다. ……이 녀석은 정말 무시무시한 악녀야.

전율하고 있는 나를 매료하려는 듯이.

귀여운 소악마 같은 미소를 머금으며.

코히나타 이로하는.

친구 여동생은.

다른 누구에게도 보이지 않게.

"앞으로 더욱 짜증스럽게 굴 테니까, 각오해두세요. 선배♪"

나한테만 짜증스러운 미소를 지었다.

# epilgue1 ······에필로그······ 이로하 VS 마시로

후야제 댄스가 끝나면서 무사히 금륜제의 막이 내린 후, 클래스메이트와의 뒷풀이 노래방 대회 제안을 화끈하게 거부~! 선배에게 LIME으로 연락해서 같이 귀가하지도 않고, 밤길을 홀로 걸으며 집으로 향하는 데엔 나만이 이해할 수 있는 심오한 이유가 있다.

그래요. 마지막으로 남은 숙제를 정리해야 하거든요.

아마 이 근처에 있지 않을까~ 하고 생각한 나는 한 인물을 찾기 위해 고개를 두리번거리며 맨션으로 이어지는 길을 나아갔다.

……아, 저기 있네.

그 사람은 이 길 중간에 있는 공원에 있었다.

놀이기구 몇 개만 있을 뿐, 그 외에는 모래사장과 울타리뿐인 평범한 공원.

그 사람은 벤치에 앉아서, 이 근처에서 딴 것 같은 야생화의 잎을 하나하나 뜯으며 중얼거리고 있었다.

"피곤해……. 평생을 통틀어 가장 피곤해……. 요즘 성장 보너스 덕분에, 자기가 생각해도 놀라울 만큼, 저돌적이었지만…… 역시, 밤에 혼자 있으니…… 마음이 편해……."

나와 마찬가지로 뒤풀이에 참가하지 않고, 고독한 시간 속에서 평온을 얻고 있는 그 인물은, 마시로 선배.

문화제의 열기에서 해방되자, 피로가 한꺼번에 몰려온 것 같았다.

MP 0인 느낌이 들 정도로 텐션이 바닥을 치고 있었다. 최근의 활기는 종적을 감췄지만, 이게 마시로 선배의 원래 모습 같아서 묘하게 안심이 됐다.

네. 제가 찾던 인물은 바로 마시로 선배였어요! 뒤풀이에 참가 안 하면서까지 처리해야 할 숙제라면, 당연히 딱 하나뿐이니까요.

"마~시로, 선~배♪"

"어엇?! ……이, 이로하 양?"

벤치 뒤편에서 몰래 다가가서 덥석 안아주자, 마시로 선배를 귀엽게 부르르 떨며 뒤를 돌아보았다.

"정답이에요! 이런 데서 뭐 하는 거예요?"

"아…… 응……. 잠시, 외톨이를 충전 중이야."

"그 쓸쓸한 개념은 뭐예요. 선배한테 들었어요. 마시로 선배는 요즘 교실에서도 엄청 주목 받을 만큼 인기 좋다면서요?"

"그건 그래……. 미스 콘테스트 참가 권유도 받았고, 남장하고 미남 행세를 했더니, 여자애들한테도 인기가 좋아서…… 즐겁긴 했어. 하지만, 그래도 좀 피곤하달까…… 평생 인기가 있어봤던 적이 없어서…… 익숙해지지를, 않아."

"사치스러운 소리네요~. 되고 싶은데도 못 되는 사람이 많은데 말이죠."

"응……. 그래도, 솔직한 감상이니까, 어쩔 수 없어."

"뭐, 알고 있어요☆"

언제나 남이 원하는 걸을 자기가 가지고 있고, 자기가 원하는 건 남이 가지고 있다.

그러니 우리는 항상 갈구하게 되며, 행복에 다가서지를 못한다.

행복까지의 그 머나먼 길을 최단거리로 질주하려 하는 사람이 선배이며, 그래서 나는— 《5층 동맹》인 우리는, 그 사람의 말에, 행동에, 기대하며, 꿈을 꾸고 만다.

하지만 그런 선배에게도 불가능한 게 있다. 모두가 최고 효율로 행복해지는 미래 같은 건, 실현될 리가 없다.

나와, 마시로 선배. 둘 중 한 명은 울게 될 것이다.

—그 스위치를, 나는 지금, 누를 것이다.

"실은, 마시로 선배에게 사과해야만 할 일이 있어요."

"……항상 치근덕거리는 거 말이야?"

"아뇨~. 더 진지한 이야기예요. 얼마나 진지하냐면…… 이만큼☆"

그렇게 말하며 벤치를 뛰어넘은 나는 털썩하고 마시로 선배의 옆에 멋지게 착석했다.

마시로 선배는 깜짝 놀라며 눈을 치켜떴다. 어두운 공원

안에서도 진주처럼 빛나는 그 눈을 보니, 무심코 가슴이 뛰었다. 여자인 나조차도 가슴이 두근거릴 정도니까, 동정인 선배의 마음이 흔들리는 것도 무리가 아니려나요. 사랑의 라이벌이 얼마나 강적인지 다시 깨닫게 됐다니까요.

하지만, 마음이 져선 안 된다.

나는 결심했다. ―마시로 선배와, 싸우기로…….

그러니 도망칠 길을 준비하지 않을 것이다. 자기가 악녀라는 것을 인정하기 위해, **미리 나쁜 짓도 해뒀다**.

마시로 선배, 미안해요.

"저, 선배를 좋아해요. 전에 연애 감정이 없다고 말했지만…… 그건, 거짓말이에요. 레알로 마시로 선배의 라이벌이에요."

내 고백을 어떻게 받아들일까. 마시로 선배는 어떤 반응을 보일까.

거짓말쟁이. 거짓말쟁이. 거짓말쟁이. 미워. 미워. 미워.

그런 말을 뱉으며, 내 뺨을 때릴까.

"후야제에서 선배와 춤추고 싶어서, 약은 짓도 했어요. 오토이 씨에게 부탁해서, 오빠에게 유리한 주제가 나오게 했어요. 마시로 선배는 정정당당하게 남장을 하고 자기 매력으로 싸웠는데, 저는 비겁한 짓을 해서 선배와 춤추려고 했어요. ……그 정도로, 선배를, 좋아해요."

변명은 하지 않겠다. 나는 약아빠졌고, 비겁한 애다.

과거는 바꿀 수 없기에, 이 돌이킬 수 없는 사실이 조무래기 멘탈인 내 등을 밀며 앞으로 나아갈 수밖에 없다고 말하고 있었다.

자, 마시로 선배는 어떻게 나올까?

이런 제가 싫죠? 밉죠? 실망했죠? 예의 독설을 저한테 퍼부어주세요.

아니, 마시로 선배의 독설은 애정 표현이다. 대부분 선배에게만 향하고 있으니 말이다.

그렇다면 진짜 적인 나에게는, 어떤 말을 퍼부을까?

무서우면서도, 마음 한편으로 인정사정없이 죽이려고 달려들어 줬으면 했다. 스스로도 불가사의하게 느껴질 만큼, 모순된 감정이 가슴 속에서 소용돌이쳤다.

그리고…….

내 고백을 들은, 마시로 선배는…….

"응, 알고 있었어."

나를 똑바로 응시하며, 조용히, 분명히, 고개를 끄덕였다.

언젠가 이날이 오리라는 것을, 알고 있었다.

그렇게, 말하는 것처럼…….

청초하고 가련하며 얌전한 외모에 어울리지 않는, 전장에 임하는 발키리 같은 늠름함마저 깃든 눈동자로…….

"미스터 콘테스트에도 개입할 줄은 예상 못했지만……. 그래도, 이상한 주제가 나온 이유를 알고, 오히려 납득했어. 응. 이로하 양의 작전이라면, 납득이 돼."

"제 본심을, 눈치채고 있었군요."

"당연하잖아. 마시로는 아키를 쭉 지켜봐왔거든? 누가 아키를 쳐다보는지도, 잘 알아."

"……화 안 내요? 이제까지 숨겨왔잖아요. 후야제에서도 약은 짓을 했고요."

"안 내. 따지고 보면 마시로도, 얌체 짓, 했는걸."

"얌체 짓, 을요?"

"안 가르쳐줘. 가르쳐줄 수 없어. ……그래도, 괜찮잖아?"

마시로 선배는 미소를 머금었다. 본심을 드러내지 않는 책사 같은…… 아니, 책사를 연기하는, 그저 서투른 여자애의 가짜 냉소였다.

"**둘 다, 얌체**. 이걸로 무승부. 정정당당."

"아하하. 그것도 그러네요! 마시로 선배는 참 상냥하다니깐."

마시로 선배가 자기를 악녀라 말해주자…….

나는, 악녀인 나 자신을, 조금은 용서해줄 수 있었다.

"……이로하 양은, 귀엽지만. 솔직히 말해, 아키가 마음을 빼앗겨도 이상하지 않다 싶을 만큼, 마시로도, 이로하 양을

© tomari

좋아하지만. 그래도…… 마시로, 안 질 거야.”

“그건 제가 할 말이에요. 마시로 선배가 얼마나 한결같고, 얼마나 오랫동안 선배를 좋아해왔더라도— 저는 지지 않을 거예요. 저도, 선배를 좋아하는걸요. 선배의 옆에서, 선배와 같은 시간을 걷고 싶어요. 그러니까……!”

“승부, 하자는 거구나?”

“이런 저의 선전포고를 상냥히 받아줘서, 정말 감사해요. 하지만, 이 승부만은…… 저도, 이기기 위해 전력을 다할 거예요!”

나와 마시로 선배의, 친구 관계는 오늘로 끝이다.

이제부터는 서로에게 있어 친구 겸, **좋아하는 사람을 좋아하는 사람**이다.

이제 물러나지 않겠다. 물러서는 건 불가능하다.

내가 웃고, 마시로 선배가 울게 될까.

마시로 선배가 웃고, 내가 울게 될까.

혹은 우리 둘 다 선배의 마음을 얻지 못한 채, 친구끼리 사이좋게 격침당하게 될까.

마지막 경우가 가장 평화롭다는 게 참 문제라 싶지만!

아무튼, 우리는 서로에게 검을 겨누며, 결투 무대에 섰다.

언젠가 찾아올— 선배가 《5층 동맹》의 목표를 달성해, 누군가와의 연애에 눈길을 주게 되는 날.

그날, 그때, 선배의 옆에 있을 수 있도록…….

눈앞의 여자에게, 이기자.

내 마음의 목소리이자, 마시로 선배의 조용한 외침 같은 그 대사는, 입 밖으로 토하지 않더라도 서로의 혼에 새겨졌다.

가을밤 하늘에 뜬 새하얀 달만이, 이 조용한 결투의 서막을 지켜보는 증인이었다.

바로 그때.

나와 마시로 선배의 스마트폰이, 누군가의 메시지를 받고, 거의 동시에 진동했다.

# epilgue2 ······ 에필로그 2······ 사장 정례회의

"아키테루 군. 즐거운 문화제를 마친지 얼마 안 된 너에게 이런 이야기를 하려니 마음이 좋지 않지만…… 진지하게, 들어주겠나?"

"아, 네. 으음…… 무슨 문제라도, 생겼나요?"

우리 집 근처, 24시간 영업하는 편리한 패밀리 레스토랑.

마시로의 아버지이자 내 사촌이기도 한 나이스 미들, 츠키노모리 사장은 거대 생물에 대처해야 하는 국가 특무기관의 높으신 양반처럼 팔짱을 끼더니, 맞은편에 앉아있는 나를 날카로운 눈길로 쳐다보았다.

금륜제, 당일. 심야.

곧 날짜가 바뀌려 하는 시간대. 클래스메이트로부터 금륜제 뒤풀이를 하자는 제안을 받은 오즈에게 뒤풀이 제안을 받았지만(왜 같은 반인데 이렇게 성가신 루트로 거치는 거야. 나한테 직접 말하라고. 뭐, 알아. 공기 취급이라 그런 거지? 젠장), 그렇게까지 시간을 낭비할 수는 없어서 사양했다.

그러자 마치 이 타이밍을 기다린 것처럼, 츠키노모리 사장으로부터 긴급 호출을 받았다.

"그럼 본론에 들어갈까 하는데……."

나는 마른침을 삼켰다.

분위기가 이렇게 심각한 것을 보면, 하기 힘든 이야기를 꺼내려는 게 틀림없다. 《5층 동맹》과 『검은 염소』의 미래를 걸고 있는 사장이 이렇게 심각한 표정으로 이야기를 꺼내려 하자, 불길한 땀이 뿜어져 나왔다.

취직을 도와주지 못하게 된 것일까?

아니면 큰 실수를 저질러서, 사장에서 해임되게 된 것일까?

주간지에 불륜을 저질렀다는 루머 같은 게 나돌아서 책임을 지게 됐다거나? ……아, 루머가 아니라 사실이지. 내 생각에 가장 가능성이 큰 트러블은 사장이 여성 문제를 일으켰다는 거야.

여러 가능성을 검토하고 있을 때, 츠키노모리 사장이 엄숙하게 입을 열었다.

**"아내가 짐 싸서 가출해버렸어."**
**"아~, 다행이다~!"**
**"다행 아니거든?!"**

어이쿠, 『검은 염소』와 직접적인 관련이 없는 이야기라 본심이 입 밖으로 흘러나오고 말았다.

하지만 그럴 만도 하긴 했다.

츠키노모리 사장이 이제까지 해온 언동을 생각하면, 부인이 도망치지 않는 게 부자연스러울 정도다.

오히려 세상이 올바른 방향으로 수정된 것 같은 느낌마저 들었다.

"그렇게 바람을 피워댔으니, 정나미가 떨어지는 것도 당연할 것 같은데요."

"아니, 그건 이상해. 나는 사랑하는 아내에게 상처를 입힐 짓은 하지 않겠다고 마음속으로 맹세했거든."

"무슨 소리를 하는 건지 도통 모르겠는데요."

"잘 들어! 나는 그 어떤 레이디와 밀회를 즐기더라도, 아내에게 절대 들키지 말자는 주의지. 바람피운 것을 영원히 들키지 않는다면 없었던 일이 되며, 누구도 상처 입지 않아. 실제로 나는 아내와 여성 문제로 다툰 적이 거의 없거든."

"한 번도 없었다고는 말 안 하네요."

"사소한 걸 신경 쓰는 남자는 이성에게 인기가 없어."

"그럼 저는 돌아갈게요. 계산 부탁드려요."

"기다려. 항상 사장으로서 신경을 써주고 있는 만큼, 때로는 이 삼촌의 이야기를 좀 들어달라고!"

"하아…… 바람피운 게 원인이 아니라면, 왜 도망친 건데요?"

"그걸 몰라서 이렇게 곤란해하는 거야……. 헉, 설마?!"

츠키노모리 사장은 두 눈을 부릅뜨더니, 얼굴이 새파랗게 질린 채 머리를 감싸 쥐었다.

"지금 젊은 수컷과 마음껏 바람을 피우고 있는 것 아닐까……?! 모습을 감추고 며칠 후에 경박한 남자에게 안긴 채 더블 피스를 날리는 아내의 영상 편지가 우리 집에 오는 전개…… 으아아아! 마, 맙소사. 그건 절대 용납 못 해!"

"자기가 한 짓은 제쳐놓고, 아내의 불륜에는 발끈하는 거네요."

그러고 보니 이 패밀리 레스토랑의 점원과도 재미 봤었잖아.

가게 안을 둘러봤지만, 야경이 보이는 레스토랑에서 츠키노모리 사장과 살짝 취한 채로 사진을 찍은 점원의 모습은 보이지 않았다. 마침 오늘이 쉬는 날인 건지 이미 여기를 관둔 건지는 모르겠지만, 이딴 빌어먹을 대화를 그녀가 듣지 못해서 정말 다행이다 싶었다.

"우오오오오오오~! 어디 간 거야, 미즈키이이이!"

테이블에 넙죽 엎드린 중년 남성이 울부짖었다.

꼴사납게 우는 츠키노모리 사장에게서는 여유는 눈곱만큼도 느껴지지 않았기에, 댄디즘은 여유에서 비롯된다는 세상의 진리를 나는 세삼 깨달았다.

그 후로 두 시간 가량 츠키노모리 사장의 사적인 고민을 들어준 후에야 해방된 나는, 인생 최대급의 시간 낭비를 했다고 생각하면서도 《5층 동맹》의 미래를 위해 필요한 투자였다고 되뇌면서 정신적 안정을 도모했다.

실제로 츠키노모리 미즈키— 츠키노모리 사장의 아내, 그러니까 내 숙모가 가출을 한 거라면 마시로가 조금 걱정됐다.

경우에 따라서는 마시로에게 있어 안타까운 결과로 이어질지도 모르니, 나도 사태를 주시하기는 해야겠다.

츠키노모리 사장한테도…….

『비즈키에 관한 정보를 입수한다면, 바로 알려줘!』

……하고 거듭 확인했고 말이다.

"그건 그렇고…… 부부간의 옥신각신…… 성가시네."

SNS에서도, 부부간의 트러블이나 배우자에 대한 푸념을 흔히 볼 수 있다. 그 외에도 누구와 누가 불륜을 했다, 누구와 누가 연애관계이며 누구와 잤으며, 어딘가의 아이돌에게는 남친이 있으며 성가신 스토커가 붙어서 난리라는 등…….

들려오는 남녀 관계의 문제는 하나같이 별것도 아닌데, 왜 다들 이렇게 시간 낭비를 해대는 건가 싶었다. 그래서 나는 연애 놀음 같은 것을 비효율의 원천이라 여기며 가능한 한 피해왔다.

하지만, 그런 내 품속으로 거침없이 뛰어 들어온 녀석들이 있었다.

마시로.

그리고, 이로하도…… 아니, 이로하는 아직 확실치 않다. 어쩌면 그럴지도 모른다 싶을 정도다.

왜 계략까지 꾸며가며, 후야제에서 나와 춤추고 싶어 한 걸까?

춤추면서 입에 담은 의미심장한 대사에는 어떤 의미가 담겨 있는 걸까?

그런 정보로 추측해보니…… 혹시나 싶기도 했다.

나 자신의 감정은 어디에 있을까, 누구를 좋아하는 것일까, 좋아하지 않는 것일까. 애초에 지금 그런 감정에 휘둘려도 되는 것일까. 청춘 또한 창작의 양념이라고 하지만, 매사에는 한도가 있다.

어디까지나 그것은 《5층 동맹》 멤버의 재능을 세상에 알리기 위한— 그 목적을 위해 꾸준히 매진한다는 범위 내에서의 이야기다.

바다, 여름 축제, 그리고 문화제.

그런 이벤트에서 나는, 호감…… 같은 것을 이로하와 마시로, 두 사람에게서 느꼈다. 그 감정이 진짜로 연애 감정인지, 아니면 사춘기 남자애라면 누구라도 느낄 감상에 지나지 않는지는 알 수 없다.

하지만, 만약…….

만약 그것이 연애 감정이라면……. 나는 이로하와 마시로, 둘 중 누구와 사귀고 싶은 걸까.

……무리다. 상상조차 안 된다.

하지만 자신의 감정과 마주할 필요가 있다. 가까운 곳에 삼촌이라고 하는 최고의 반면교사가 있으니, 그처럼 최악의 길을 걷지 않도록, 성의를 가지고 이성을 대하자.

—안 그랬다간, 언젠가 버림받을 것 같으니 말이다.

오전 두 시에 망원경을 짊어지고 건널목에 간다는 어떤 유명한 노래를 떠올리며, 건널목 대신에 맨션에, 망원경 대신 크나큰 문제를 짊어지고 돌아갔다.

안 그래도 문화제와 미스 콘테스트 때문에 지친 나에게는 너무 부담되는 문제였다.

몸도 마음도 무거워진 상태에서 집의 문을 연 내가, 빨리 씻고 침대에 들어가야겠다고 생각하고 있을 때…….

딩, 동———.

"……어?"

어이어이어이. 이 시간에 현관 벨이 울리다니, 뭐가 어떻게 된 거야?

오전 두 시야. 남의 집에 찾아가도 될 시간대가 아니라고.

게다가 내가 귀가한 순간을 노린 듯한, 완벽한 타이밍…….

……괴기현상은 아니겠지?

간담이 서늘해진 나는 머뭇거리며 인터폰의 모니터 영상을 쳐다봤다.

거기에 비친 이는, 이로하와…… 마시로?

왜 이 시간에, 저 두 사람이, 함께 찾아온 거지?

두 사람 다 난처하다는 듯이 고개를 숙이고 있었으며, 카메라를 쳐다보지도 못한 채 몸을 꼬물거리고 있었다.

"두 사람 다 무슨 일이야? 이렇게 늦은 시간에 찾아왔다는 건…… 혹시 무슨 트러블이라도……."

『트러블이라면 트러블이라고 할 수 있고, 평화롭다면 평화롭다고도 할 수 있을 거예요.』

『갑작스럽지만…… 중요한, 일……. 잠시만, 나와줘.』

인터폰 너머의 이로하와 마시로의 말투는 잇몸에 뭔가 낀 것처럼 어물거리고 있었다.

마치 화면 밖에 있는 테러리스트가 두 사람에게 권총이라도 겨누고 있는 것처럼 어색했다.

"으, 응. 지금 나갈게."

범상치 않은 분위기를 감지한 나는 서둘러 복도를 지나간 후, 현관문을 열었다.

그러자 모니터로 본 것과 마찬가지로, 이로하와 마시로가 문밖에 서 있었다.

하지만 모니터의 광경과 다른 점— 모니터에 비치지 않는 범위에, 엄청난 정보량이 숨겨져 있었다.

"어머~ 오오보시 군. 안녕~. 이로하가 항상 신세 많이 지고 있지~?"

"안녕주르. 마시로가 신세 많이 졌다 들었어요."

이로하의 옆과, 마시로의 옆.

두 사람의 옆에 떡하니 서 있는 건 두 사람과 완벽하게 똑

같은 컬러링과 인상을 지닌, 마치 이로하와 마시로를 20년 정도 나이를 들게 한 듯하면서도 젊은 느낌이 물씬 나는 여성들이었다.

한쪽은 서글서글한 미소 이면에 눈에 보이지 않는 위압감과 압도적인 지성이 감도는 실눈의 미녀.

다른 한쪽은 순백의 청렴함과 함께 감정의 행방을 감추는 얼음 같은 눈동자를 지닌 미녀.

—아아, 맙소사. 삼촌.

**벌써, 찾았어요.**

나는 망연자실한 채, 대체 어쩌다 일이 이렇게 된 것인지 설명을 요구하는 눈길로 이로하와 마시로를 쳐다보았다.

하지만 두 사람도 이 사태가 청천벽력 같았는지, 당혹스러운 표정을 머금은 채로 몇 초 동안 말을 고르듯 뜸을 들였다.

그리고 생각이 정리된 건지, 두 사람은 누가 먼저랄 것 없이 거의 동시에…….

현재 일어난 현상에 대해, 이렇게 설명했다.

"엄마가 꼭 선배한테 인사를 하고 싶대서……."

"엄마가 꼭 아키한테 인사를 하고 싶대서……."

친구 여동생이
나한테만
짜증나게
군다

## ■후기란 이름의 사죄문

늘 『친구 여동생이 나한테만 짜증나게 군다』, 줄여서 『동생 짜증』을 애독해주셔서 감사합니다. 작가인 미카와 고스트입니다. 이번에 제반 사정 아닌 초범(마감을 어겼다는 의미에서) 사정으로 5권에서의 차회 예고에 고지된 발매일을 어기고 말았습니다. 고대해주셨던 독자 여러분, 정말 죄송합니다.

마감 파괴자의 낙인이 찍힌 저는 이제 무라사키 시키부 선생님을 놀릴 자격을 박탈당한 것이나 다름없으니, 이제까지 했던 괴롭힘에 대한 보상 삼아, 그녀가 기분 좋게 한잔하게 해줬습니다. 호스트 업계의 뉴웨이브 AKI의 접객을 받아서 좋지? 시키부 선생님.

참고로 제 의사와 상관없이, 아키테루는 아키테루의 의지로 일러스트 강탈을 도모할 테니 작품 안에서의 최종적 대우는 변함없습니다. 당연한 거겠지만요.

다른 이야기입니다만, 이번 6권은 문화제 편입니다. 아키테루, 이로하, 마시로라는 주요 멤버 외에도 오토이 씨, 미도리를 비롯한 다양한 캐릭터가 출현하며, 시리즈 팬 여러 분께는 축제 느낌의 즐거운 한 편이 되지 않았을까 생각합니다.

문화제는 고등학생에게 있어 1년 중 가장 아드레날린이 분비되고, IQ가 하락하는 이벤트입니다. 청춘의 한 페이지를 경험하는 건 바로 이 타이밍이다! 싶은 행사라고 생각합니다만, 현재진행형으로 고등학생인 분들 혹은 과거에 고등학생이었던 분들, 아니면 공상 속의 고등학교만 아는 분들— 문화제에서의 청춘 체험을 여러분께서도 경험해보셨습니까?

**저는 전혀 못 했습니다.**

그럼 망상 문화제인거냐, 너무 리얼하잖아, 작가는 에어 기타 아닌 에어 문화제러인거냐, 부러워. 이것이 작가인 제가 동생짜증 6권을 쓰고 느낀 솔직한 감상입니다. 이상하네. 시야가 뿌옇게 변하더니, 입안이 시큼해. ……우는 게 아니거든?

최종적으로 눈곱만큼도 사죄문 같지 않다는 것을 눈치챘습니다만, 평소보다 본문이 재미있었으니 용서해주셨으면 합니다.

토마리 선생님의 신급 일러스트, 담당 편집자님의 신급 짜증 무브, 영업, 광고 담당의 신급 짜증 선전, 그 외『동생짜증』에 관여해 주신 많은 분들의 신급 작업에 뒤지지 않도록,

작가인 저도 신급 본문을 쓰기 위해 전력을 다하겠습니다!

신급 독자 여러분도, 앞으로 계속 응원해주시면 감사하겠습니다. 그럼, 미카와 고스트였습니다!

## ■역자 후기

안녕하십니까. 근로청년 번역가 이승원입니다.

『친구 여동생이 나한테만 짜증나게 군다』 6권을 구매해주셔서 진심으로 감사드립니다.

가을 초입에 번역한 5권에 이어, 이번 6권은 겨울 초입에 작업하고 있습니다.

새 작업실은 옥탑방 느낌이라 여름에는 덥고, 겨울에는 춥습니다. 그리고 작년 겨울에는 보일러까지 고장 나서 정말 고생이었죠. 하지만 올해는 보일러도 교체! 만전의 준비를 마쳤을 뿐만 아니라, 화끈하게 욕조도 구매했습니다. 한겨울에 오픈테라스형(이라 쓰고 물 새는 베란다) 욕실에서 반신욕을 하면서 독서OR게임이라는 극락 체험을 할 생각입니다.

……매일 반신욕을 한 바람에 수도세 폭탄을 맞는 미래가 펼쳐지지나 않을지 벌써 걱정이 됩니다, AHAHA.

그럼 『친구 여동생이 나한테만 짜증나게 군다』 6권에 관해 이야기를 좀 해볼까 합니다.

스포일러가 포함되어 있을 수도 있으니 본편을 안 읽으신 분은 유의해주시길!

『친구 여동생이 나한테만 짜증나게 군다』 6권은 문화제 편이었습니다.

새로운 캐릭터가 나와서 내용이 전개되는 것이 아니라, 이제까지 나온 캐릭터들이 총출동하는 올스타전(^^)에 가깝게 전개됐습니다. 하지만 단순히 캐릭터들이 얼굴을 비추기만 하는 것이 아니라, 각자의 매력과 새로운 일면을 보여주고 있습니다. 그 중에서 가장 충격적이었던 것은 역시 주인공인 아키테루 아닐까 싶군요. 평균 사기꾼이라는 건 알고 있었습니다만, 설마 여장으로도 괴물 같은 파괴력을 선보일 줄은…….

그리고 가장 매력을 뽐낸 건 뭐니 뭐니 해도 친구 여동생, 이로하라고 생각합니다. 축제에서의 일로 위기감을 느끼게 된 이로하는 이번 권에서 폭주(?)를 합니다. 그리고 그 폭주의 결과, 미스 콘테스트에서 아키테루와 대결을 하게 되죠. 그런 상황에서도 아직 마음의 결정을 내리지 못하던 이로하의 등을 밀어준 건, 그녀가 거북하게 여기던 클래스메이트인 사사라입니다.

그녀의 조언을 통해 마음을 다진 이로하. 그런 그녀가 앞

으로 어떤 모습을 보여줄지 정말 기대됩니다.^^

그럼 이만 줄이겠습니다.

항상 재미있는 작품을 맡겨주시는 L노벨 편집부 여러분에게 진심으로 감사드립니다. 앞으로도 잘 부탁드립니다!

TV 구매 관련으로 조언해준 악우들이여. 고맙다. 덕분에 괜찮은 녀석을 구매한 것 같다. 그래도 85평짜리 작업실에 85인치 TV는 좀 아니잖아ㅠㅜ

마지막으로 언제나 제게 버팀목이 되어주시는 어머니와 『친구 여동생이 나한테만 짜증나게 군다』를 읽어주신 모든 분께 진심으로 감사드립니다.

파괴력 발군의 어머님's가 강림하시는 7권 역자 후기 코너에서 다시 뵙겠습니다!

2021년 11월 초

역자 이승원 올림

# 친구 여동생이 나에게만 짜증나게 군다 6

초판 1쇄 발행 2022년 5월 10일

**지은이_** mikawaghost
**일러스트_** tomari
**옮긴이_** 이승원

**발행인_** 신현호
**편집장_** 김승신
**편집진행_** 권세라 · 최혁수 · 김경민 · 최정민
**편집디자인_** 양우연
**관리 · 영업_** 김민원

**펴낸곳_** (주)디앤씨미디어
**등록_** 2002년 4월 25일 제20-260호
**주소_** 서울시 구로구 디지털로 26길 111 JnK디지털타워 503호
**전화_** 02-333-2513(대표)
**팩시밀리_** 02-333-2514
**이메일_** lnovellove@naver.com
**L노벨 공식 카페_** http://cafe.naver.com/lnovel11



ISBN 979-11-278-6443-9 04830
ISBN 979-11-278-5641-0 (세트)

**값 7,800원**